张定浩

著

批评的准备及其他

上海文艺出版社

献给许道明老师

苏格拉底认为，假想一个人具有一种他实际上并不具有的美德，这是接近疯狂的行为。这样一种假想显然比与之相反的对一项绝对恶行的疯狂迷恋还要危险。因为对绝对恶行的疯狂迷恋还有治愈办法，而前者则会让一个人或一个时代一天天变坏，也就一天天不公正。

——尼采《历史的用途与滥用》

写在前面

这本书的前身，是我 2015 年出版的第一本文论集《批评的准备》。那本书印得很少，大概早已绝版，不过其实并不可惜，因为当时所写的文章数量有限，质量也参差不齐，结集出版难免捉襟见肘，为了凑够字数，我甚至连硕士论文也放了进去。我很感激陈思和老师和金理兄把《批评的准备》纳入"火凤凰·新批评文丛"，以及吴亮老师温暖恳切的序言，这些对于初出茅庐的我实在是一个莫大的鼓励。后来几年，又承蒙众师友的好意陆续在各处出版过几本文论自选集，不过限于笔力，左支右绌的尴尬一直存在，所以时常会有一些重复的选目，难免让买书的人感到恼火。所以，借这个机会，首先是想向读者朋友们郑重地说声抱歉。

其次，要感谢上海文艺出版社，给我这么一个将功补过的机会来重新整理自己这些年的作品。我从《批评的准备》中抽掉了大约三分之一的篇幅，再替换成近年所写的和书名所试图涵盖的主题相接近的文章，希望可以呈现出某种相对清晰的面目，来表达我对当代文学和文学批评的基本态度。但因为主要的变化是文章的抽换而非修订，旧日的序言和后记就只好割爱，然后姑且用了这么一个有点啰嗦的新书名。

这些文章虽然大多是围绕当年出版的某部具体作品展开的，但这种围绕并非依附，因为吸引我动笔的，始终是从这些具体作品中所感受到的某种普遍性问题。重读这些文章，我意外地发觉它们还葆有一丝新鲜的活力，当然这未必是一件好事。

《批评的准备》最初是题献给我已经去世的业师许道明教授，时隔多年，现在的这艘重新启航的"忒修斯之船"，依然想献给他。

张定浩

2021 年 9 月 8 日

目 录

I

3　旁观者的道德
　　——哈金《南京安魂曲》

10　格非的《春尽江南》

17　韩松的《地铁》

21　骆以军的大麻小说

26　拐了弯的诗人

37　坏诗的秘密

42　读《剑桥中国文学史·上卷》

II

55 假想的煎熬
　　——对苏童《黄雀记》的一种解释

71 被打捞上岸的沉船
　　——张炜《你在高原》

92 徘徊在零公里处的幽灵
　　——马原《牛鬼蛇神》

105 皇帝的新衣及如何书写真实
　　——阎连科的《四书》和《炸裂志》

127 《第七天》：匆匆忙忙地代表着中国

142 李师江的快感

155 光盘与缺乏耐心的荒诞

III

167 文学与政治
　　——近距离看林达

191 小说家自己的命运
　　——读王安忆《天香》

208 生活应该是怎么样的
　　——王安忆和她的批评史

233 金宇澄的《繁花》和《洗牌年代》

251 文学的千分之一
　　——毕飞宇《小说课》

264 黄丽群《海边的房间》

274 张悦然的《茧》

IV

285 论经验

298 短篇小说与长篇小说

322 复述与引文

334 小说的谎言

347 钱锺书和当代文学批评

353 文学的职业与业余
——兼论创意写作

366 前进的动力
——在《南方人物周刊》
"2019青年力量致敬盛典"现场的演讲

旁观者的道德

——哈金《南京安魂曲》

哈金的这本《南京安魂曲》，更适当的书名应该是《明妮·魏特林》，它无意中讲述了一个典型的美国故事，即天真的美国人如何在异乡的尘世邪恶面前一点点被毁掉，但和亨利·詹姆斯笔下的黛西·米勒不同，明妮·魏特林在进入我们视野之时，已经是一个老人。一个绝对天真的老人，如何在这份天真的鼓舞下奋勇斗争，成就巨大的业绩，又如何困扰于这份天真的失去，并选择最极端的方式来抗争，和黛西·米勒席卷我们的哀婉不同，明妮·魏特林的故事里面有一种极其辉煌的东西在吸引我们，偶尔有些瞬间，它让我们想起麦尔维尔笔下的亚哈船长。哈金原本有可能完成一部足以进入美国文学史的小说，明妮·魏特林原本有机会和黛西·米勒，和亚哈船长并肩站立，成为美国精神的一部分。

遗憾的是，哈金并没有这样的志向。他在接受国内媒体采访时说："有一回我做了个梦，我太太生了个小女孩，那个孩子的脸是明妮·魏特林的脸，所以我觉得那是个启示——这本书死活得写出来。这是民族经验，我写的是民族的苦难和耻辱。"这个梦的确可以作为小说的隐喻，在哈金这里，天真的美国人明妮·魏特林没有机会成为一个独立的不朽人物，她只是投胎在一个华裔家庭，作为一张脸，一个强烈的刺激，以及一个对于美国读者而言恰当的阅读视角，哈金试图要完成的，是对发生在遥远中国的一次重大历史事件的小说书写。

关于重大历史事件和小说的关系，乔治·斯坦纳在他那本《托尔斯泰或陀思妥耶夫斯基》中曾讲过一段相当精彩的话，"小说家并不希望篡夺记者和史家的地位。在十九世纪小说中，革命和帝国在背景上扮演了重要角色，然而仅仅局限于背景而已。当革命和帝国所起的作用太靠近核心位置，例如，在狄更斯的《双城记》和法朗士的《诸神渴了》中出现的情形，小说本身在成熟性和独特性这两个方面都会出现缺陷。"

这段话包含了小说艺术的主要秘密。对于记者和史家，重要的是事实；但对于小说家，重要的则是个人。记者和史家的天职是挖掘和打捞生活的真相，尤其是重大事件的真相，人们也以此来判断他们的优劣，对于小说家，读者应当另有标准。如果说哈金是在写小说，如果说《南京安魂曲》是一部严肃的长篇小说，那么，我们必须也要用小说这门艺术应有的严肃来评论它。然而，为《南京安魂曲》写序的余华说："《南京安魂曲》有着纪录片般的真实感，触目惊心的场景和苦难中的人生纷至沓来。哈金的叙述也像纪录片的镜头一样诚实可靠。"然而，将"伟大"毫不吝啬地赋予《南京安魂曲》的阎连科说："'还原'成为《南京安魂曲》中的文学要旨与艺术追求，乃至于当时南京街道上的树、小店中的菜和人物穿戴的衣物与鞋子，都带着文化历史的印迹在这部小说中从容地布排和展开。"

我不会奢求媒体记者来探讨小说艺术，这不是他们分内的工作，但我至少期待鼎鼎有名的小说家们对此能谈出点别的什么，然而没有。事实上，《南京安魂曲》在国内读书界引发的，几乎一边倒的是对南京大屠杀的再度关注，是在新闻纪实频道和历史探索频道范围内的普遍哀痛和赞扬。

从约翰·拉贝、东史郎，再到严歌苓、张纯如、哈金，我们若是细数一下历来有影响的涉及南京大屠杀的著作，会发现一个共同的特征，即这些叙事者都不属于这块土地，他们作为旁观者，或是海外华人，或径直就是外国人。即便在陆川的《南京！南京！》里面，主要的叙事者依旧被设定为一个日本军官，据说这样可以呈现更为客观的人性。随之而来，一个司空见惯的责问，就是针对所谓中国式的健忘。在《南京安魂曲》中，哈金也借叙述者安玲之口，再次重申了这样的责问："这种健忘是基于相信世上万物最终都没什么要紧，因为所有一切最终都会灰飞烟灭——就连记忆也是会逐渐消失的。这样一种见解也许很明智深刻，可人们也可以认为，中国人似乎用健忘作为逃避责任、逃避冲突的一种借口。"我们之所以在这里可以将叙述者安玲和哈金画上等号，是因为哈金在接受访谈时也直接表述过类似的意见："中华民族是健忘的民族。许多重大的历史事件都没在文学中得到相应的表述。中国有世界最大的作家队伍，而这方面做得十分不够。你看日本，挨了原子弹，就有《黑雨》之类的文学作品出现，使他们得到世界的同情。"

事实上，中国人并没有健忘，位于南京的江苏人民出版社这些年陆续编译出版的七八十卷《南京大屠杀史料集》就是证明，哈金也从中吸取过很多材料，但哈金似乎得意地认为，唯有文学表述才代表着记忆，唯有成天哀嚎才代表着记忆。这，是典型的旁观者的道德。在这样的旁观者道德观审视下，一个丧失至亲的人，他最应该做的不是哀伤，而是赶紧运思写一篇悼文；因为，衡量他是否还记得逝去亲人、是否没有健忘的标准，不是他默默地珍藏好几件小小的遗物，不是他多少个深夜里辗转难眠，不是他多少次忽然间的神思恍惚，而是他能否在晚报副刊上发表一篇表达哀思的文学作品，最好是小说。这是多么的荒谬！然而，很多年以来我们就曾经一直默默忍受着、附和着这么荒谬的、来自旁观者的指责。

南京大屠杀是近百年来全体中国人最深的伤痛，我相信这样的伤痛还会持续很多世代，在这样史无前例的民族伤痛面前，每个生活在这块土地上的人，都不可能是旁观者，而是当事者，是失去亲人的人。但我不认为南京作家乃至内地作家，就有义务要写出一部关于南京大屠杀的小说。追悼会上，那漫天飞舞文采飞扬的挽联和悼文，永远都是旁观者送来的，这是他们自觉的义务，值得尊重，但不代表他们就能以此来指责那低头哭泣的未亡人为什么不也和他们一样挥毫泼墨。文学的真实或历史的真实也许已经能令旁观者安心，却不足以让当事人安魂。如果说到纪录片般的真实触目，如果说到还原现场，大概没有比佛山小悦悦被碾的那段视频更真实触目更能还原现场的了，但是，你能够说，小悦悦听说了那段真实的视频被传播，就能够安魂了吗？她的父母亲人成天目睹那段真实的视频被传播，就能够安魂了吗？

文学和生活，都有其自身的伦理和边界，不是所有的生活都有义务进入文学，或者说，那些没有进入文学边界的生活，不意味着就已被遗忘。文学的任务不是用来博取生活的同情，而那些进入了文学边界的生活，也没有理由用自身的重大和惨烈来左右文学自身的伦理。哈金在刻意地混淆这二者，我们的小说家们则有意无意地对此视而不见。

在我看来，关于哈金的小说艺术，最严肃的意见来自台湾的朱天文,在小说《巫言》中,她重现了一个年轻认真的华语小说家读到哈金小说中译本后的感想,哈金的英文著作可以译成不论哪一国文字,就是不好译成中文。因为只剩下题材,吸引旁观者和局外人的题材,"读您的书感觉上像是科普版。(他以为自己至少补饰以轻松幽默的语气了,显然没有。或其实他的意思可以是,科普书的贡献多大呀,深入浅出担当着桥梁角色,不容易的)"。考虑到《南京安魂曲》的译者依旧是季思聪,我有理由认为,这段来自海峡对岸一二十年前的发言,对《南京安魂曲》中译本依旧适用。当然,这次哈金讲了一个内地小说家难以碰触的题材,不容易的。

(原刊于《上海文化》2012年第1期)

格非的《春尽江南》

三部曲的写作，也一直是中国小说家的心结。在《春尽江南》出版之际，格非就说，"所谓三部曲，多年来像须臾不离的恋人一般地缠着我。现在我终于摆脱了她的温柔和暴力"。格非有一种解脱感，因为所谓三部曲的计划，其实只是多年前的想法，是一种在当时的文学环境中对连续和完整性的自然追求，然而到了新世纪，文学市场大变，《兄弟》没写完都可以先出一个上册，而《哈利·波特》可以慢慢悠悠出到第七部，更有小说家宛如投放集束炸弹般一下子砸出十卷本四百五十万字的巨著，在这样的乱局中，三部曲这个计划本身已经失去了往日的意义，但对作家来讲，一个画了三分之二的圆，自有它心理学上的温柔和暴力,要胁迫作家把它画完。

《春尽江南》似乎是写了一群失败者。在不同场合,格非都谈过他对失败的理解,"文学就是失败者的事业,失败是文学的前提。过去,我们会赋予失败者其他的价值,司马迁在《报任安书》里列举的失败者被赋予了很高的地位。今天失败者是彻底的失败,被看作是耻辱的标志。一个人勇于做一个失败者是很了不起的。这不是悲观,恰恰是勇气"。

我觉得,格非之所以崇尚失败,是因为他对失败的理解有些暧昧,甚至可以说混乱。《报任安书》里提到的人,其实没有一个失败者,他们都是一些遇到了非常大的困难,然后努力克服困难的杰出者,是"倜傥非常之人"。司马迁列举的那些人,文王也好孔子也好,根本不是因为某一时刻的失败才被赋予了很高地位,而恰恰是因为他们之前之后的成功。暂时的失败和长久的失败,他人眼中的失败和自我意识到的失败,无关痛痒的失败和真正的失败,庸众懦夫的失败和勇士伟人的失败,这其中的千差万别格非都视而不见,也许,正是这种混淆才给了格非勇气,让他产生一种错觉,认为"一个人勇于做一个失败者是很了不起的"。因为，除了懦夫和自甘堕落者之外，没有一个真正的人，会甘心去做一个真正意义上的彻底的失败者，并且还自认为那是了不起的。

在小说中，作者借大谈庄子的冯延鹤老头的嘴讲出这么一段话："你只有先成为一个无用的人，才能最终成为你自己。"这段话深得主人公谭端午同感，被他记在心里，增添了他"勇于做一个失败者"的决心。但问题在于，假如一个人真的能"成为你自己"，那已经就不失败了。老庄之学本身，有极其刚强奋发之处，绝非庸者、软弱者以及失败者的逃避之所，这一点，我相信冯延鹤和谭端午都没有什么体认。

《春尽江南》的主人公谭端午被设定成一个八十年代著名诗人，九十年代初回到家乡鹤浦，在这里结婚，生子，在地方志办公室里消耗光阴，看着自己的妻子从一个崇拜诗人的无知少女蜕变成一个干练强悍的大律师，自己搞点不轻不重的婚外恋，偶尔还充满嫌厌感地参加点诗歌活动。格非并非纯粹的架空虚构，相反，他是把谭端午放在欧阳江河、海子、唐晓渡这些真实的诗人和诗评家之间，让他的情人吟诵翟永明的诗，让他的耳边回响朱朱的《清河县》，让他对粉丝说起同睡在一床喜欢打呼噜的海子，让他的妻子庞家玉感慨："如果说二十年前，与一个诗人结婚还能多少满足一下自己的虚荣心，那么到了今天，诗歌和玩弄它们的人，一起变成了多余的东西。多余的洛尔迦。多余的荷尔德林。多余的忧世伤生。多余的房事。多余的肌体分泌物。"

庞家玉所说的二十年前，是一九八九年，二十年后，自然是新世纪了。《春尽江南》这本小说要写的，是玩弄诗歌的谭端午在新世纪的失败之书，而由于作者的自信，它竟然期望成为诗人这个族群的失败之书。

在上海书展期间接受访问时，格非曾说过，"我想描述中国近现代一百多年来的历史中的个人。我当然不是想去描述历史，这个我没有任何兴趣，而是在这样大的历史背景当中，这个个人是什么样的"。描述历史，是一件巨大而困难的事，格非自然可以表示没有兴趣；然而，格非所说的个人到底是什么意思呢？"这个个人"到底是哪个个人？难道有一些可以代表全体个人的个人？格非塑造了谭端午这个个人，迫不及待地将一切艺术才华和道德猥琐都塞到这个典型身上，通过这么个典型的视角，作者让我们看到，诗人这个族群就是这么个模样，他们被时代抛弃是注定的，成为失败者也是注定的，而失败是成功之母，失败的诗人最后会拿起笔，写一首告别过去的挽诗，然后开始写小说，就像谭端午最后一样。

在当代中国小说家的笔下，诗人一再地成为某种小丑的代名词，之前有阎连科完全缺乏文化常识的《风雅颂》，现在又有了《春尽江南》。我知道老百姓为了交流方便起见，惯常会将人分成各种类别，上海人北京人，中国人美国人，胖子瘦子，诗人商人，诸如此类；我知道漫画家都熟知一些通用和简洁的绘画线条，用以表示人的喜怒哀乐，表示人的高低贵贱；然而，我不知道竟然小说家也可以将人这么简单粗暴地符号化类别化乃至漫画化。在真正的小说家乃至艺术家心里，从来都没有某类人的概念，只有一个个具体而微的生命。个体生命的复杂远胜过集体，小说家关心的应该是千姿百态、复杂生动、不可穷尽的个体，而不是去捏造几个似乎能代表集体代表时代的个体。《春尽江南》里，谭端午可笑地从头至尾在阅读《新五代史》，却不曾有任何自己的见解，就像他对巴赫、莫扎特、海顿的音乐一样，而这些都成为一个个有用的符号，一个个象征躲避、忧伤乃至失败的符号，印在谭端午额头，昭示着他是个多么才华横溢多么能代表诗人的诗人。

格非在清华长期讲小说写作，也出过几本文论，在探讨面向当下面向未来的小说写作时，格非一贯的策略是将一切难题归咎于时代、社会乃至文学潮流，正如他将谭端午的失败归咎于诗人这个族群的失败一样。

在《文学的邀约》中，格非提到经验的同质化趋势，认为其已经弥漫于日常生活所有领域，"不仅使得主体性、独异性、个人化等一系列概念变得虚假，同时也在败坏我们的文化消费趣味"。然而，在我看来，小说家和一切艺术家的任务之一，恰恰是同这种经验的同质化趋势相抗衡，而不是就此怀疑个人经验本身的价值。可惜的是，这种怀疑，正弥漫在很多小说家身上，让他们在面对和描述当下社会时，更多的是依赖互联网上的社会新闻和段子，因为，据说那些比生活里的故事更有新意，比个人经验更不受干扰。他们似乎以为，让主人公复述一些网上流传的社会新闻和事件，就是在反映时代和个人了。

格非一直喜欢福楼拜的《布法和白居榭》。博尔赫斯曾扼要谈论过福楼拜这本书，"福楼拜创作或塑造出这两个傀偏来，并让他们阅读大量的书，目的是为了使他们搞不懂这些书。法盖指出了这种手法的幼稚和危险性。因为，福楼拜为了构思这两个白痴的反应，他自己看了一千五百种有关农业、教育学、医学、物理、形而上学等等方面的书，目的也是为了搞不懂它们。法盖评论说：'如果一个人坚持从那种看了也不懂的观点出发来看书，那么在很短的时间内他就会做到什么都不懂，并由于他自己的原因而成为白痴'"。

博尔赫斯援引的法盖的评论，其实稍作改动，就可以移用到格非身上，即，如果一个作家坚持从失败者的观点来看待和描述时代，那么，在很短的时间内他就会让周围遍布失败者，并由于他自己的原因而成为一个失败的作家。

（原刊于《上海文化》2012年第1期）

韩松的《地铁》

韩松的影响，这两年正在迅速溢出科幻小说的类型圈。他的短篇小说，会相继刊发在《新世纪》周刊和《文艺风赏》这样截然不同的杂志上；而他最近出版的小说集《地铁》，虽多为旧作再改编，但包装上则完全洗去了科幻的痕迹。"电子囚笼中的卡夫卡"，类似这样贴在《地铁》封面上的标签，以及封底诸多大众名流和海外杂志的推荐语，让我想起宫部美幸为伊坂幸太郎《死神的精确度》所写的赞辞，"像他这样的作家将背负起日本文学今后的命运……他有独特的文风，是个天才"。请注意，是文学的命运，而不再是某个类型写作圈子的命运。

这无疑是令人期待的。然而，读完《地铁》，我对韩松却无比失望。如果用科幻迷喜爱的维度比喻，那么韩松的小说基本还是一种二维的类型写作，也许他在这二维中已做到极致（韩松被粉丝称作韩老大，这与刘慈欣被称作大刘，有着微妙的差异），但一旦进入真正文学的三维空间，他呈现出来的不过是一些苍白、扁平、单调的线和面，因为，他的小说中缺少文学三维空间最重要的一维，那就是"人"。

韩松从卡夫卡那里学会了隐喻写作，但却不懂得，卡夫卡致力挖掘的是一个个具体而微的人性深渊，而非笼而统之的社会地狱，在那个怪诞奇崛的表面之下，卡夫卡本人有一个对日常生活充满热爱的狄更斯式的健全灵魂（参看卡夫卡1917年日记）。也正由此，一种卓越超拔的隐喻写作在韩松这里就沦为一种糟糕的观念写作。在《地铁》中，所有的细节都有其象征性，所有的描述都暗有所指，绵密的寓意被充塞入精心安排的怪诞情节里，他将自己对生活、对社会的诸多愤怒、不满以及设想，用几乎是明喻的方式，埋藏在小说中，这种观念写作，会立刻吸引两种人的注意：一种是同样愤怒和不满的青年；另一种是善于找寻意义的评论家。张大春评论索尔·贝娄《雨王亨德森》，

"亨德森从头到尾只是贝娄为了兜售显微镜而附赠的一具活检体,而小说在这里又死了一次",而韩松小说中的所有故事情节和人物,都可以作如是观。小说在这里,同样又死了一次。

抛开一切理论的教条,我们从真正的文学中期望得到的,有两点大概永远都不会改变,那就是"美学乐趣"和"精神洞见"。而韩松作品有新感觉派的影子,那是一种操持着形容词来写作的美学。"空气中冲来一股膻怪味儿,像乱葬坑中的尸体在腐烂,地面是蓝黑色的,潮湿而阴冷,周遭若有大雾弥漫,污浊腐朽,摇摇欲坠的围岩上,挂满结晶的、人血似的大颗水珠,在丛丛青苔下缓流慢溢。"《地铁》中充斥着这样的描述,我们从中看不到任何活生生的人和事,只有形容词,形容词,形容词。在"红色"形容词统治下长大成人的韩松,作为一个反抗者,端给我们的,却不过是另一群"黑色"的形容词。

地铁,无论它本身的千差万别,在韩松那里已成为一个最大的形容词,即对地狱的形容。然而,韩松对地狱的认识并不高明,不过停留在类似"植物大战僵尸"这样的网游和漫画层次,他是一个地狱的受害者,却不是一个合格的小说家。在序言中，他提到要表达"中国最深的痛，她心灵的巨大裂隙，并及她对抗荒谬的挣扎，乃至她苏醒过来并繁荣之后，仍然面临的未来的不确定性，以及她深处的危机"，这话说得蛮好，但是这话里却没有具体的个人，只有一个抽象的"中国"。这是可怕的，因为，假如只存在一个抽象的"中国"，那么她所有的痛苦、挣扎、不确定性乃至危机，正如她所谓的繁荣、和谐、发展一样，不过是一体两面，都是可能被预设和被控制的。

对小说家而言，没有一个抽象的群体，没有一个抽象的地狱天堂，只有个体，千姿百态栩栩如生的个体。退一万步说，即便我们如今的确已生活在地狱之中，每天的确已穿行在韩松所谓的地狱般的地铁中，那么，我愿意用来作为慰藉和消磨时间的小说读物，也不是韩松式的，而是卡尔维诺式的。因为，在《看不见的城市》末尾，这位感受过法西斯暴政的意大利小说家曾给予我们一种非凡的精神洞见："在地狱中寻找非地狱的人和物，学会辨别他们，使他们存在下去，赋予他们空间。"

（原刊于《文汇读书周报》2011年6月3日）

骆以军的大麻小说

从里到外都顶着哀悼亡友邱妙津之名,并展开所谓"生死对话"的《遣悲怀》,当初在台湾出版后,激怒了一大批邱妙津的拥趸,认为小说是对邱妙津的意淫和亵渎,尤其在亡者无法开口的情况之下。然而,去年《遣悲怀》在内地出简体字版,这种愤怒令人惊讶地没有重演,仅仅被淡化成一种女同的情感创伤,抑或成为执掌虚构大权的小说家遭遇真实世界压力的又一个辛酸案例。可以说,《遣悲怀》在内地激发的,迄今为止,依旧是一边倒的对骆以军小说技艺的膜拜。

的确,在《遣悲怀》中,骆以军的小说技术呈现出一种几乎无懈可击的成熟与自由的姿态。他的叙事每每启动于平凡细微处的日常遭遇，甚至只是一个人静坐时的散乱思绪，却能经由其叨叨念念般的叙述，飞快地达至某个诡秘高度，随后，没有随后，像是置身一个构筑在悬崖之上的蜂窝状迷宫，他带领你鬼魅般穿越一个个房间，忽然他就消失不见，你推开面前唯一的一扇门，一脚跨出，是浩荡到令人眩晕的碧空。

倘若小说当真只是隶属于时间的技艺，那么《遭悲怀》确可以被视作一次技艺展示的典范，一座时间的迷宫："那里头有许多'处于不同时刻之当下'的人物、街道和房间，他们全都不是处于静止状态的静物画，而是处于一种时间的倾斜状态。它们的内部，都有一种画面无法支撑的、时间的歪斜。有的向未来倾斜，有的向过去倾斜。当我在描述它们时，它们被拘在这一个状态里，但是当我叙述停止或一转身，悬住它们的那一丝暂时状态便被切断，它们就会朝向那个倾斜的姿势哗哗崩毁……"这段由《遭悲怀》的叙述者"我"讲给邱妙津听的，对想象中完美小说的描述，用以描述《遭悲怀》本身也无比贴切。某种程度上，这部小说并非源自死亡和追悼，而是源自作者与邱妙津的一次短暂邂逅，在那次邂逅中，他们描述各自的小说理想，日后《蒙马特遗书》和《遣悲怀》作者迥然不同的小说理想。

在我看来，邱妙津拥趸乃至邱妙津本人，与骆以军之间在小说认识上的冲突，几近于黑格尔在《精神现象学》中所谈到的，"诚实的灵魂"和"分裂的意识"之间的冲突。邱妙津的小说人物有着高度的生存意义，意味着自我的定义，意味着对生命的诚恳要求；而骆以军的小说人物则是分裂的旁观者，是丧失自我生活的人。黑格尔预言"诚实的灵魂"将被历史唾弃，而"分裂的意识"会节节获胜，我们身处的时代对此已做出了无数的印证，但随之而来的吊诡在于：那些在当下依旧顽强幸存的少数"诚实的灵魂"会生活得无比艰难，并在强大的时代压力下渐趋分裂；而那些如骆以军一般对"分裂的意识"保有内在认同感的当代人，因和时代精神相吻合，反倒弥散出一种基于诚实的安宁，我分裂，故我在，于是荒怪与美善一体，淫猥和纯真并进，生命转而成为一种单细胞分裂式的弥天弥地的华丽景观，思辨和观看代替了具体的生活，不再有集聚自身的生命，不再有朝着某个方向撞得头破血流的生命。

在邱妙津那里，写作是为了更好的生活，或者说，为了不能完成的更好的生活；而在骆以军这里，生活是为了更好的写作，他有如我们时代里任何一个普通平常的经验匮乏者，只是为了写作，他需要比常人更贪婪地捕食生活经验。邱妙津的不幸在于，作为一个充满生活激情的人，她和她的死，成为另一个充满写作激情者的捕食对象，被后者撕裂、观看、思索，又被献上祭台，而这一切又都统统顶着现实生活好友和文学虚构创作的神圣名义，堂而皇之的呈现，洋洋自得的呈现，带着一切所谓后现代哲思面具的呈现。在这样一个写作的祭台上，生活变成景观。死亡也变成景观，写作者本身也成为一种景观，不再有真正严肃的生活和写作，也不再有真正严肃的敬畏与悲伤，这才是这部《遣悲怀》真正令人不堪的事实。某种程度上，这是对生活和写作的双重亵渎。

维特根斯坦说，"幸福者的世界不同于不幸者的世界"，又说，"对于不可说的东西我们必须保持沉默"。骆以军根本不懂得这些，因此也就无法懂得写作最后的秘密，因此他的写作虽然惊艳，却不能安慰和打动我。他的写作范式，犹如《遣悲怀》中他自己提到的"大麻小说"，是假迷幻的名义肆意僭越伦理，以浅人的幸福妄图昌言不幸，是吸毒者内部交流的小说，是这个世界丧失严肃生活的能力之后的小说，是无比虚弱的小说。

（原刊于《深圳特区报·读与思周刊》2012年4月6日）

拐了弯的诗人

我长久以来有一个很天真的想法，觉得一个有能力写诗的人应该随便就写出好的文章，更确切地说，一个练习过诗歌这门技艺的人，他的文章至少不会难看。北宋时候流行两句谚语，"信速不及草书，家贫难为素食"，我的想法与之有些接近。据说草书大家张芝下笔必为楷则，号称"匆匆不暇草书"；而艾略特年轻时候写出的文章至今都被当作典范，但按照他的说法那都是为了挣钱才做的副业。

长久以来，我这样天真的想法在中国古典诗人和西方诗人那里得到了一次又一次的印证。唐宋八大家中，至少有五位同时也是以诗名世的，即便是最讲究诗歌本体意识的永明诗人，沈约和谢朓，也都写得一手率性的好文章；

至于西方诗人，除艾略特之外，仅仅就我的视野所及，柯勒律治、塞缪尔·约翰逊、德莱顿、瓦莱里、波德莱尔、奥登、博尔赫斯、希尼、米沃什、曼德尔施塔姆、布罗茨基……他们在写诗之余写下的或长或短的文论，即使通过翻译，也依然可以感受到各自光芒难掩的文体之悦。

甚至，在林徽因、卞之琳、袁可嘉等诸多民国诗人那里，他们留下的堪供流传的文章，也都不比他们的诗逊色。

因此，当我读到西川最新出版的文集《大河拐大弯：一种探求可能性的诗歌思想》之后，就会有一种很奇怪的感觉，像是无意中窥见了某种当代汉语诗歌的真相。

这本书很厚，里面收录的文章时间跨度长达二十年，有诗人文论、关于诗学观念的论争文章、诗学随笔、会议发言稿以及不少的访谈稿，虽然体例不一，但都被一种口语化的论辩腔调所裹胁。西川在书中声称反对美文，但美文和文体是两个概念，西川在扔掉美文这盆脏水的同时，几乎也把文体给全然抛弃了。他的文章都不能当成文章来读，而只是"我手写我口"的谈话体，也许这也是一种文体，只不过，这种谈话体天生具有的诸如啰唆、重复、轻率、含混以及浅尝辄止等特质，在他的文章里也一个不缺。

在序言里，西川提到"内心的混乱"，"价值观的混乱"，提到头等重要的是"问题意识"，古人说"文以载道"，西川对文章的自我要求几乎就是这句古语的字面体现，但最可惜的是，这本书中的文章最终实际承载的，并不是"道"，只是一些混乱的意识。

据说西川是诗人当中比较博学的一位，但读过各种各样的书是一回事，最终从什么样的书中获得见识，又是另一回事。

西川在书中的多篇文章及访谈中，都反复提到过自己一个独创性的观点，即"唐代没有出过一个像样的思想家"。这个观点让我很惊讶，我一边读一边就在想，他是怎么得出这个观点的呢？我后来发现，这个观点并不是来自他对唐代四部文献的原典阅读，而是来自某些讲述中国思想史的二手参考书，尤其是冯友兰的《中国哲学史》。冯氏对东西方思想理解都不深，却硬要一锅煮，我们且不在这里重复冯氏此书种种已是学界常识的缺陷，因为更奇怪的是西川接下来的推论，"好像唐朝所有读书人都商量好了似的，唐朝人为了写好诗付出了一个代价，这个代价就是整个唐朝不出一个思想家，——我们不要思想家，我们就要诗人了"。作为一个也读过几天书的人，我不由得替唐代的读书人抱屈，他们可不是在要诗还是要思想之间左右徘徊的当代诗人。在唐代的大多数时候，思想界是三教并存，互相激发，唐代宗时有李鼎祚《周易集解》，"权舆三教，铃键九流"，可谓易学思想的高峰之作；武则天时期译出八十《华严》，对宋以后哲学思想有大影响，宣宗中兴之后，更是有禅宗一花五叶的大发展；至于道教，最重要的有关外丹转向内丹的系统性的完整变化，也发生在唐末。较之于日后宋明理学的一统天下，唐代思想界要复杂许多，而唐代诗歌的活力，在很大程度上恰恰是来自于这种复杂。要了解唐诗，如西川所言，不能光看唐诗三百首要读《全唐诗》；同理，要认识和判断唐代乃至任何一个时代思想界的整体状况，却也不能光盯着集部和思想史文学史教材。

西川的另一个核心观点，是强调二十世纪以来艺术家的特殊经验，即所谓"现代性黑暗"。这种强调本身有一定道理，但对西川来讲，这种"现代性黑暗"并不是他自己亲身感受到的产物，而只是一副舶来的象征时尚的墨镜，他以此做出的诸多针对古典诗歌和西方浪漫主义诗歌的鸟瞰式的观察，就必然显得模糊而武断。

书中有一篇《诗人观念和诗歌观念的历史性落差》，讨论不同时代的诗歌观念，西川说："中国古代诗人的总体形象主要是由屈原、陶渊明、李白、苏轼这几个人建立起来的。"我不太明白，这一论断是怎么得出来的，这个总体形象究竟是谁眼中的总体形象？该文末尾交代是源自二〇〇七年在纽约大学东亚系的一次演讲，难道外国人就很好忽悠吗？即便是美国汉学家如宇文所安，相信也不会接受这么轻率的论断吧。直到我读到书中另一篇相关的文章，其中西川为了强调二十世纪不同于十九世纪的特殊性和现代性，强调中国古代诗歌和浪漫主义诗歌的落伍，就表达了一下自己对文学史的理解："尽管在中国文学的历史中不无自我更新的努力，但其发展模式大致以所谓现实主义和浪漫主义两条主线为脉络：《诗经》和《楚辞》、杜甫和李白、鲁迅和郭沫若。这都是常识。"我看到这段如此熟悉的表述，就明白了，原来西川谈的都是常识，只不过，是古代文学教科书上的常识。由此，我们也不难明白，为什么西川要对二十世纪的"现代性黑暗"念念不忘了，因为现代性的问题一直也是现当代文学和外国文学教科书中必然要涉及的老生常谈。

事实上，因为对传统和历史的无知，二十世纪的特殊性被很多人无限度夸大了；所谓阿多诺"奥斯威辛以后写诗是野蛮之事"的说法被割裂上下文之后野蛮滥引了；事实上，大屠杀、集中营、魔鬼乃至极权暴政，都不是二十世纪的发明，而是战争的发明和人的发明。所谓"现代性黑暗"，如果真有其事的话，那也是一个依附于浪漫主义而生成的西方概念，是一条引我们走向西方历史与传统深处的线索，而不是一把用以抵挡历史和传统影响的盾牌。

西川还说，"真正的艺术，在现在，必须包括思辨、质疑和批判"，似乎，过往的文学和艺术都和思辨、质疑和批判无关；似乎，思辨、质疑和批判不是人类恒久的天性，而竟然成了二十世纪艺术家申请到的专利。对此，我只能善意地揣测，这不是西川从过往浩如烟海的不朽杰作中自己得出的结论，而是受了某些二三流参考书人云亦云的蒙蔽。这种蒙蔽，让西川讥嘲二十世纪之前的浪漫主义诗人没有触碰到"现代性黑暗"，就像一个瞎子嘲笑明眼人不明白黑暗是怎么回事一般。

但接下来，西川在一篇访谈中，无意中透露出一点自己这些认识背后的动因：

我现在就实话跟你说：头两天有一个芝加哥大学的学者到我们那儿交流，他讲到当代艺术和现代艺术的区别。据他的看法，当代和现代的区别首先在于：当代艺术具有历史指涉，也就是多多少少你得处理政治问题；现代文学和艺术才只处理文学艺术问题……你走遍全世界，所有好的作家、诗人都在谈这个东西，你可以说我不进入，那好，那你就别着急了，说怎么不带我玩儿啊？对不起，不带你，因为你不关心，不谈论这个。(西川《答徐钺问》)

全世界所有好的作家和诗人是不是都在谈这个东西，我不清楚，但我清楚地看到西川那种害怕不被世界主流带着玩的焦虑和被带了玩之后的得意洋洋。我由此也明白了，为什么很多当代中国诗歌都不太像文学，而是类似当代艺术，以观念尤其是政治观念为本体，因为那是世界主流，不谈这个，不玩这个，就要冒着不被人带着玩的风险。于是，诗人们开始一心一意在诗歌中鼓捣观念，鼓捣"民科"一般的伪哲学，当然按照西川的说法，"或许伪哲学更重要"。

西川这本书中，真正针对具体诗人的专论不多，《穆旦问题》算是一篇。西川认为，自八十年代末开始重估穆旦诗歌成就以来，穆旦在中国现当代诗歌领域的地位有一种层层加码、无限拔高的趋势，他反感那种"本该只能出现在酒桌上的不负责任的大嘴"，希望能通过这篇文章给予穆旦一个妥帖的评价。这本身无可厚非，但遗憾的是，在针对穆旦诗歌的具体论述上，西川并没有带给我们多少缜密又新颖的分析，相反，只有种种似是而非的判断，其中隐约浮现的，似乎只是另一张不负责任的大嘴。

比如他谈及穆旦的价值观念：

> 在《甘地》和《甘地之死》这两首诗里，穆旦的语调都是基督教式的。尤其在《甘地之死》的末尾，穆旦直接使用了基督教祈语"阿门"。于是在这里，一种包含多重扭曲的个人政治景观浮现出来：一个中国人，写到印度领袖，口吻却是来自于西方基督教！这一点对我们理解穆旦的精神结构极为重要。在对穆旦的广泛讨论中，这一扭曲似乎不曾被人注意过，或者，它被有意忽略了，因为它暗合了一部分知识分子的内心秘密。

在这里，西川至少忽略了几个基本常识。首先，"阿门"一词并非基督教的专利，它也属于犹太教和伊斯兰教；其次，甘地虽然是印度领袖，但却不能望文生义地将他视为印度教领袖，事实上，甘地对自己的宗教体认一如对国民大会（国大党前身）每一成员的要求，"不论自己的宗教是什么，本人都要代表印度教徒、伊斯兰教徒、基督教徒、拜火教徒、犹太教徒等等，简单说就是代表每一个印度教徒和非印度教徒"；进而，金克木先生早在那本薄薄的《甘地论》中就曾指出，"最有资格了解印度的是中国人"，《甘地论》一九四三年在重庆出版，时间远远早于穆旦的这两首诗，从中可以略窥当时中国知识分子对于甘地的整体认识深度。而若是有了这三点常识，我们大概就不会对一个中国人从西方视角来写印度领袖感到过分惊讶，而西川所谓的穆旦"多重扭曲的个人政治景观"，就只能看作西川个人因为缺乏常识而产生的多重歪曲，这种歪曲，因为独独属于西川个人，当然"不曾被人注意过"。

西川对穆旦的另一个指责，是说穆旦在诗歌中"汲汲于抽象的大词"。什么是抽象的大词呢？西川举出的例子有诸如"战争、光荣、责任、自由、风暴、火焰、生命、爱情、畏惧、幸福、安宁、胜利、世界、欢乐、命运……"等等，我能够理解西川对这些大词的反感，因为它们曾经被一度滥用以至于失去了弹性，但是，当西川以这个思路来面对穆旦《诗八首》的第一首"你的眼睛看见这一场火灾"，却暴露出他自身一些对词语的陈腐且荒谬的认识逻辑：

> 这首诗处理的不是国家苦难，大词本应该收敛……在这段说不上高深的诗中，庄严的大词计有：火灾、点燃、燃烧、年代、自然、蜕变、程序、暂时、上帝、玩弄。这是在说一件私事吗？还是在为时代立言？还是把一场个人经验变成了《创世纪》？还是穆旦只会这一种语言方式？

西川似乎认为，大词是要用在国家苦难这样的大事上面的；而写私事不能用大词。但事实上，每一个词，本身的大小，都不是一成不变的，词语的生命力，以及词语能够承载的丰富性和它自身的弹性，都依赖于诗人对它的使用，而不应该反过来，让诗人的生命力去依赖某些固定的大词抑或小词。真正的诗人，具有的基本能力就是让旧事物焕然一新的能力，他是一个隐喻创造者，在两样表面没有关系的旧事物之间找到新的联系，从而把新的生命力同时注入到这两者之中。在《诗八首》中，通过用一些庄严的大词去处理私人情感，通过用一些抽象的大词来表现具体细微的情感，穆旦完成的，恰恰就是此种独独属于诗人的工作。他让这些似乎已失去弹性的大词焕然一新了，同时他让男女情爱的表达也焕然一新。

西川瞧不上徐志摩"不带走一片云彩"的浅薄，于是他自己写深刻的诗："大狗叫，小狗也叫，／但小狗叫破了天依然是小狗"；西川指责穆旦在《诗八首》中滥用大词，于是他自己写满载小词的诗："摸着石头过河可河水太深了"……对此，我还能说什么呢？大河拐大弯呀诗人也拐弯，然而，拐向思想拐向观念拐向世界潮流拐向无知无畏的诗人，我们还该如何去称呼他？

（原刊于《南方都市报·阅读周刊》2012年9月23日）

坏诗的秘密

钱穆晚年写过一篇很好的文章,叫作《谈诗》,是从《红楼梦》里的香菱学诗开始的。香菱喜欢陆游的两句诗:重帘不卷留香久,古砚微凹聚墨多。去问林黛玉,黛玉说:"这种诗千万不能学。学作这样的诗,你就不会作诗了。"学诗,未必一开始就懂得好诗的境界,但至少要明白坏诗是什么样子的。至于香菱喜欢的这两句诗到底坏到什么程度,钱穆有言:"放翁这两句诗,对得很工整,其实则只是字面上的堆砌,而背后没有人。若说它完全没有人,也不尽然,到底该有个人在里面。这个人,在书房里烧了一炉香,帘子不挂起来,香就出不去了。他在那里写字,或作诗,有很好的砚台,磨了墨,还没用。则是此诗背后原是有一人，但这人却叫什么人来当都可，因此人不见有意境，不见有情趣。无意境，无情趣，就算有此人，也只是个俗人。仅有人买一件古玩，烧一炉香，自己以为很高雅，其实还是俗。因为在这环境中，换另一个人来，不见有什么不同，这就算做俗。"

傅浩最近出了一本《秘密：我怎样作诗》，是他历年的诗歌和诗论合集，书末有一个跋，讲述其学诗历程，里面提到十四五岁时在墙上即兴写过两句题画诗："袅袅杨柳桃源地，飘飘葛衣荷锄人。"竟得他爱好风雅的祖父大赞，一时好不得意。而这种无知少年的得意，从这本书的内容来看，竟然笼罩了作者随后的成年时代。如果说陆游写过大量的坏诗不假，但至少他也写下了《临安春雨初霁》那样的杰作，而纵观《秘密》一书，从那个刚刚学诗的懵懂少年到如今功成名就的诗歌翻译家兼外文教授，傅浩大半生的所谓诗作，都不曾摆脱当年十四五岁时题画诗的境界，而这境界尚不及陆游的坏诗于万一，竟然都能这么一直得意，竟然都能以行家的姿态，来谈论诗歌的秘密。

傅浩的诗，基本是郭沫若式的新台阁体和民间梨花体的混合，再裹上一层所谓英诗叙事体的奶油，比如他写于二〇一一年初的《仿叶芝三章》,"现在我国正强大起来／绝不是为了称霸／而是让国民更好生活／不再受欺侮威吓。"这样的诗,不仅是对每个有正常判断力的中国读者的侮辱,更是对叶芝的侮辱。作者在书末感叹,"我的诗作在内地较难发表,原因之一可能就是一般编辑不能或不敢欣赏我的作品",我在此要正式向拒绝傅浩诗作的编辑致敬,而这样的拒绝也印证了我长久以来的一个想法,即无论汉语新诗在今天的状况有多么不理想,放在中国当下整体的文艺范畴内,新诗,都依旧是最得现代性精髓、最一骑绝尘的领域。

可以说,很长一段时间以来,新诗的发展是被诗歌翻译所推动的。从新月派到九叶派乃至新时期,最好的诗人都是一边写诗,一边翻译。新中国成立之后,文学大倒退,很多诗人的创作停顿,但诗歌翻译倒是迎来了一个黄金时期,其中以袁可嘉、穆旦和郑敏为著,可以说,这些诗人的译诗,哺育了日后的几代诗人。到了上世纪八十年代,最重要的诗歌译者是北岛,他的《索德格朗诗选》,薄薄一册,却给汉语新诗带来一种全新的语感,深深地影响了后面数十年的女性诗歌写作。然而,进入上世纪九十年代,诗歌翻译的工作慢慢从诗人圈子移向学院,成为外文系教师们的重要副业。这一转向的后果之一,就是很多在母语领域缺乏文学才能的人,依靠其外语的专业优势,借翻译西方大诗人的便利,以一种狐假虎威的方式,开始在现代诗领域获得话语权。

关于译诗的标准,有许多技术上的争论和纠缠,但在我看来,均可用剃刀法则减之又减,减至一条标准,即源语言中的好诗,译成目标语言后,依旧还得是一首好诗。李白的《静夜思》,任何一个中国小学生都可以将之翻译成通顺明白的四行白话诗,但这个小学生却不能大言不惭地说他那个白话译诗的境界等同于李白,进而,这个小学生也不可能荒唐地以当代李白自居。而这样的大言不惭和荒唐,在中国当代的诗歌翻译界却是屡见不鲜,傅浩,只是其中之一罢了。

叶芝有一首《当你老了》,在中国很有名,这完全得益于袁可嘉的译笔,"多少人爱你青春欢畅的时辰／爱慕你的美丽,假意或真心／只有一个人爱你那朝圣者的灵魂／爱你衰老了的脸上痛苦的皱纹。"而以叶芝专家自居的傅浩却以为不足,将之改译为:"多少人爱你风韵妩媚的时光／爱你的美丽出自假意或真情／而唯有一人爱你灵魂的至诚／爱你渐衰的脸上愁苦的风霜。"两相比较，很容易发现，傅浩译作的句式和节奏依旧来自袁可嘉，而他自以为得意的两处更改，"灵魂的至诚"不知所云，"愁苦的风霜"烂俗至极，这是典型的坏诗。典型的坏诗比非诗更为有害，就像黛玉大为反对的那两句诗，它有着格律，有着意境，却把旨在通过诗歌提升生命的个人，暗暗拖至最最庸俗的境地。

某种程度上，傅浩这本诗、论合集的出版可谓适逢其时，其书名也非常恰当，终于有一个诗歌翻译大家，敢于抛掉身后那些老虎般的西方大诗人，赤裸裸地站在我们面前，让我们一览他的秘密，如何写坏诗的秘密。这是一次最集中的祛魅，而未来的诗人们，犹如香菱一般，都会从中找到信心和力量。

（原刊于《南方都市报·阅读周刊》2011年9月4日）

读《剑桥中国文学史·上卷》

最近三联书店出版了由北美汉学界联手完成的《剑桥中国文学史》的中译本，以明代洪武八年（即1375年）为界，分上下卷，我对古典文学一直有兴趣，所以就先读了由宇文所安主编的上卷。

在很多场合，作为《剑桥中国文学史》的两位主编之一，宇文所安都曾谈及他的文学史观，他说得异常复杂，但其核心理路，我觉得还是耶鲁教给他的解构主义的招数。一是暗用德里达的延异概念，来解构某个时代文学经典的固有存在。经典文本甫一出现时并不是经典，它的经典性是被后世慢慢描绘出来的，就像芝诺的飞箭，它在每一个瞬间都可以说静止而不是运动的，它的运动，只是当这个现时瞬间作为过去与将来之关系的产物,才得以在差异和延宕中呈现,"在元素或系统中,断无单纯呈现或非呈现之物,唯处处是差异和踪迹的踪迹"(德里达《立场》),顺着这个理路,宇文所安遂推演出中国文学的命运,"如果说得危言耸听一点,我们根本就不拥有东汉和魏朝的诗歌;我们拥有的只是被南朝后期和初唐塑造出来的东汉和魏朝的诗歌。从这个意义上讲,不存在什么固定的'源头'——一个历史时期的画像是被后来的另外一个历史时期描绘出来的"(宇文所安《瓠落的文学史》)。倘若如此,我们不禁要问,那些假定是被南朝后期和初唐塑造出来的东汉和魏朝的诗歌,为什么就没有可能被后来的宋元明清乃至民国进一步颠覆和重塑?既然固定的源头不再存在,为什么宇文所安不把这种延异贯彻到底,却非要在暧昧不清中给我们竭力端出另一个"固定的源头"的源头?昔日治中国文学者的常识,是"盖去古愈近,所览之文愈多,其所评论亦当愈可信也",但按照宇文所安的理论,"现在我们看到的文学史是被一批具有很强的文化与政治动机的知识分子所过滤和左右过的",于是传世通行文献便大都蒙上了一层阴谋论的可疑面纱,于是,我们便不能信任每一个"去古未远"的历史时期对过去的描绘，为避免就此陷入历史虚无主义，我们应该转身相信在文献更加"不足征"的今天由宇文所安们做出的管窥蠡测之谈，因为据说今天的文学史学者（尤其是北美汉学家）能拥有一种超脱性的公正。

宇文所安从解构主义那借来的第二种武器，是所谓的"惯例与倒置"，即赋予一贯被认为是边缘性的东西以足够骄傲的地位，从而颠倒了传统二元对立的等级结构，比如重要作家／次要作家，传世选集／佚失选集，经典文本／手抄本异文，等等。然而，解构主义用以颠倒传统等级结构的策略，始终有赖于其不亚于新批评的针对具体文本的精深细读功夫，解构主义擅长的是小中见大，庖丁解牛，从看似没有问题的地方切入、"在文本内部小心翼翼地抽绎出互不相容的指意取向"（巴巴拉·琼生语），但一部简要文学史的写作，限于篇幅，要求的却是大刀阔斧，删繁就简，于纷乱中必须迅速做出有关系统探索的决断，这两者之间显而易见的矛盾，宇文所安并没有处理得很好，于是在其诸如《史中有史》和《瓠落的文学史》这样的理论文字中常常满足于以疑问句收场，而在其实用史述中则常常流于武断、虚构和臆测。

举几个《剑桥中国文学史》中的简单例子。

其中,宇文所安撰写的是《第四章:文化唐朝》,据说其特出之一,是揭示出"中国文学史上一个独特的、被低估的时期",即武后执政期间宫廷女性对文学的影响。"武后统治时期出现了一系列的诗文选集、诗文要钞、典范对句集和类书。这些作品的失传使得我们很容易忽略它们的重要性。"我很想看看被我们忽略的"它们的重要性"到底是什么,但是没有下文了,下文迅速跳至关于元兢和玄奘的语焉不详的谈论。宇文所安的逻辑,似乎一直在说,由于我们忽略了某些失传文献的重要性(并且这种重要性因为失传就变得无可否认),现有传世文献的文学价值就必须打上问号。宇文所安似乎忘记了一点,即任何文献失传的首要原因,是在时间的竞争序列中被淘汰,就像生物的进化过程一样,有些器官慢慢消失,是因为那个器官不再重要和必须,或者如德日进所言的"叶柄的消除",脆弱的起始材料在完成使命之后被时间消灭。我们不必埋首古籍,只要想想上世纪五六十年代的诸多官方诗文选集,如今安在,就可以对"它们的重要性"有所预估了。因此,如果宇文所安要说服我们承认某个失传文献的重要性乃至文学价值，他或者有真正文献学意义上的充足证据，或者就必须像其解构主义宗师那样精研细琢才行。"作史者亦不得激于表微阐幽之一念，而轻重颠倒。"钱锺书多年前针对治文学史者所言的这句警示的重点，不在于"轻重颠倒"，在于"一念"。

更何况很多时候，宇文所安的论述方式并非解构，而是虚构。如果我们稍微接触点唐史，就会知道上官仪麟德元年（664年）被诛之时，上官婉儿尚在襁褓，其母也幸存，一同按律归入负责管理籍没犯罪官吏妻女等人员的掖庭，十四岁时方得武后召见，并一直为武后所忌惮，直至中宗时期方得重用。但在宇文所安笔下，俨然就成了另一种场景，"武后随即下令处决上官仪及其全家，唯独放过他年幼的孙女，让她进宫侍奉自己。这个孙女就是上官婉儿。由于她才华出众，在696年被擢升为武后的私人秘书，并最终成为中宗的昭容。她后来成为八世纪前十年中最好的诗人之一，以及宫廷文学趣味的仲裁者"，这段经过裁剪的叙述很有魅惑力，让我们想见在一个由女性执政的社会中，一个女童如何凭借自己的才华幸运地从覆巢之下逃脱，一举扭转自身的命运。并且，当我们迫切想再了解一下这位

"八世纪前十年最好的诗人"的诗歌品质和其具体的文学趣味，作者的叙述又轻飘飘地转向了初唐四杰。似乎，在宇文所安的文学史观里，文学史最主要的任务，始终只是引发读者"破四旧"般的揣测和悬想。

这种虚构也体现在由其亲密伙伴田晓菲撰写的《第三章：从东晋到初唐》中。田晓菲将"边塞诗"理解为南朝诗人对"北方"的文化建构，"这种诗歌，体现了南方精英试图想象出一个'他处'——在时空上来说都远不可及的地方，在南方身份的建构过程中扮演文化他者的角色。这一诗歌首先在从未涉足北方的南方诗人鲍照手中成形"；"这种诗歌经常对北方边塞寒冷严酷的气候进行夸张的描述，并将背景设置在遥远而富有传奇色彩的汉朝……"事实上，这种所谓的文化建构只是田晓菲个人的虚构而已，她忘记了"边塞"原本是一个军事术语，"边塞诗"的传统原本只是一个军事题材的诗歌传统，它始自先秦，滥觞于汉乐府中如《关山月》《战城南》《出塞》《入塞》之类的边塞乐府，鲍照只是继承了这一传统，他虽然没有去过大漠塞北，但他随同刘濬打过仗，当时京口、瓜步就已经是前沿阵地，所以他的边塞诗并非什么"扮演文化他者的企图"，而只是像一切好的诗作那样,是传统和个人经验的融合,比如他的《代苦热行》,描写的就并非北方,而是在南方瘴疠之地的征战,它同样也属于边塞诗。另外,将诗作背景设在汉朝,这种借古喻今的古典诗歌传统,也绝非边塞诗独有。

在虚构之外,宇文所安和田晓菲都习惯用的另一种叙述方式,是夸饰。他们为了重构固有的文学史序列,喜欢强调某些其实不存在的"第一次"。比如在《第三章:从东晋到初唐》中,陶渊明、谢灵运和谢朓都没有幸运来享受文本细读的礼遇,这样的礼遇给了萧纲的《秋晚》,"'乱霞圆绿水,细叶影飞缸',萧纲之前,几乎没有任何诗人曾把'圆'作为一个动词用在五言诗句第三个字的位置,而且在这样奇特的意义上"。这样的表述就好像外交家演说,看似言之凿凿,实则信口开河,因为在鲍照《三日游南苑》诗里,就有"清潭圆翠会,花薄缘绮纹"的句子,词句用法与萧纲相似,当然了,按照某一种文学史观,或许鲍照这首诗的真假从此便值得重新考量。无独有偶,在《第四章:文化唐朝》末尾,宇文所安引了《梦溪笔谈》里一则轶事,"往岁士人多尚对偶为文,穆修、张景辈始为平文,当时谓之古文……适见有奔马践死一犬,二人各记其事,以较工拙……"有趣的是他接下来的评论,"在中国传统中,我们第一次看到这样一个问题的提出:如何用文字来表述先于表述而存在的事物。沈括称之为'平文',暗示有一种基本的散体文字,可以完美地匹配发生的事件"。这句话我看了很久,我在想,什么是"后于表述而存在的事物"呢?是J.L.奥斯汀所谓的"述行语",还是上帝说的"要有光,于是就有了光"?如果抛开这二者,就一般而言,事物存在不都是先于文字表述的吗?"如何用文字来表述先于表述而存在的事物",不就等于在问如何用文字表述历史,这不应该是到了宋代才第一次问出来的问题吧。宇文所安是根据什么来断定这是第一次呢?莫不是受了"始为平文"的误导?天晓得,这里的"始",可不是始皇帝的"始"。

宇文所安和田晓菲的另一个共同爱好,就是致力于将文学史上公认的大诗人庸俗化,比如说田晓菲论陶渊明,就是一个企图通过开荒的方式征服野蛮自然的牛仔农场主;宇文所安论李白,就是一个不断寻找新的资助者以便混吃混喝的职业诗人。凡此种种,因为他们各自都有相关专著在国内出版过,也遭遇过识者的批评,兹不赘述。

这部《剑桥中国文学史·上卷》真正令我眼前一亮的

地方，恰恰是被认为最难写的、也是有些国内论者以为不合常规的第一章，即由柯马丁撰写的《早期中国文学：开端至西汉》。吴小如早在一九五四年就曾批评有些治中国文学史的权威，说他们"说起来是研究文学，其实却始终不曾接触到文学本身，他们的历史考据癖很深，至于作品本身的思想艺术如何，很少谈到。最近的一些文章，还是用材料代替研究，简直就是从胡适一流一脉相传下来的东西"。这个毛病，在宇文所安和田晓菲撰写的第三、第四章中暴露无遗，但在柯马丁的第一章中，虽然他所面对的文献极其庞杂，但他始终从文学的视角去审视它们，以至于能在有限的篇章里给我们呈现出一幅早期中国文学新鲜有力的整体景观，相当难得。比如论及《易经》和出土卜辞对四言诗形式的选用，"以诗歌言说，等于以真实、权威言说"；谈到《毛诗》大序传递出的美学观，"人类作者不是亚里士多德意义上的创造者，而是既有特殊性、又有普遍性的表达方式的制作者"；分析《左传》的叙事策略，认为其"与缺乏权威声音有关……历史似乎不是由事件本身所推动的，而是由历史主人公的思考与选择所推动的，他们通常都会为自己的行为做出辩护和解释。在这种修辞框架中，冲突的结果本身远不如其所表明的道德选择重要"。此外，他引用出土文献，证明在秦廷焚书前后，经典学问的传承并无任何改变，"据此而言，秦廷的古典学者并不是受害者，甚至可以说他们是禁止私学的受惠者"，由此连通秦与西汉的思想脉络，令人豁然。

艾朗诺撰写的《第五章：北宋》，也颇可观。顾彬曾抱怨这部《剑桥中国文学史》相当保守，只搜集作品，不分析作品，我想他一定是不耐烦读到第五章就把书扔在一边了。艾朗诺钻研过欧阳修和苏轼，还译过《管锥编》，所以他在这一章中对欧阳修、王安石、苏轼、黄庭坚等人文学思想的细致分析，很得"知人论世"之要领。

和而不同，各从己志，这倒也是这部《剑桥中国文学史》另一个可佩的地方，它也因此远远优于我们国内那些由几个导师带一群学生拼凑出来的文学通史，使得我们在挑剔之余，始终还要保有几分惭愧。

（原刊于《南方都市报·阅读周刊》2013年9月8日）

II

假想的煎熬

——对苏童《黄雀记》的一种解释

1

在很多场合，苏童都谈及写作短篇小说时的享受和愉悦，一个稍纵即逝的场景，一次有头无尾的对话，以及季节的变换，乃至流水的氤氲，在他那里都不会被轻视，都是生命的形态，脆弱且有无从确定的未来，他沉浸其中，像一个在暗房里安静冲洗胶片的人，将时间、记忆以及想象用文字的显影液型塑成一帧帧泛黄的画面，挂满整个房间。与这样的享受和愉悦相对立的，长篇小说写作给予苏童的感受，至少从他自己过去的表达来看，却往往是疲惫、痛苦和困难。

写长篇对于一个生性懒怠的人是一种挑战和压迫，写长篇的那些日子你似乎有肩扛一座大山的体验和疲惫。我不明白为什么作家都要写长篇，为什么不像博尔赫斯、契诃夫那样对它敢于翻白眼。奇怪的是人们大多认为长篇小说是作家的得分或责任，而不是短篇或别的什么。(《回答王雪瑛的十四个问题》，1998)

在写长篇的时候，真是像在开一艘远洋巨轮的感觉……因为是汪洋中的一艘大船，所以航程一定是很累的，而且对人的压力也是很大的。写长篇的感受和写短篇的感受对我来说完全不同。写短篇是比较享受的，一个是由于我比较怕吃苦的想法，写一年的长篇真是有时让我累得吃不消，而我又不是一个喜欢受苦的人，所以在这意义上，平时喜欢写短篇。人也很怪，我其实不需要拿长篇来证明什么东西，但是过个两三年就会有那个欲望，要远航了，要到海洋当中去了。(《作家苏童谈写作》，2002)

我对自己的短篇小说蛮自恋，我很享受。但是写短篇和长篇是两个人吗？我自己也不清楚。有时候随着文本的不同、要求和目的的不同，都能够引发我不同的创作情绪和状态。越写得轻松，一气呵成的短篇小说，肯定是我最为满意的作品。这种状态不可能长久贯穿于长篇小说的创作过程，所以写好的长篇小说一直是我的野心和梦想，也是煎熬我的非常大的痛苦。（《童年·60年代人·历史记忆——苏童作品学术研讨会纪要》，2010）

这些言语之间有着十余年的时间跨度。虽然那个"不明白作家为什么都要写长篇"的苏童，已经变成了把写出好的长篇小说当作"野心和梦想"的苏童，但那种写作长篇时的痛苦似乎始终存在。从《蛇为什么会飞》《碧奴》《河岸》再到最近的《黄雀记》，新世纪以来，苏童以每三四年一部长篇的均匀速度向着他的野心和梦想迈进，但相较于其诸多中短篇所收获的众口一词的赞誉，他的长篇小说引发的每每是困惑和疑问，某种程度上，苏童仿佛是把写作长篇时的痛苦传染给了其长篇小说的阅读者和评论者，尤其在当下这个文学评论日益沦为表态站队的大环境里，于是，遮遮掩掩者有之，气急败坏者有之。而在十年前，苏童就曾对自己作品的问题有过一次自我陈述："我深知自己作品的缺陷，别人一时可能还没发现，我自己先谈了就有家丑外扬之嫌。有时候我像研究别人作品那样研究自己的作品，常常是捶胸顿足。内容和艺术上的缺陷普遍存在于当代走红的作家作品中，要说大家都说，要不说大家都不说。"我怎么看这段自述，都有一种古怪的意味在里面，遂莫名地想起尼采所说的，"苏格拉底认为，假想一个人具有一种他实际上并不具有的美德，这是接近疯狂的行为。这样一种假想显然比与之相反的对一项绝对恶行的疯狂迷恋还要危险。因为对绝对恶行的疯狂迷恋还有治愈办法，而前者则会让一个人或一个时代一天天变坏，也就一天天不公正"。

对我而言，也许评论写作唯一的意义和动力，就要在尼采的这句话里找，并且努力说出那些因为种种原因"大家都不说"的东西。

2

苏童虽然时常提到创作长篇的痛苦,但他始终没有深谈究竟是什么构成了这种痛苦。好在,不少论者已经对此有所感受,比如程德培就曾指出,"重视意象和画面的人,处理短篇小说非常容易。把小说拉长变成中长篇的叙事,光靠画面和意象群,我觉得解决不了问题,肯定要借助其他手段";这样的其他手段具体会是什么,程德培并未细说;倒是同样作为小说家的王安忆,觉察到苏童的某种习惯策略,"苏童的小说里面总是有'道具'的……这个道具是他所熟悉的,能够给它隐喻的,同时隐喻也不是勉强的。所以去写《碧奴》的时候,我觉得他挺无所抓挠。他创造了'眼泪',有点像最初的'白鹤''核桃树',这一套又回来";又比如郜元宝对苏童写作整体状态所做出的形象比喻,"他喜欢描写封闭独立的狭小世界,所以文学做得精致美好,一旦世界放大了,就像《河岸》的有些话语,好像外面世界吹进来的风,一下子又明显的不和谐……在美学上,苏童将现实经验拒之门外。苏童就好像奔跑在几个房间里进行写作"。

这些批评都是相当精确的，但遗憾的是，它们或许还过于轻微和友好，以至于还不能对小说作者构成新的刺痛，而在艺术领域，唯有将种种痛苦暴露于空气之中而不是遮掩，才有可能孕育出新的创造。从这个意义上来讲，《黄雀记》会是很好的样本，用以再次审视苏童的长篇写作，审视一位被公认为杰出的短篇小说作家，如何再次艰难地陷没于长篇小说的泥沼之中。

《黄雀记》的故事并不复杂，用苏童自己的话来讲，"这部小说在风格上是'香椿树街系列'的一个延续，所谓街区生活。讲述了上世纪八十年代发生的一个错综复杂的青少年强奸案，通过案子三个不同的当事人的视角，组成三段体的结构，背后是这个时代的变迁，或者说是这三个受侮辱与损害的人的命运，写他们后来的成长，和不停的碰撞"。我兀自引用苏童接受访谈时的表述，倒并非偷懒，而是觉得这表述相当明白和简洁，当然，也许是过于明白和简洁了，仿佛被编辑加工过一样。

我们这几十年的长篇小说创作和阅读，在潜移默化中被培育出的美学习惯就是简明。这种简明首先来自于写作长篇的计划性，以及随之而生的读者对这种计划性的期待。

我们的小说家对于长篇小说写作有各种比喻，建筑一个宏伟宫殿，驾驶一艘远洋巨轮，筑造一个心灵世界，等等，都离不开精密的计划。要表达一个什么，要针对一个什么，都有计划，以至于其中每个情节每段对话都预设好一个目的，这样的长篇小说，我不能说它是可怕的，但至少是不健全的，就像我们过去有很长一段时间的生活，也是不健全的，是为某种东西服务的，是随时需要为了某种更为崇高之物牺牲一切的生活。这种每个时刻都负荷意义的生活，是被计划统治的生活，也是可怕的受奴役的生活，长篇小说亦然。英国小说家威廉·特鲁弗曾比较过短篇小说和长篇小说的关系，他说，"生活，绝大多数时候是无意义的。长篇小说模仿生活"。我相信，好的长篇小说和好的生活一样，都应当有能力容纳承载一些无意义的时刻，这种对无意义时刻的接受和容纳，是对生活的诚实，也是对小说的诚实。

3

《黄雀记》分三章，"保润的春天""柳生的秋天"和

"白小姐的夏天",三章的标题已经暗示了三个不同的叙事视角,每一章内亦分成诸多带标题的小节,如"照片""去工人文化宫的路""兔笼""水塔与小拉"等等。采用有意味的小标题,一直是苏童长篇小说的习惯,它或许也表明了一位成功的短篇小说家在探索长篇写作时的态度,即通过分而治之的方式,把事情依旧调整到自己最为熟悉的轨道上来。

某种程度上,《黄雀记》由此也可以看成是诸多小短篇的集合,每个小短篇都是精致而优美的苏童风格,有南方的湿润和幽暗气息,可以令人耽溺其中像静立在临水的悠长小巷。然而,当这些小短篇企图最终形成一部长篇,好比很多意味丰富的照片硬要组合成一幅恢弘的壁画,问题就来了,在《黄雀记》中,整个故事情节的推进和展开,于是就好像那些照片与照片之间胶水粘连的痕迹,横贯于整幅壁画之上,因为条理分明,更显得生硬触目。

《黄雀记》的故事其实就开始于"照片"。保润的祖父每年执意要去照相馆照一张相片,这种举措引起了儿媳妇栗宝珍的不满,在反复争执中祖父变成一个丢了魂的人,在邻居绍兴奶奶的建议下,执意要找出多年前埋藏的先人尸骨，它们被放在一个手电筒里面，埋在一个祖父已经忘记的地方，于是祖父把整个香椿街都挖了个遍，最后被视作疯子，送进了井亭精神病医院。在医院里祖父继续四处挖掘，以至于破坏绿化，保润的父亲不得已只好前去看护，又引发旧病，于是保润就被派往井亭医院，替代父亲去监护祖父的一举一动。

我复述这段开头情节的时候，有种在写电视剧梗概的感觉，因此也就明白了苏童作品被影视剧导演青睐不是偶然的，他的小说除了充满画面感，竟还兼具清晰可辨的情节线，而这个情节线的设置和中国影视剧的美学习惯是一致的，即逻辑清楚，简明有序。然而，在大量的中国影视剧情节里存在的清楚逻辑，并非源自生活本身，而只是向壁虚构和迎合观众爆米花思维的产物，所以硬伤频频，非议不断。

比如说，以我浅薄的见识，就很难想象为什么诸如保润祖父每年照一张相片这样原本很简单美好的举措，会引发家庭内部你死我活的争执。二〇〇八年，一个叫作叶景吕的普通中国人震动了摄影界，这个出生于一八八一年的福州人，从一九〇七年开始，每年都拍摄一张自己的肖像，直到他去世的一九六八年。保润祖父这个形象,苏童也许正是从叶景吕这里获得的灵感也未可知。小说中给出的解释是,祖父拍照是因为不放心儿辈对其后事的料理,儿媳生气也是因为这样的拍照行为会暗示儿孙的不孝。但按常理来讲,一个人后事料理得好坏,并不仅仅靠一张遗照的好坏就能评判,并且即便一个人每年都拍遗照,即便邻居们再爱搬弄是非,大概也不会单单凭这一件事就推断他的儿孙是不孝顺的。但在小说里,似乎每个人都陷入这种"祖父去拍照就是儿孙不孝顺"的偏执思维中不可自拔,当然,这样的强加于小说中每个人物身上的偏执思维,非常有助于让故事情节在刻意聚焦的矛盾中迅速推进,保润祖父很快就被儿媳妇送进精神病院。而更为奇怪的是,既然儿媳栗宝珍是以维护整个家庭安宁的名义,以铁腕迫使保润父亲把祖父送进了井亭医院,她又怎么会不仅纵容保润父亲把半条命搭在医院里,又忍心让自己的儿子也把青春期的好时光挥霍在去医院看护祖父这件事上?

也许,真正要送保润祖父和保润去井亭医院的人,是操纵这一切的小说作者,他需要他们胡乱找个借口赶紧都奔赴医院,以便遇到故事里的女主角。

4

这部以香椿树街为名义开始的小说,其实一半的故事是在井亭医院,在这个作者开辟的另一个新场所里完成的。在井亭精神病院里,有一个叫作"仙女"的女孩。

不知道从什么时候开始,我们的小说家就产生了对精神病院的美好想象,也许是来自国外影视剧的潜移默化,也许是因为有些诗人住进了精神病院,总之,在当代很多小说中,精神病院几乎成为桃花源的代名词,成为可以放任一切诗意想象的乐园。

在井亭精神病医院中,有可以随便携带手枪的康司令,有可以召妓狂欢的郑老板,有可以按照自己意志闹事的病人们,看护祖父的保润在这里成为身怀捆人绝技的侠客,有很多躁狂病人的家属呼求保润上门捆绑病人,当然,这里还有像公园一般的绿化环境,在这样梦幻诗意的地方,还有一个老花匠和他那个被唤作"仙女"的小孙女。

不幸的是,我去过一些真正的精神病院,很多次,我见到的和听到的,似乎不同于此。在那里,不要说手枪,连一根针一把铁匙都不能带给病人,因为怕他们自残或伤人；在那里，病人们按照病情程度被放入不同病区，他们按时服药，病情严重的还需要接受电击，这些药物和电击足够让他们变得迟钝，驯顺，让他们可以按时吃饭和洗脚，按时上床睡觉；在那里，除了放风时间病人们不可能四处乱窜，不可能去院长办公室告状，也不可能向为所欲为的富商病人行使所谓正义的魔力；在那里，每周有定点的家属探望时间，在其余时间，病人是被家属所遗弃的人，他们来到那里，就是作为一个被遗弃的人和无力被照管的人才来到那里，不可能出现所谓"经常有病人家属慌慌张张跑来找保润，说某某床发病了，急需保润出马，去捆一下人"的状况，在那里，根本就没有成天伺候在病人身边的家属，院方也不可能听任某个病人家属去随意捆绑其他的病人，因为有效处理发病的病人本身就是这种医院的功能所在；那里大多数情况下更接近于人性化的现代监狱，而非度假式的疗养院。

但我们很多的小说家都会轻蔑地看待生活中类似这样的真相，他们会觉得用生活的琐碎真相去衡量小说太可笑了，长篇小说是探索心灵的秘密，是找寻绝望和希望的根源，是弘扬是树立是发明是到达彼岸，在这样重大宏伟的中心任务面前，在这般不可动摇的小说家意志面前，真相似乎是可以被轻易牺牲的，就像曾经很多人的生活都如此被牺牲过一样。

也许我还应该再谈一下"仙女"，她在少女时期被保润的朋友柳生强暴，并随即消失，并在第三章中以"白小姐"的姿态重新出现。在中国很多男性的逻辑里，一个被强暴者，似乎就是天然不洁的，她成为一个风尘女子也似乎是顺理成章的事情。我在这里暂且不必去评论这样的逻辑是否合理，至少苏童在这部小说中也是这般设置的。白小姐，少女时被强暴，留下阴影，长大后沦落风尘，陪庞姓台商去巴黎游玩，不小心怀孕，回国后企图报复台商，用生下孩子的方式向台商索取巨额赔偿。我能说这简直就是三流电视剧的狗血情节吗？

> 她很慎重。要么是富翁，要么是帅哥，要么服他，要么爱他，这是她选择男友的标准，为某个男人怀孕，则需要这些标准的总和。庞先生在标准之外。在她的眼里，庞先生只是一个普通的台商，矮，微胖……

请允许我只引用这么简短的几句叙述,因为类似的叙述在小说中俯拾皆是,在这样的文字中,看不到任何真实而具体的男人和女人的存在,只有针对所谓风尘小姐和台湾富商的大众想象。苏童也许还自觉是在为一位被侮辱和被损害的女子代言,其实,此刻他正是和大众一样,是这种侮辱和损害的实施者,因为他只需要一个风尘女子的符号,来帮助小说情节按照自己预设好的中心意志推进,全然没有感受到她作为一个活人的存在。

5

在一篇谈论欧洲小说修辞的文章里,巴赫金说,"小说所必需的一个前提,就是思想世界在语言和涵意上的非集中化……小说表现出来的非集中化,即话语和思想世界不再归属于一个中心"。也正是在这个意义上,小说,被理查德·罗蒂乃至很多的当代思想家视为道德教化的新的承担者,这种道德教化并非要宣扬或传递某种神圣的真理或发现,而是重新描述和认识这个世界和自我的本来面目;通过这种小说书写,小说家明白没有一个人是他自以为的那个人，包括小说家自己，从而，他可以对一切外在的政治宣传、道德说教乃至个人的自以为是，报以满怀怜悯的嘲讽；小说家乐意接纳一切，不管那有没有必要，只要那是真实和诚实的。

"在写《跳房子》的那些年，"科塔萨尔，这个在长篇和短篇领域同样杰出的小说家，在一篇散文里写道，"饱和点实在太高了，唯一诚实的做法就是接受这些源源不断来自街上、书本、会话、每天发生的灾难中的信息，然后把它们转变成段落、片段、必要或非必要的章节。"

"必要或非必要的章节"，每个致力于长篇小说写作的人都应该反复咀嚼其中的深意，何为必要或非必要？或者，因何必要或非必要？这问题既面向小说，也面向生活。

至于想象力，在这个《黄雀记》的作者赖以自豪的项目上，我愿意引用爱弥尔·左拉，一个现在渐被轻视的小说家的话，"彻头彻尾捏造一个故事，把它推至逼真的极限，用莫名其妙的复杂情节吸引人，没有什么比这更容易、更能迎合大众口味的了。相反，撷取从自己周围观察到的真实事实，按逻辑顺序加以分类，以直觉填满空缺，使人的材料具有生活气息——这是适合于某种环境的完整而固有的生活气息,以获得奇异的效果,这样,你才会在最高层次上运用你的想象力"。

螳螂捕蝉,黄雀在后,这暗喻了《黄雀记》中的主要情节,少年保润将仙女捆绑在水塔之上,但没想到最终对仙女实施强暴的却是他的朋友柳生;但另一方面,这自然也是对小说家自我的写照,在螳螂捕蝉般的生命争斗背后,永远有一个黄雀般冷静等待捕捉一切的小说家。"几年前的一个下午,我在一座火柴盒式的工房阳台上眺望横亘于视线中的一条小街,一条狭窄而破旧的小街……这是我最熟悉的南方的穷街陋巷,也是我无数小说作品中的香椿树街。"这是苏童自述的面对香椿树街的姿态,却是某种仅仅从房间里向外眺望的姿态。那只黄雀在几个房间里来回飞舞,翅膀被墙壁挡回的痛苦渐渐转化成心安理得的生活,它开始习惯眺望远处的螳螂和蝉,并一次次在假想中吞咽它们。

(原刊于《上海文化》2013年七月号)

被打捞上岸的沉船

——张炜《你在高原》

这些天里,我常常不由自主地整理起屋角里的背囊,用刷子清除上面的落尘。梅子看在眼里,终于忍不住问了一句:"又要出去吗?"

我没吭声。因为我还没有拿定主意呢。她直盯盯地看着我,后来扯走了我手里的背囊,一下把它扔到了屋角。我真想告诉她:我快四十岁了,这个年纪的人就是要四下里走走,要到外面去,他的这份自由谁也不能剥夺;他要抓住自己所剩无几的一点点机会……我特别想说的是,我在遇到你之前就已经历经了艰辛,双脚满是血口——难道我连出差、到山里走一趟的权利都没有了吗?难道因为你是我妻子,你就有权任意摆布我,胡乱扔我用了十几年的背囊吗?要知道那里面可装满了一个中年人的辛酸……

　　她出门以后,我用了好长时间来平静自己。我把那个背囊拾起,折叠好,重新放好。(《你在高原5·忆阿雅》)

这段引文来自张炜系列长篇小说《你在高原》,具体出自其中第5部《忆阿雅》中的第1卷第1章,引文中出现的两个人物,"我"是整本小说的叙述者,梅子是他的妻子,他俩的活动基本串联起《你在高原》中除了《家族》之外的剩余九部书。事实上,以第三人称讲述"我"的上两代人故事的《家族》,也的确是一本相对独立并早在上世纪九十年代就出版过也被反复讨论过的小说,它被置于新作《你在高原》系列之中,有点像一个引子,我相信对作者具有重要意义,但在这里,为了叙述方便,也出于对作者二十年默默写作的尊重,我们需要暂时将《家族》搁置,专注于剩余九部小说所构成的《你在高原》。

　　我们不能想当然地将"我"和梅子视为《你在高原》的男女主角,严格讲来,在这部长达四百多万字的系列小说中，只有一个主角，这个主角就是"我"，世界是暗夜里环绕着"我"而形成的那一小圈光亮，我走到哪里，哪里就亮起来，开始出现一个个人物、光影、声响，以及连绵不绝的抒情，"我"走过去，这些也随之隐没，而梅子，充其量只能算是伴随"我"的影子。听起来有点像《追忆似水年华》。但仅仅是有点。在弄清楚《你在高原》究竟是怎么回事之前，我们不妨将一切似是而非的比较都搁置。

对于文学评论，尤其是批评性的意见，被评论者的一个常态反应就是：你是否看完了我整部作品？进而，你是否能够从你的批评文本中证明你看完了我的整部作品？为了对此有所回应，很多的文学评论，在我看来，其最主要的精力，都用在竭力证明自己看完过整部作品上了。然而，对于像《你在高原》这样据说拥有史无前例长度的小说，评论者该用多少的文本篇幅才能证明自己看完过呢？思前想后，我决定放弃这种证明，改用一种张炜同样也可以接受的方式，那就是采样。在《你在高原》的自序里，张炜说："这十部书，严格来讲，即是一个地质工作者的手记。"而对于地质工作者，采样大概是一种最谙熟和亲切的工作方式。

当然，具体文本的选取，既非盲人摸象式的，也非遵循某种特定的意图，它更多是来自阅读时的偶然所遇和一时兴致。我感兴趣的，不是充当《你在高原》的评审团成员，而是其中透露出的，当代中国小说家"在处理写实题材时的方式"（借用埃里希·奥尔巴赫的话），而这种隐隐约约被我感受到的方式，无论好坏，在当代中国小说中多少具有一定的普遍性。

《你在高原》的叙述者"我"，是五十年代生人，父亲在内战期间大概是做地下工作的，解放后被打成反革命，蒙受冤屈，在大山里劳动教养，"我"的童年乃至半生都因此蒙上阴影，"我"少年时在大山里流浪，恢复高考后考上地质学院，和院长女儿有过一段恋情，毕业后分配在众人羡慕的03所，但一直不满所里的蝇营狗苟，但就在这段时间认识了在隔壁单位复印室工作的梅子。梅子的父亲退休前是小城显要，住在象征权力的橡树路。穷书生和大小姐的爱情照旧遭遇到一定的阻力，但最终还是走到了一起。婚后，"我"在岳父帮助下终于调离令他反感的03所，如愿以偿来到一个杂志社工作。工作两年不到，还是不满意。大概就是九十年代中期，下海风潮刮遍中国，"我"也不甘寂寞，辞职去了东部平原，和当地人一起搞葡萄园种植，最终失败地返回小城，还是依靠岳父的关系，去了一个"营养协会"上班，苟且了一阵子，最后背起行囊再次回到东部平原，继续无边的游荡，同时热切地向往一个新的乌托邦，那就是高原，据说，"我"的那些奔赴遥远高原的朋友们，一个个身心健康，笑容爽朗。

张炜将《你在高原》视作一本"行走之书"，而本文开头那段引文即和行走有关，所涉及的时间，大约是"我"在杂志社工作期间。"我"借杂志社的工作之便，经常去各处行走，因此引起了妻子的不快，所以就有了引文中的一番心理波动。

初次遇到这个自述性质的文本，其流露出的焦躁、自怜、受迫害感乃至隐隐恨意，会给人一种诡异之感，仿佛一不小心再往前一步，就会踏进残雪的世界。然而，和残雪面对人性深渊时拥有的冷静观照的间离态度不同，在张炜这里，始终都没有"不可靠叙述者"的任何位置，《你在高原》中的叙述者和隐含作者似乎总是重合的，在价值观上全然一致，并且由于采取第一人称叙述，使得主要人物"我"、叙述者和隐含作者之间，没有任何距离。这种叙述格局，非常类似赵毅衡在谈论鸳鸯蝴蝶派小说时所拈出的"塌缩叙述"，即"叙述主体的各成分全部塌缩到一个点上，直接共分同一种感情和价值，大家'共掬一泪'。如此紧密而绝对的可靠性，需要特殊的阅读方式才能取得预想效果，读者必须认同叙述各主体共享的价值观，才能与叙述文本的世界合一。如果一个读者难以进入这特殊地位，这种塌缩叙述格局对他来说不堪忍受，过分强加于人。这就是为什么我们今天很难有耐心读鸳蝴派作品。"

今天的读者在《你在高原》中，非常吊诡地重新遭遇了这种"塌缩叙述"，因此，首先考验他们的，是其价值观是否依旧能与即将遭遇的叙述主体相一致。

"我在遇到你之前就已经历经了艰辛，双脚满是血口——难道我连出差、到山里去一趟的权利都没有了吗？"在这个问题中隐伏着一个值得深思的逻辑，即一个人过去遭受的苦难有理由成为他向未来索取回报的筹码。二十世纪下半叶的中国，因为没有神和彼岸世界的存在，一切苦难都急吼吼地企求当世的回报，一个人受的苦越多，就似乎有理由在对待他人时表现得越残酷，因为他是一个受苦者。全世界受苦者联合在一起，对立面则是那些没有怎么受过苦的人。受苦累积到一定程度就可转换为正义，受苦者在面对未曾受苦者时拥有天然的正义，这是二十世纪下半叶很长一段时间以来中国社会的日常伦理。作为五十年代生人，"我"一直目睹着这种伦理，也在不知不觉中应用着这种伦理。而这种盛极一时的伦理观，在改革开放尤其是九十年代以后，基本就土崩瓦解了，新的、等价交换的市场正义，替代了昔日受苦者的阶级正义。因此，今天的读者面对"我"冲着梅子发出的责问，会觉得有些匪夷所思。在"历经了艰辛，双脚满是血口"和"出差、到山里去一趟的权利"之间，有什么逻辑关系吗？这完全是两码事情。"我"的频繁出差让妻子觉得受到了冷落，梅子希望"我"能够顾及家庭，"我"却在委屈中想起了脚上的血口，忆起了光辉岁月，这种人与人之间的心理错位，以及不同时代之间的感受错位，其实是既具有非常严肃的悲剧深度，同时又饱含喜剧性的，然而，在作者这里，他对这里发生的悲、喜剧性均无感受，他只是和叙述者绝对重合，投入地抒情。

进一步而言，通观《你在高原》全书，我们会发现，叙述者"我"其实并不像他自己描述的那样苦难深重，相反,与同时代人相比,可谓是一个幸运儿,至少,他如愿以偿地考上了大学,在大学期间还获得大学校长柏老的女儿柏慧的爱情,毕业分配的工作单位也很好,随后又获得小城退休高官女儿梅子的垂青。"我"对身处权力阶层的岳父一直看不惯,不愿和他们一起住在象征权力阶层的橡树路,"我"似乎在不断抗拒岳父的掌控,然而,在每一次关键时刻,又不由自主地要渴求岳父相助。

> 没人相信我为一次工作调动会耗去这么多的精力。后来才知道,这完全是因为失去了岳父的支持造成的。我甚至怀疑开始的时候他还会在暗中阻挠。整个经过复杂坎坷到了极点。但我一定要离开,哪怕弄到最后失业也在所不辞。
>
> 岳父对我调换工作的念头深恶痛绝。而我心里明白,他如果积极帮我,哪怕只稍稍帮一把,让我在地质部门内部调换一下单位是完全不成问题的。(《你在高原2·橡树路》)

一方面对岳父象征的权力阶层不屑一顾,追求独立;

另一方面又将自己无力调换工作的怒火转嫁到有能力帮助自己调换工作的岳父身上，并期待这种自己鄙视的权力能够为己所用，然后，在妻子面前又以受难者自居。这种矫情和虚伪，大概也只有在今天，在理想主义浪潮退却之后的新世纪，能够被更为清楚地分辨。

《你在高原》虽然长，但认真看完的读者还是有的，在他们那里我见到一种善意的理解：即不管主人公宁伽（也就是"我"）有多少问题，张炜至少做到了如实地、近似自然主义地展现五十年代生人的一切，一切的理想主义和大男子主义，一切的局限，作者至少将他们和盘托出，因此其中的局限可以看作是那一代人的局限，而不应就此来指责作者。正如张炜在自序里提到的，"瞧瞧他们是怎样的一群，做过了什么！他们的个人英雄主义、理想和幻觉、自尊和自卑、表演的欲望和牺牲的勇气、自私自利和献身精神、精英主义和五分之一的无赖流氓气、自省力和综合力、文过饰非和突然的懊悔痛哭流涕、大言不惭和敢作敢为、甚至还要包括流动的血液、吃进的食物、统统都搅在了一块儿，成为伟大记忆的一部分……我们如今不需要美化他们一丝一毫，一点都不需要！因为他们已经走过来了，那些痕迹不可改变也不能消失……"

在读者的善意理解和张炜本人的陈述中，有一种共同的，属于历史学和社会学思考问题时的态度，抑或可以说，属于地质工作者的态度。而将一种科学研究的思维方式运用在对文学的理解中，正是当代文学研究的一个耐人寻味的趋向。在这种态度面前，薛蟠的诗与林黛玉的诗同样有价值，因为他代表了一个相对更为大众的清朝纨绔子弟阶层；晚清一些半文不白的类小说文本也重新被人重视，因为据说其中可以看到一代人的乌托邦理想，更不要提十七年文学了，那简直就是一座金矿。文学文本的价值依赖于文本之外的价值，进而，文学研究被史学研究代替，而在历史面前，一切文本无论好坏都可成为值得重视的样本，其重要性取决于所代表的基数大小。这，恰恰暗合了G.K.切斯特顿深深讽刺过的文学图景："至少从某种意义上，读坏文学比读好文学有价值。好文学可以让我们了解一个人的思想，坏文学则可以让我们了解许多人的思想。"

为什么说，坏文学让我们了解许多人的思想，而好文学只让我们了解一个人的思想？对这个问题的深思有助于我们重新回到文学领域来探讨关于文学的问题。难道曹雪芹和莎士比亚不是精确地展现了许多人的思想吗？没错，但不要忘了，我们是通过曹雪芹和莎士比亚的心灵来了解他们笔下的芸芸众生的。即便是在左拉这样严格遵循实证研究的小说家笔下，在他描摹的自然主义式的纷繁现实背后，我们依旧能感受到一个强有力的作者形象。相反，在大量畅销的通俗言情小说和网络小说背后，我们看不到什么清晰的作者面目，却的确能够看到一大群读者真实的梦幻和愿望。

《你在高原》的茅盾文学奖授奖辞中，有这样一句话，"为理想主义者绘制了气象万千的精神图谱"。我相信，在张炜心目中，他的挚友宁伽，也就是叙述者"我"，一定也是小说致力绘制的理想主义者之一。但通过前面的两段引文，我们大致也可以了解所谓理想主义者的气象万千是什么样的面目。

有一个关于阿城的故事。他现在一所大学讲课，收很低的课时费，有人就问他为什么这样，他说，这是在播点种子。这人就有些惊讶，原来阿城还有理想主义。他立刻回答道："我有理想，没有主义。"

作为同样从那个时代过来的人，对理想主义的矫情和虚伪，阿城恐怕是清楚的。理想主义，其实不是对理想的崇拜，而是对"崇拜理想"的崇拜。理想主义者不能被定义成有理想的人，因为事实上每个人都有理想，理想主义者是把理想提高成为一种独一无二的价值观的人，为达到其理想可以放弃一切人之为人的尊严，并无视一切周围的牺牲。一个理想主义者，多半是个没什么幽默感的人。毫无幽默感的理想主义，毫无幽默感的革命，从罗伯斯庇尔到斯大林，浪漫主义时代之后的小说家们目睹毫无幽默感的革命和理想主义一次次转化成暴力专政，他们再次认识到，小说首先不是一种表达，而是一种足以有效抵抗单向思维的自由精神。一个矫情和虚伪者，或者说，一个理想主义者，能够成为很有意思的小说人物，但一个理想主义者能够写小说吗？堂吉诃德能够写小说吗？不能。写小说的是塞万提斯，一个对骑士精神既同情又反讽的人，他把一种真诚的复杂态度倾注到主人公身上，这种复杂性带来了自由，并保证了《堂吉诃德》在骑士时代过去之后，依旧散发无尽魅力。

纵观《你在高原》全书，叙述者始终和作者是一体的，如果我们再多翻一点张炜的随笔或文论，和小说叙述者

"我"的言论思想对照，也能进一步验证这一点。作者基本上毫无保留地在叙述者身上倾注了单一的情感，如爱、苦难和理想主义，这种浪漫主义的文体叙述方式，对作者本人的心智是极大的考验。雨果《九三年》里有句名言："世界上最广阔的东西是海洋，比海洋更广阔的是天空，比天空更广阔的是人的心灵。"张炜本人曾多次谈到雨果对自己的巨大影响，然而，在《你在高原》的叙述者宁伽身上体现出的浪漫精神，更多时候表现为一种文学青年式的浪漫，而非隶属于人类心灵至深至广处的不朽的浪漫。

　　真的，我至今都没有摆脱"心"的问题。我不信这种不得已而为之的、勉为其难的生活会让一颗心从此安定下来。比如说眼下的状态，恍恍惚惚；再比如在岳母和梅子的声声催促下，我还是要涂涂抹抹。我知道停止了涂抹一切只会更糟。我的这个不良嗜好真是源远流长，以至于发展到今天已经无可疗救——我从那所地质学院，甚至从更早的时候起，就开始了这种不能停息的、像害了一场热病似的吟唱和叹息。也许就因为这个难以革除的共同的病根，我才有了长长的奔走、一次又一次的告别：告别地质学，告别杂志社，告别城市，最后又不得不告别那片平原，重新回到这座蜂巢一样拥挤和喧嚣的街巷。"我看见记忆衔住梳子／一群麻雀的种子洒向泥土／那只琴在北风里冲洗／外祖母的白发啊，翩翩的鹭鸟啊／两眼迷蒙眺望／那沙原上飘飘的水汽／一片茁壮的青杨在舞蹈……"（《你在高原8·曙光与暮色》）

这段心灵独白发生在"我"从东部平原的葡萄园失败地逃回城市，并在岳父的关照下去一个所谓的"营养协会"上班期间，这时候"我"大概是四十多岁，时间是上世纪九十年代中期。

通过这段引文，我们了解到叙述者喜欢文学尤其是诗歌，并且还能读到他写下的诗，此外，在《你在高原3·海客谈瀛洲》里，还录有叙述者写的一本以秦始皇东巡为题材的历史小说。然而，他的诗和小说都是乏善可陈的，带有明显的八十年代早期的稚嫩印痕，可惜他又完全缺乏自知，一直以怀才不遇者自居。"像害了一场热病似的吟唱和叹息"，这是典型的文学青年症状。所谓的文学青年症状，和文学完全不是一回事。切斯特顿曾经就此区分道,"艺术质是一种疾病,使艺术爱好者深受折磨。它产生自这样一些人:他们没有充分的表现力将自身中的艺术因素表达出来从而摆脱它……具有巨大健康活力的艺术家很容易摆脱自身的艺术因素,正如他们可以自如地呼吸,很容易就出汗一样。但是,对于缺乏活力的艺术家,摆脱自身的艺术因素就成了一种压力,带来了明显的痛苦,这种痛苦被称为艺术质。因此,非常伟大的艺术家能够成为普通人,成为像莎士比亚或勃朗宁那样的人。艺术质带来很多真正的不幸——虚荣、暴力、恐惧,但艺术质最大的不幸是它不能创造任何艺术。"

当然,我们也不能说张炜对叙述者毫无省察,他确实也审视过宁伽的问题,比如通过另一个人物小白的笔记:

> 宁伽对他们这一批五十年代出生的人、特别是对他自己,给予了无情的剖析。他对自己作为概念接受下来的英雄主义、表演的欲望、批判而不自省的性格,以及复杂阅历和经验所带来的巨大能力、伴随这种能力的各种有效尝试,曾有过一些令人信服的表

述。那些交谈的长夜给我多少启迪，真是愉快啊，真是激动人心。(《你在高原9·荒原记事》)

如果说，这可以算作作者对小说人物的剖析，或者说，算作主人公的自我剖析，那么，这样的剖析也太流于形式了，它更多时候像是一种矫情夸饰之后的曲终奏雅。我们从中看到的，是一个沾沾自喜的反省者，他的省察并非为了纠正自己的生活，所谓"朝闻道夕死可矣"，他的省察本身就是一种故步自封，是抒情式的省察，它不指向任何改变自我的行动，相反，这种省察更加激化了对过往自我的坚持，因为据说伴随那巨大缺陷的是同样巨大的能力，还可以给他人以"愉快"和"激动人心"的启迪。

另一方面，从文体上，宁伽的自我剖析是通过小白的笔记来呈现的，这是张炜在《你在高原》一书中惯用的叙述手法，即通过概要转述的方式来呈现很多原本应当通过对话和行动自然呈现的复杂思想与人物行为，尤其在涉及行动层面，很多事件、人物在事件中的表现，或者说其中牵涉的种种复杂性，都是通过概要转述的方式传达给读者，可以说，在《你在高原》中，"人与世界的关系"，大多情况下是作为概念被转述的,而并非茅盾文学奖授奖辞所谓的"展现"。这种转述绝大多数情况下是来自叙述者"我"(宁伽),少数时候也通过另一些人的笔记和信件的方式。按照当代小说理论一般的看法,这种通过转述者呈现的图景往往是"不可靠的",很多当代小说家正是利用这种"不可靠的转述者"大做文章,在小说隐含作者和不可靠叙述者之间设置一种张力,从而把最终解释的自由空间交给读者。然而,我们在这里指认的"不可靠叙述者",对张炜来说,却又是绝对可靠的,他期待读者对这些转述都能"作为概念接受下来",就像软弱的宁伽接受英雄主义一般。这种期待,是否涉及胡里奥·科塔萨尔所谓的小说家的"虚荣"呢,即"想用故事本身以外的东西去干预一篇故事"?我们不得而知。

至少,这使得针对《你在高原》的阅读成为一件不愉快的事,因为读者时时刻刻都处在一个被灌输、被强制的台下听众状态(仿佛又回到了那峥嵘岁月),尤其在他又觉察到这个灌输者和强制者(宁伽)在道德、文章两方面都不可靠的时候,一种反讽的情绪就悄悄诞生了。遗憾的是,这种反讽情绪首先竟然诞生在读者,而非作者那里。

难道因为你是我妻子，你就有权任意摆布我，胡乱扔我用了十几年的背囊吗？要知道那里面可装满了一个中年人的辛酸……（《你在高原5·忆阿雅》）

让我们重新回到最初的采样，看看其中呈现出来的文学语言。张炜是一个对语言问题很重视的作家，在近期出版的《小说坊八讲：香港浸会大学授课录》中，他一开始就谈到了小说的语言问题，"小说的虚构从语言开始"，即便是人物对话也同样要求虚构，因为文学语言有其不同于口头语言的特殊之处。张炜说："让语言方式走入虚构，形成作家个人的专属，是一个缓慢的学习过程，但只有完成了这个过程，才算是真正地走入了文学写作……小说写作不能亦步亦趋地移植和模仿大众和社会语言，而只能是作家个人的说话方式。"这一点没有问题，但接下来的问题在于，文学语言，作为一种后天学习而得的语言，和口头语言相比，又必将随着时间的流逝经受更为猛烈的老化。一个时代有一个时代的文学语言，那些最风行一时的文学语言会在下一时代迅速被废弃，这也就是罗兰·巴特所说的："人们说，对于新一代，某些语词不再与他们相关：例如，什么样的年轻人我们听说过他们还有'忧郁'之感呢？"进而，"文学，就是语言，一种特定语言。因此，一个作家，如果稍加反省，就应合理地思考其永恒性或者至少其死后的生命，不是按照内容或美学（因为美学可能由于后世的流行而按照螺旋形方式被重复），而是按照语言……语言不仅不是永恒的，而且其演变，即其消亡，是不可逆转的。"罗兰·巴特随后谈到拉辛的过时，不是因为其思想感情，而是因为其语言，而在现代汉语的语境中，这个问题同样存在。同时，我们也可以再重温一下福楼拜致乔治·桑信中的话："因为我写作，不是为了今日的读者，而是为了只要语言存活着就能够出现的一切读者而写作。"福楼拜不但为法语文学，更是为法语增加了一点新的质素，这才是他得以不朽的秘密。

可是，"背囊里装满了一个中年人的辛酸"，类似的迅速过时的文学语言几乎充斥在这厚厚的九部书中，今天什么样的年轻人，我们还能听到他们如是表述呢？如果说"虚构从语言开始"，那么类似"背囊里装满了一个中年人的辛酸"这样的虚构已经不再是创造，而是语言的陈腐因袭；如果说小说要展现"作家个人的说话方式"，那么类似

"背囊里装满了一个中年人的辛酸"这样的抒情言说,在语言的层面,几乎没有给现代汉语增添任何新的质素。

  一连多少天我都在研读这两册著作,渐渐入迷。因为我读到的不仅仅是一部地质学,我在感受着另一种激动。它的确是一部杰出的著作。如果说它从学术和专业的意义上看还显得粗陋的话,那么从另一个方面看,它又具有了无限的深奥曲折……我终于明白了这两册书的真正内容是什么,它们是极度饥饿的产物。我将珍藏它。当我感到迷惑的时候,我就会翻出来看一看。所有的浅薄、粗陋、卑俗,都一块儿组成了它难得的深邃,它的另一种渊博,它的巨大的智慧。这部书以及与这部书连在一起的故事本身,就是一个伟大的奇迹。我觉得让它与我的命运交织在一起,真是再好也没有的了。(《你在高原5·忆阿雅》)

小说中的这段引文,叙述的是宁伽研读他认识的一个地质学老教授著作时的感受。同样作为读者,我始终无法明白,一部专业学术著作既然在专业和学术领域显得粗陋，如何又能摇身变成杰作？我同样无法明白，当所有的浅薄、粗陋、卑俗组织在一起，为何就会产生渊博而巨大的智慧？在涉及价值评估时，这段叙述所依赖的辩证法，隐隐会令我们想起昔日的领袖名言，所谓"高贵者最愚蠢，卑贱者最聪明"，这究竟是让每个热爱写作者欣慰的"修辞的权力"，抑或只是令每个普通人不寒而栗的"权力的修辞"？某种程度上，这段引文所表达的价值判断，大概也正是属于《你在高原》作者的，也正是他期待今天的读者依旧乐意拥有的。

张炜早年写过一本名叫《古船》的小说，某种程度上，阅读《你在高原》的感受，就有如目睹一艘几十年前的沉船，终于被打捞上岸，立在新世纪的海边，以它的体量，和锈迹斑斑，以它在价值评估时必然引发的、诡异又熟悉的辩证法，以它散发流溢的"中年人的辛酸"，一起挠动着我们。

（原刊于《上海文化》2012年第2期）

徘徊在零公里处的幽灵

——马原《牛鬼蛇神》

好些年前,马原曾写过一部中篇小说《零公里处》,写一个十三岁的男孩大元去北京参加大串联的事情,是一部个人的成长小说。他当时写完后很满意,认为是自己最好的小说,并寄给李潮看,李潮回信说,这部小说让他很失望,它就是一个现代的《哈克贝里·芬历险记》,相比而言,他更喜欢马原其他一些更具探索性的小说。

彼时是一九八〇年,外国文学已经被不分时代先后地大量译介,现代性的文艺种子正四处播撒。彼时马原二十七岁,还要再过两年,他才从大学毕业进藏;还要再过四年,《拉萨河女神》才会问世;还要再过七年,《收获》杂志才会制作"实验文学专号",马原也才得以真正成为那个先锋文学的马原。

马原后来在同济大学的课堂上回忆说:"李潮这个评语,我自己在很多年里都引以为豪,因为马克·吐温的《哈克贝里·芬历险记》一直是我心中最了不起的小说。"但事实上,当时的马原非常清楚李潮评语的真正指向,在那个锐意求新奔向现代化的时代,十九世纪的马克·吐温并不意味着生生不息的文学源泉,而是象征着陈旧和过时,新时代的文学大神是卡夫卡,马尔克斯,当然还有博尔赫斯。事实上,当时的马原在实际写作中恰恰是遵从了李潮的建议,他把与《哈克贝里·芬历险记》并肩的自豪锁在抽屉里,转身朝着另一个叙事荒野挺进,因为,当时的中国文坛就犹如十八世纪中叶的美利坚合众国,在那里,荒野和西部,就是生机和希望的代名词。

三十年后,这部在此起彼伏的文学浪潮中湮没的《零公里处》意外地重新复活,成为马原新长篇《牛鬼蛇神》的起点。《牛鬼蛇神》讲述了两个人的一生,东北人大元和海南人李德胜,他们在北京的大串联中相识,随后各奔东西,一个去了拉萨,成为先锋作家,著作频频;一个回到海南岛,做了纯朴山民,儿女成群。数十年之后,大元在不知情状况下与李德胜的小女儿恋爱结婚，两条人生道路在海南再度相汇。《牛鬼蛇神》全书分四卷，卷0北京，卷1海南岛，卷2拉萨，卷3海南，从叙事风格上来讲，竟然卷卷不同，复出的马原视之为一生总结之书，似乎也是成心要提前考验一下不同时期的自己在时间之河中的抗击打能力。于是，其中的卷0北京，基本取材《零公里处》，走的是古典成长小说的叙事路线；卷2拉萨，则置入了多部马原赖以成名的西藏题材的小说，如《冈底斯的诱惑》《拉萨生活的三种时间》《叠纸鹞的三种方法》《西海无帆船》等等，仿佛是当年先锋小说的纪念汇演；而卷1海南岛讲述李德胜的山野生活，虽然放弃了炫技式的先锋叙事形式，但在内容的可读性上，马原不得不依赖的，依旧是其在一九八六年之后小说中惯有的对命案这个故事情节核的娴熟应用；至于卷3海南，讲述大元在放弃写小说之后的二十年生活，几乎等同于一篇时下流行的、潦潦草草的名人回忆录。

因此，在《牛鬼蛇神》中，存在着三个相互关联又面目各异的马原，卷0代表那个热爱菲尔丁、马克·吐温、霍桑、海明威等西方古典主义小说大师的、尚未成名的青年写作者马原；卷1和卷2代表了那个聪明地顺应时代文学潮流的先锋弄潮儿马原；卷3则呈现给我们一个曾宣布小说已死以至于最后真的不再知道该怎么写小说的名人马原。因此，读《牛鬼蛇神》的感觉，就好比参加一个同学会，无论是喜悦还是失落，一一看清楚的其实是自己：从别人的变化上看到自己的不变，从别人的不变中看到自己的变化。

对如今的我而言，能够依旧打动我的，是第一个马原，却也是如今最不为人知晓的那个马原。那个马原曾经讲过这样朴素诚挚的话："要当作家的人，心不能太急，特别是你如果要当一个好作家大作家就尤其不能心急。你读书必得循序渐进，必得真正从古典主义经典开始打下基础，那个过程相当漫长，但是它可以教会你辨别和判断，帮助你建立起正确的取舍原则。二十世纪最出色的作家几乎个个都是古典大师的传人，以新古典主义著称的海明威和加缪，本人就是古典派大师的拉格洛孚，影响了整个世纪前半叶的法国和欧洲的纪德，直接从古希腊走过来的奥尼尔……"

当生过一场大病的马原重新拾起写小说的笔，企图回顾自己的一生，我猜测，首先在他心里浮现的，也会是那第一个马原。《牛鬼蛇神》差一点就成功了,因为马原已经找到了那个合适的起点,那个十三岁的男孩大元,带着对世界的天真想象、对未知的模糊感知和直觉面对,从幽暗中浮现,向他招手。

从严格意义上来讲,《牛鬼蛇神》卷0北京,并不是《零公里处》的原盘拷贝,两相对照一下就可发现,马原的确做了不少改动,这改动是极其细小的,但同时又是非常精心的。这样的改动的存在,可以令《牛鬼蛇神》远离"拼贴艺术"的指认,而同时,也恰恰是这样的改动的存在,封闭了男孩大元获得新生命的任何可能性。正如充满涂改痕迹的手稿可以最真实地展现作家秘不示人的文艺观,从《零公里处》到《牛鬼蛇神》北京卷的变化痕迹,似乎也可以最真实地呈现马原对于小说和自我的认识。比如,

> 他终于摆脱了妈妈,坐到这列直达列车的行李架上的时候,长长地吁出一口气。(《零公里处》)
> →大元终于摆脱了妈妈,平躺到这列直达列车的行李架上的时候,长长地嘘出一口气。(《牛鬼蛇神》)

这里把"坐到"改成了"平躺",似乎体现了身材高大的马原对于空间的敏感。又比如,

> 这是一列锦州到北京的直达列车,红卫兵专列。他年龄还小,充其量也还是个准红卫兵,但他有介绍信,学生证,还有十二斤辽宁粮票。(《零公里处》)
> →这是一列直达北京的红卫兵专列。他年龄还小,充其量也还是个准红卫兵,但他有介绍信,学生证,还有十二斤地方粮票。(《牛鬼蛇神》)

后者略去了锦州和辽宁这样的具体指向,让叙述显得更具普遍性。

除此之外,《牛鬼蛇神》针对《零公里处》的细节改动,主要源自一个新人物"李德胜"的介入,然而,很奇怪地,至少在《牛鬼蛇神》北京卷中,这个新人物除了海南人这个新身份之外,没有携带任何新的故事前来,他所有的言行,都是从《零公里处》中现有的人物身上剥离过来的,这剥离主要取自大元的锦州老乡胡刚,在胡刚的故事不够用的情况下,大元也很慷慨地将自己的某些相对成

熟的言行借给了李德胜。

  胡刚说的不错。以后大元经常想起这句话——生活会教会你。随机应变信如神居然是个普遍适用的真理呢,这个发现大有益处,我们中间绝大多数人都在生活中学会这一点,它可以使生活来得容易,使人们不跟自己作难。(《零公里处》)

  →李德胜说得没错。以后大元经常想起这句话——生活会教会你。随机应变信如神居然是个普遍适用的真理呢,这个发现大有益处,我们中间绝大多数人都在生活中学会这一点,它可以使生活来得容易,使人们不跟自己作难。(《牛鬼蛇神》)

  "大元重新回到广场,他用眼睛吊线,由天安门城楼上毛主席像正中至英雄碑的中心线,他心里用一条虚线联结起来,再用另一条想象的虚线联结了人民大会堂和历史博物馆的正门,两条虚线的交汇点就应是广场中心"(《零公里处》)

  →"李德胜重新回到广场,他用眼睛吊线,由天安门城楼上毛主席像正中至英雄碑的中心线,他心里用一条虚线联结起来,再用另一条想象的虚线联结了人民大会堂和历史博物馆的正门,两条虚线的交汇点就应是广场中心"(《牛鬼蛇神》)

  他突然想起时间。T镇到前门恐怕不止一小时,他下车也有一会儿了,怎么天还没亮?他估计最好有八点钟了,也许九点也说不定。四年后大元下乡了,在农村又是四年,那时候他属于无表阶级的一员。(《零公里处》)

  →李德胜忽然又想起时间。通县到前门恐怕不止一小时,他们下车也有一会儿了,怎么天还没亮?他估计最好有八点钟了,也许九点也说不定。

  李德胜说:"我长大了一定给自己买块表。"

  四年后大元下乡了,在农村又是四年,那时候他属于无表阶级的一员。(《牛鬼蛇神》)

从胡刚和大元那里剥离出来交给李德胜的叙述,并不是随意的,它通常遵循两条原则,一条是形象塑造的原则,李德胜是大元心中的偶像，所以担负展现才能的事，比如用眼睛吊线之类的，又比如神秘收藏的发现者，那都只好归李德胜了；另一条原则是叙述节奏上的，既然在《零公里处》中很多大元一个人经历的事，如去天安门广场接受毛主席检阅，在《牛鬼蛇神》中变成了两个人共同的经历，那么，单口相声自然也要在形式上转换成双口相声。

从《零公里处》到《牛鬼蛇神》，除了以上所提及的类似细节改动之外，另一种显而易见的改动是结构上的，《零公里处》开篇有一段话，"他真不知道从什么地方开始才好。他从十五年后的日记里接出一段话来，借以安排这部小说的开始：小说是反映人的精神活动的，是表现人们的生活的。然而生活是早就开始了的，无所谓始，也无所谓终。声明：日记不是记历史的。"这段话在《牛鬼蛇神》中被删去了，因为这段话原先所隶属的文本在《牛鬼蛇神》中并没有同样作为开篇，而是被置入中间部分，于是这段铺陈交代的开篇词也就失去了存在的意义。然而，这段被删除的话语中蕴藏的小说观，却并没有被日后的马原所抛弃。小说是反映精神活动和表现生活的，而生活是早就开始了，无所谓始，无所谓终，它一直在那，就像水一样，我们不能揪出其中任何一颗水滴说那就是开始或结束，或者说那就是最重要的一滴水，生活也是如此。冯至的十四行诗："从一片泛滥无形的水里，／取水人取来椭圆的一瓶，／这点水就得到一个定形；"水的形状取决于盛放它的容器，而在马原看来，生活的形状取决于我们的叙述方式，能够变化的是叙述方式，而不是生活本身。因此，《牛鬼蛇神》将原本就是片断闪回式叙述的《零公里处》进一步打散，把一个个模块重新组合，再冠以3、2、1的倒数设置，种种天花乱坠，不过只是盛水容器的更换，而那水，依旧只能还是三十年前的水。

> 我知道自己将来的去向吗？大元自问。(《零公里处》)
> →"四十五年来大元反复自问：'我真的知道自己将来的去向吗？'"(《牛鬼蛇神》)

> 北京一行二十天，使一个十三岁的孩子一举成为大人，见识外部世界是把人们引入生活的最好的向导。

这几句话也是摘自大元十五年以后的某篇日记。(《零公里处》)

→北京一行二十天,使一个十七岁的孩子一举成为大人,见识外部世界是把人们引入生活的最好的向导。

这几句话也是摘自大元四十五年以后的某篇札记。(《牛鬼蛇神》)

从"十三岁的孩子"改成"十七岁的孩子",很好理解,是因为当事人不再是大元,而是李德胜了,他十七岁;然而,大元十五年以后对将来去向的自问,竟可以四十五年一成不变,甚至,大元"十五年以后"的日记竟然可以原封不动地移作"四十五年以后"之用,却让我哑然,让我只能惊叹那把平行线刻上美人额角的时间在面对马原时的无力。时间对马原而言,只是一个冰冷的,不会对生活产生任何影响的数学概念。

其实,自我重复并不可怕,每个好的作家都不停地自我重复。在普鲁斯特的《女囚徒》中,马塞尔向阿蒂尔贝蒂阐释自己的见解:一个伟大的作家或艺术家诸如司汤达、陀思妥耶夫斯基、哈代，在一生中一再创造着同一部作品，他们在形形色色的环境中折射出了将他们带到世上来的那独一无二的美。普鲁斯特自己也是如此，本雅明就将普鲁斯特比作不停编织又拆散同一块布匹的珀涅罗珀，某种程度上，写作就是重新编织生活，但首先重要的是拆散，是真正彻底地一次次回到那些动人的、充满可能性的原点。

因此，真正好的作家，他们的重复并非故步自封，而是有能力向着未来的，他们不断地回到原点只是为了不断地重新开始，并不断地修正自己，就像海明威笔下的那个老渔民，他认为以前的成就都不算数，他必须一次又一次重新证明他的能力，这又像是张爱玲曾经打过的比方，她说文人就应该像园子里的一棵树，天生在固定的一个地方，开着永远重复又永远新鲜的花。

然而，遗憾的是，和张爱玲不同，马原式的重复始终又是不彻底的，某种程度上，《牛鬼蛇神》再次印证了当年一位批评家的判断，"马原自我相关的观念和自身循环的努力源出于他另一个牢固的对人类经验的基本理解，即经验时而是唯一性的，我们只可一次性地穿越和经临；时而是重复性的，我们可以不断地重现、重见和重度它们。自我相关和自身循环,都是既唯一又重复的,它们给了马原以深刻不移的影响,以至他在自己的小说叙述里,往往出现有趣的悖论,或说又是一种自我相关和自身循环——他在说经验是一次性的时候,他常常重复地说;他在说经验是重复性的时候,又恰恰是一次性的"。这种重复与唯一的悖论,形成著名的马原式的叙述圈套,在叫人炫目的同时,却也牢牢地限制住了马原,而那个十三岁的男孩大元,因此也就没有机会重新再长大一次,在《牛鬼蛇神》中,他被呼唤出来,却只能始终徘徊在零公里处,成为一个悲伤的、见证潮流浮沉的幽灵。

(原刊于《上海文化》2012 年第 5 期)

皇帝的新衣及如何书写真实

——阎连科的《四书》和《炸裂志》

1

迄今为止，阎连科有影响的小说都是题材性的，如文革（《坚硬如水》），如残障群体（《受活》），如艾滋病（《丁庄梦》），如高校教育（《风雅颂》），如果单看这些小说的简介，我们定要赞叹这简直是一个堂吉诃德般的英勇作家，他不断用手里的长矛挑动那些在这个共同体中似乎属于最极端最难以撼动的题材；而我们更要赞叹的，是他事实上左右逢源的从容姿态，一方面他是一位引起巨大争议似乎被这个共同体排斥的禁书作者，另一方面却也是这个共同体中诸多文学奖的常客。

二〇一一年，阎连科在麦田出版最新小说《四书》的繁体字版，题材之激烈震撼据说较其以往写作更进一层，所谓正面书写"大跃进"。繁体字版的封面上赫然印着："只有他敢这样写小说！一本尚未在中国出版，便已消逝的传奇禁书。"小说虽在内地出版未果，但非常有意味的是，这种缺席反倒因此获得了某种引人注目的存在感，有核心期刊刊载了关于《四书》的长篇评论，学界同时期也为《四书》开了一次研讨会，此外，他两本谈论小说艺术的著作——文论集《发现小说》和谈话录《我的现实我的主义》——同年也在内地相继出版，两本著作的内在指向都是《四书》。

种种迹象表明，《四书》对于小说家阎连科似乎具有重要意义，无论是从题材、文体，抑或是自身创作出路的寻究上，它似乎可视为阎连科公开张扬的，对于小说写作认识的一次集大成，而因为在内地没有出版，它更因此蒙上了一层神秘的受难光环，凡此种种，使得《四书》有可能成为一个对阎连科一无所知的局外人观察阎连科最简便的窗口。

批评界对阎连科乃至《四书》的诸多褒扬，大致可以集中在三个方面：选择题材的勇气，对所写题材的见解，以及文体的创造性。因此，我对《四书》的阅读兴趣，也就暂时集中在这三个方面。

　　《四书》讲述的是黄河边一个右派劳改农场里发生的故事，虽然小说本身据说高度抽象高度荒诞高度虚构，但最为作者本人乃至诸多褒扬者津津乐道的，首先依旧是其碰触历史真相、揭露隐秘现实的胆略。然而，全书涉及的诸如毁树毁物大炼钢铁、虚报田亩产量并将口粮当成公粮上缴的浮夸风，乃至随后大饥荒饿死人吃草皮吃人肉等等据说是重磅炸药般的历史书写，就我的阅读观感而言，充其量，还不如百度百科"大跃进"条目来得深入细致，更勿论和内地正式出版过的相关题材的诸多书籍相比了。仔细查考一下就会知道，大跃进在当下中国其实并非绝对禁区，即便一个小学毕业的读者，只要有心，他不用去看任何禁书，单从正规图书和被允许的网络渠道，就能够对大跃进这段历史的真相有一个简单明了的认识，与之相比，《四书》提供给了我们什么样的新的无人敢于公布的历史发现了吗？它揭开了什么样的天大的不曾被人诉说的秘密真相了吗？阅读这本蒙着禁书神秘光环的小说，其感觉，就仿佛一脚踩进了八十年代内地小县城里赫然写着"少儿不宜"的录像厅，在其光怪陆离烟雾缭绕的表象后面，是平庸无奇，是打着擦边球的循规蹈矩。

那些录像厅老板的目标消费群体，不是成年人，而是对性和暴力正处于猎奇心理期的未成年人；而阎连科的目标读者，也不完全是中国人，更包括对中国有猎奇心理的海外读者。唯有无知，才有猎奇；唯有猎奇者的存在，才滋生挂羊头卖狗肉的招摇者。完稿于二〇一〇年的《四书》以题材得意，但早在二〇〇〇年《上海文学》杂志就开始连载杨显惠的《夹边沟记事》，同样一段历史时间，同样的封闭式农场的地点，同样以一群右派改造知识分子作为描述对象，同样的题材，《四书》比《夹边沟记事》可以说晚了十年，虽然一是小说一是纪实，但既然作为小说的《四书》以书写历史真相来标榜，那么它就不能再以虚构之名来回避与纪实的《夹边沟记事》之间的比照，而就题材所碰触的历史真相和人性深渊而言，《四书》远远不及《夹边沟记事》骇人。我不知道《四书》作者还有什么可以为题材得意的地方。我怀疑，《四书》无法在内地出版，最重要的原因根本不是什么题材禁区，而只是因为阎连科写得太没有新意和诚意。

那么接下来就看看《四书》到底写了点什么。

《四书》中的人物，没有具体名姓，主要人物都以其社会身份命名，比如"学者"原来就是一个著名学者，"音乐"原来就是一个女钢琴家，"宗教"就是一个基督教徒，"作家"原来就是一个享誉全国的作家，"实验"原来就是一个研究技术的实验员，他们都是农场里的改造对象，农场在小说里被叫作"育新区"，而育新区的管理者被叫作"孩子"。在这里，"学者"和"音乐"忙着偷情，"作家"孜孜不倦于告密揭发，"宗教"热衷和背叛信仰，"实验"则很有实践精神地上蹿下跳着捉奸，而"孩子"用纸剪的小红花来管理他们。

从这里可以看到阎连科的野心，他企图展开某种寓言写作，或者用他自己的术语来说，神实主义的写作。"如果说《四书》之前我对神实主义还是模糊、朦胧和犹豫不决，那么，在《四书》的写作过程中，有关神实主义的想法已经在我头脑里渐次清晰，逐步成形。"（《我的现实我的主义》）

在《四书》之后完成的《发现小说》一书，可以视作阎连科小说理论的一次系统表达，其重点就是推导出所谓的神实主义，他说："神实主义，大约应该有个简单的说法。即：在创作中摒弃固有真实生活的表面逻辑关系，去探求一种'不存在'的真实，看不见的真实，被真实掩盖的真实。神实主义疏远于通行的现实主义。它与现实的联系不是生活的直接因果，而更多的是仰仗于人的灵魂、精神和创作者在现实基础上的特殊臆思。在日常生活与社会现实土壤上的想象、寓言、神话、传说、梦境、幻想、魔变、移植等，都是神实主义通往真实和现实的手法与渠道。"

从如上表述中，可以看出阎连科一以贯之的目的论的腔调，正如他预设了"话题性"作为选择小说题材的目的，他也预设了某种"不存在的真实"作为小说创作的目的，以此为名，他可以用"特殊臆思"来粗暴地对待任何真实的生活，因为真实的生活是不重要的，重要的是"看不见的真实"，而为了达到这"看不见的真实"，可以牺牲一切真实。这是多么熟悉的逻辑，这不就是"老大哥"的逻辑吗？呐喊式的反抗者现出原形，他原来不过是专制者在镜子中的投影，这是一个多么巨大的讽刺。阎连科在很多场合都声称要做写作的皇帝，不要做笔墨的奴隶，但无论何种情况下，一旦有人有了做皇帝的梦，我们不免要对他有所提防，因为这意味着一定有人不免会沦为奴隶。具体到《四书》中，沦为奴隶的就是他笔下的人物们，就是所谓的"学者""作家""音乐"和"宗教"们。

真正的寓言写作和象征写作，需要对于复杂人性的某一面具备非常强大的概括力，并将之抽象成洞见，然后再具象化，而不是像阎连科这样，仅仅满足于脸谱化和标签化。就阎连科在《四书》中对"学者""作家""音乐""宗教"等人物的描写来看，他对这些称谓背后的实质性指向一无所知。他不懂得何谓学术，也不懂得音乐与宗教何为，对于作家，他也许知道一点，但大概也局限于低劣的档次，因此，他所能概括和抽象的，仅仅是这些称谓中蕴涵的最最粗浅低劣的成分，就好比一个自大傲慢的西方人满足于自己对"中国人"这个称谓的最最粗浅低劣的认识——哦，黄皮肤黑头发的鸦片鬼。而关于阎连科的对自己无知的无知和并不大胆的大胆，其实在之前的《风雅颂》中就已毕露无遗，《风雅颂》出版后，有诸多学院中人都曾撰文指出作者对高校生态的实质性无知，遑论作者对《诗经》的根本性无知了,阎连科没有能力画出一个真实的大学中文系教授的模样,只好将之画成一个鬼一样的精神病人了事,大概是因为"画鬼容易画人难"吧,但阎连科的荒谬在于,他企图用画鬼的方式来画真实的人,并美其名曰"神实主义"。

《四书》的另一个重要特征,据说是它的语言,即圣经体叙述和中国民间说唱叙述的杂糅。如它的开头模仿《创世纪》的语调:

大地和脚,回来了。

秋天之后,旷得很,地野铺平,混荡着,人在地上渺小。一个黑点星渐着大。育新区的房子开天辟地。人就住了。事就这样成了。地托着脚,回来了。金落日。事就这样成了。光亮粗重,每一杆,八两七两;一杆一杆,林挤林密。孩子的脚,舞蹈落日。暖气硌脚,也硌前胸后背。人撞着暖气。暖气勒人。育新区的房子,老极的青砖青瓦,堆积着年月老极混沌的光,在旷野,开天辟地。人就住了。事就这样成了。光是好的,神把光暗分开。称光为昼,称暗为夜。有晚上，有早上。这样分开。暗来稍前，称为黄昏。黄昏是好的。鸡登架，羊归圈，牛卸了犁耙。人就收了他的工了。

又如写到民众狂欢时采用的说唱腔调：

人在天上撒红花，红花如落雨。
人都站在凳上抢那花。
各人一朵花。

这样的语言，初读起来确实新鲜，但通篇都是这样，动辄来一句"事就这样成了"，抑或隔三差五来上一段莲花落般的唱词，却只能令我想到一个词：矫揉造作。因其矫揉，所以造作。阿兰·布鲁姆曾经嘲笑过那些动辄就声称站在巨人肩膀上的人，巨人的肩膀真是那么容易站上去的吗？同样，在这里，在《四书》中对圣经体和说唱体的戏仿中，我没有看到一个站在巨人肩膀上的文体创造者，而只看到了一个矫揉造作的表演者。

《四书》中有许多对"习惯文学"变节的笔墨，即便谈不上真正的背叛，也还是一种端倪的开始，权作为对今后写作的激励，也就这样写下去罢……我总是怀着一次"不为出版而胡写"的梦想。《四书》就是这样一次不为出版而肆无忌惮的尝试……那样一个故事，我想怎样去讲，就可能怎样去讲，胡扯八道，信口雌黄，真正地、彻底地获得词语和叙述的自由与解放，从而建立一种新的叙述秩序。建立新的叙述秩序，是每个成熟作家的伟大梦想。我把《四书》的写作，当做写作之人生的一段美好假期。假期之间，一切都归我所有。而我——这时候是写作的皇帝，而非笔墨的奴隶。(《发现小说》)

我觉得阎连科至少搞错了一个问题，即便胡扯八道与信口雌黄可以导致词语和叙述的自由与解放，这种自由与解放也和写作能够达到的品质并无直接逻辑关系，严格来讲，每个非文盲都能做到想怎么写就怎么写，每个非文盲都能做到"不为出版而胡写"，但仅此而已，这种写作的自由并不能预支作品的伟大。就像一个皇帝，他有穿上任何新装的自由，但这件衣服的品质究竟如何，却很遗憾与这种自由无关。

2

如何书写真实？这是小说作为一门艺术要恒久面对的问题。然而，在我们这个国度，更为迫切的却似乎是由此问题引发的另一个问题，即，何谓真实？大约二十多年前，海子在诗里面问，"你所说的曙光究竟是什么意思？"而今天的中国小说的作者和读者，也正在不停地质问对方类似的问题："你所说的（你所要的）真实究竟是什么意思？"

木偶人是假人也是真的木偶，塑料花是真的塑料也是假的花，美国梦里面有一个半真半假的美国和另一个半真半假的梦；进而，所有种种因虚假而生的矛盾和悖谬本身是真实的，而更高级的谎言都是用一部分真实来遮蔽另一部分真实；一个人可以真实地表演，也可以借用面具来表达真实……最终，这个看似可以通过实证和客观的方式来检验的、有关真实的质问，奇怪地将转化成一个不可检验的主观上的伦理问题，即一个人愿意在何种程度上去理解他人（或自己）所谓的真实。

更何况还有语言自身的问题。当人们说，余华《第七天》再现了一个真实的中国社会，抑或，苏童《黄雀记》虚构了一个不真实的精神病院，这样简单的表述一旦说出，立刻就歧义丛生，立刻就会同时指向赞美和反对。赞美者和反对者可以操持同样的语汇来攻击对方，正如革命小将操持同一套语汇来彼此杀戮。在普遍意义上，正如乔治·斯坦纳所看到的，我们使用的文学语言已经被二十世纪以来的现代政治暴行和大众流行文化所侵蚀、改造，且滥用，其结果是文学语言本身的败坏，它失去曾经的活力和准确，而变得混乱、浅薄和平庸，它退化为一种能指和所指分离的符号，可以表达一切虚假，同时也再无力承受任何真实。人们如何划分虚构与虚假，如何辨析想象和妄想，如何判断荒诞与荒唐，如何区别摹仿写实和复制粘贴……一个美好的词转瞬就可以为某种肮脏服务……最终，在现有可用的语词范畴内，我们是否还能有效和准确地谈论文学（或生活）的所谓真实？

在《斐德罗篇》中，当塞乌斯把文字作为一项发明呈献给埃及国王萨姆斯时，国王并不觉得惊喜，他说："如果有人学了这种技艺，就会在他们的灵魂中播下遗忘，因为他们这样一来就会依赖写下来的东西，不再去努力记忆：他们不再用心回忆，而是借助外在的符号来回想。"如今，这种依赖正从单纯的文字符号转向更多更新的外在符号，"世界看上去或感觉上就像是报纸和电视所选择呈现出来的样子"。报纸和电视，现在再加上更为强劲的网络媒体，人们对真实世界的认识似乎开始依赖这些新的媒介，也借助这些新媒介来理解现有的真实世界。然而，无论有多少新媒介加入其中，世界永远都大于新媒介所选择呈现出来的样子，世界像是一块沼泽或者黑洞，它吸纳一切新增之物。那些坐在家里手点鼠标浏览新闻的人，并不比其他人更了解生活和这个世界，相较于没有使用网络的人，他唯一可以自认更加了解的真实，是他"坐在家里手点鼠标浏览新闻"这件事本身的真实。那些成名已久的中国当代小说家日益显露出来的问题，还不在于利用网络段子和社会新闻来写作（他们可以把《罪与罚》和《百年孤独》的作者名字顶在头上来抵挡这样的指责），而在于，他们竟然以为网络段子和社会新闻呈现出的真实就是这个世界本身的真实，而点击鼠标和搜索网页的行为遂也被他们确认为一种探索和感知世界和人类生活的有效行为，在这一点上，他们和柏拉图笔下的对着影子大放厥词的洞穴人无异。

就仅仅作为二手素材本身而言，网络段子和社会新闻原本是无辜的。从现存的果戈理的札记本里，我们也很少能看到他直接研究生活的记录，代替的是从各种渠道（朋友谈话，风俗书籍，民歌等等）而来的大量的二手素材。这些二手素材的准备是果戈理写作不可缺少的基础，也成了他写作前的习惯。他在《死魂灵》第一卷第二版的序言里曾郑重劝说读者多给他寄些观察、回忆和笑话，以便作为创作《死魂灵》第二卷的基础。然而，有一封果戈理致普希金的著名的信是这样的："行行好吧，随便给我一个题材吧，就是一个笑话也行，别管它逗不逗笑，只要是纯粹俄国的就行……行行好吧，给我一个题材；我一口气就能写成五幕喜剧……"这里面透露出一个秘密，实际上任何素材对作家来说既重要又不重要，任何札记本里的素材，都需要等待作家的创造。对此，果戈理自己也曾表白过："我从未在简单临摹的意义上画过肖像。我创作过肖像，但那是出于思考。我思考过的东西越多，创作出来的东西就越真实。"网络段子和社会新闻来源于生活，也可以孕育出新的故事，但它们本身还不足以构成故事，更确切地说，它们是把故事中的情节部分剥离、化约和抽空。这种被剥离、化约和抽空后的情节，其生命力往往在于它所蕴涵的"机智"，抑或"残忍"。但是，在吸引我们的这种"机智"和"残忍"背后，个人的存在正慢慢地淡化。在故事里，个人的存在是独特的，故而每个故事都有它自己的主人公，我们很清楚为什么必须是杜十娘把百宝箱扔进海里而不是别的人；而在段子和新闻里，这种独一无二的主人公是不存在的，我们可以肆意变换段子和新闻里的人物名字，而它所给予我们的乐趣（或者痛苦）并没有受到丝毫的损伤。

因为淡化了具体的人的存在，网络段子和社会新闻里的真实，就如同投射于洞穴中的影子的真实，这种影子的真实是洞穴人体会到的真实，它和日光下头行走的人感受到的真实，是不一样的。这是两种真实。倘若小说家要执著地营造一个洞穴，表达单纯从网络段子和社会新闻里感受到的真实，他能够真实呈现的小说人物，应该是和他同样如此执著的所谓网民（洞穴人），他能够写的真实，是这些所谓网民（洞穴人）的真实。当然，悖谬在于，倘若一个洞穴人已经有了这样的对两种真实区分的意识，他其实已经不仅仅是一个洞穴人了。作为洞穴人,他必然是要将这两种真实虚妄地混同且不可被说服的;作为小说家,他是否愿意走出自己营造的洞穴,倒不一定在于是否有哲人的引领,也许,首先在于他自己的愿望和决心。

很多时候,小说家不愿费力走出洞穴,只是因为他低估了其他人走出洞穴的能力。更何况,还有很多洞穴之外的人对于洞穴充满好奇,他们需要有人来扮演洞穴人,就像曾经需要有人来扮演动物园里的猩猩一样,这是一项新兴的产业。

在阎连科的小说理念中,真实被由浅至深地分为四种,即他所谓的控构真实、世相真实、生命真实和灵魂深度真实。他用"控构真实"来指称由外在专断权力控制建构的虚幻真实,是最要拒绝和剔除的一种真实,而"灵魂深度真实"则是他心心念念要通过小说达致的最高真实。然而,在我看来,这四种姑且区分的真实即便成立,其构成也并非一条上升的直线,而恰恰是一个首尾相接的圆环。当他假借卡夫卡的名义向小说讨要某种属于写作者的霸权与皇权地位,当他声称自己是写作的叛徒抑或写作的皇帝,他最期待的所谓"灵魂深度真实",也就无比接近他似乎最厌恶的"控构真实"。他对控构的所谓反抗,其实最终也就不过是对另一种控构的欲求,一种农民起义式的反抗。

小说家帕慕克看到,即便在那些受政权严控的社会里,杰出的小说也并不是以一种无法无天、为所欲为的暴民方式来发出声音,相反,这些小说迸发出的惊人的创造性和独特性,恰恰来自于针对这种政权严控现状的认真凝视而非暴民般的低级反抗。在南美、俄罗斯、中欧、土耳其乃至伊朗等地的小说家那里,恰恰正是巨大的政治限制催生出巨大的想象力,同时,这也才是他们效仿追摹的西方小说家所真正难以企及的。

而在阎连科的小说中,尤其是新作《炸裂志》中,充斥的仅仅是一种毫无创造力的反抗,一种被外在政治强力压垮后的歇斯底里。

《炸裂志》的故事主线,是一个名叫炸裂的小村庄如何在"文革"之后几十年的时间里迅速从村到镇再到县、市以至于超级大都市的蜕变过程。在接受媒体访谈时,阎连科问:"一个作家是否可以通过一部作品对一个民族,对一个国家的三十年,对当代人的人心进行审视?"《炸裂志》

不言自明就是作家自己提交的答案。

要对当代人的人心进行审视，首先要对自己的那颗人心进行省察，看看自己的心有没有能力去理解当代人的心，进而才谈得上审视。纵观《炸裂志》，它呈现的，其实根本和任何人类世界无关，而只是一颗粗俗简陋的心灵面对他所无力审视的真实世界时的癫狂，是洞穴人面对墙壁上跳动影子时的癫狂。他在癫狂中将真实世界粗暴地化约缩减成他有能力理解和抨击的影子世界，在那个影子世界里，不仅忽略了任何的善，更可怕的是，也简化了一切的恶。炸裂从一个小村庄发展成一个大都市，依靠的只有一个力量，就是金钱。在这里，金钱既是万能的上帝，也是抹杀一切个人差别的符号，一切行为和发展都是按照钱的多少来推动和运转的，而钱的来源只有两种，男盗和女娼；在这里，所有人只为了金钱而活，有了钱就有权力，有了权力就可以控制他人，有了钱就有魅力，有了魅力就可以肆意玩弄女人。村长孔明亮依靠偷窃火车皮上的货物发家，他的仇家和后来的妻子朱颖靠做妓女发家，小偷做成大盗，妓女做成老鸨，炸裂村所有的男人都跟着孔明亮偷盗，所有的女人都随着朱颖做妓女，最后，大盗和老鸨联合在一起，全村的男男女女联合在一起，建设成一个超级大都市。这真是一个天真光整的欲望世界。这个欲望世界却没有人的存在，只有三样东西，即金钱、权力和女人。在《炸裂志》中，如果说男人是被极度简化为权、钱、色的奴隶，那么女人几乎就缩略成丧失任何人格的玩物，唯一似乎例外的女人是朱颖，但最终，其整个人生的价值和寄托无非就是成为村长老婆，镇长老婆……乃至市长老婆。

对恶的简化，源自一个人没有能力去理解善。热爱简化的人据说是直奔"最高真实"而去的，但最终，他不过是滋生了一种新的欺骗。他将恶孤立于善，孤立于一切具体复杂的情境，为了达到他的"灵魂深度真实"，他变得连基本的认识能力都在丧失。弗洛伊德说，"孤立是强迫症患者保证其思维的一贯性不会受到干扰的前提"。而阎连科在这本小说中呈现的看似流畅有力的思维一贯性，也正是因为，他把自己执意藏在孤立的硬壳中，拒绝一切干扰他判断的真实。

倘若仅仅如此，这本小说只不过平庸而已，还不值得我们来批评。然而，当阎连科一定要坚持用所谓"内因果""内逻辑""神实主义"等生造语词来为自己小说中的一切问题辩护,当批评家们一定又不出意料地继续用奇崛、深度、反抗精神之类的美好语词来指认这位作家,真正严峻而迫切的问题才正式浮现,我们热爱的语言在又一次地被败坏。

阎连科所谓的内因果和内逻辑,并不是事物内在的因果和逻辑,而只是"他内心自以为是"的因果和逻辑。在《炸裂志》中,主人公孔明亮从村长当了镇长,秘书程菁的衣服扣子就自动解开。这本身的情节虽然离奇,但熟悉现代小说的人并不觉得可笑,可笑的只是阎连科自己对此的解释,"(这情节)表面可能是不合理的,但这里我抓住的是内因果,内逻辑,即在权力面前,我们每个人都植物化一般的顺从"。然而,阎连科抓住的所谓内因果、内逻辑,不过就是自己的简单臆想罢了,这种臆想中的人性在权力面前的顺从,大概也不是什么真的植物化,而只能说是"植物人"化。因为,在外在强力面前,即便是植物,即便是顺从,不同植物也有不同的顺从方式,何况是人,何况是有自由意志的各不相同的人。女秘书程菁的衣服扣子面对权力自动解开,这几乎可以视作《炸裂志》整本书的隐喻——在这本小说中没有任何属于人类社会的难以解决的矛盾、纠葛乃至冲突,以至于不存在任何张力,源自"内因果、内逻辑"的情节和人物在叙述者的皇权面前真正做到了"植物人一般的顺从"。阎连科学着陀思妥耶夫斯基的样,叫嚣一加一不应该再等于二了,但陀思妥耶夫斯基致力打破的是独断论的铁律,他要追问人的自由意志是否存在,而在阎连科这里,却是要借此树立他个人作为写作者的独断与专权,让一加一等于几的答案由他自个任着性子说了算。阎连科学着卡夫卡的样,让人变成虫豸,但卡夫卡的虫豸依旧充满复杂深邃的人性,而阎连科的虫豸却连真的虫性都达不到。阎连科学着《圣经·创世记》中文和合本的样,继续动不动就在叙述中以"了"来结句,"去结她们丰硕的人生果实了","程菁从车上下来惊着了","太阳沉下了,夜晚到来了",诸如此类的圣经庄重体句式在《炸裂志》中随处可见,仿佛短促有力,但用得太多了,像通货膨胀后的纸币了,就贬值了。

在阎连科这里,想象几乎等同于胡闹与专断混杂而生的妄想。略萨说:"小说的真实性当然不必用现实来做标准,它取决于小说自身的说服力,取决于小说想象力的感染力,取决于小说的魔术能力。一切好小说都说真话,一切坏小说都说假话。因为'说真话'对于小说就意味着让读者享受一种梦想,'说假话'就意味着没有能力弄虚作假。"阎连科的想象力,是没有能力弄虚作假的想象力。

小说的真实,是对生活的某一种理解,是对人类情感的某一种理解。小说令我们完善,而不是更加残缺;是对命运的拓展,而不是限制;是讲述希望而不仅是欲望的;是让我们感受到某种封闭社会的不足,而不是满足于某种孤立个体的臆想。小说讲述我们每一个人的自由经验和对自由经验的匮乏,而不仅仅讲述小说家作为暴君的自由与恐惧。在这样的意义上,随意指认阎连科的小说具有"反抗精神",也是值得商榷的。他的小说从来不会使人感受到另一种更值得过的生活,从来不会使人感受到另一种更值得献身的美好情感,也就不会真正导致任何对现行生活和命运的不服从。他的反抗,再重复一遍,是一种毫无创造力的反抗,一种被外在政治强力压垮后的歇斯底里。

(原刊于《上海文化》2012年第3期,2014年第1期)

《第七天》：匆匆忙忙地代表着中国

余华的新小说《第七天》并不长，十余万字，讲的是一个人死后七日的见闻，他的魂灵四处游荡，并见到一群和他一样死无葬身之地的亡魂，这其中有他的亲人，也有陌生人，他们都是在生活中遭遇种种不幸的非正常死亡者，通过叙述他们各自不同的死亡故事，小说家似乎是想以某种类似但丁《地狱篇》式的手法，对当下中国的现实有所影射（或者用余华自己全新的说法："把现实世界作为倒影来写"）。然而，如果说《兄弟》简单粗糙的白描叙事还可以被视作一次冒险和尝试，由此证明一个先锋小说家不懈探索的勇气，那么，《第七天》在叙事语言上变本加厉的陈腐与平庸，似乎就不太容易再予以一种善意的解释；如果说,《兄弟》对社会新闻的采用,虽然生硬,但因为其间有数十年的时间跨度,至少还有一点点在遗忘的尘埃中翻检历史的努力,那么,《第七天》里对近两三年内社会新闻的大面积移植采用,已几乎等同于微博大V顺手为之的转播和改编。从文学观感而言,人们很难相信这是七年磨一剑的长篇小说,它更像三两个礼拜就码出来的网络快餐。

在《第七天》出版后不久,为了回应所谓在小说情节中大量挪用社会新闻的批评,余华在个人微博和公开采访中,都重新提到了马尔克斯,"马尔克斯的《百年孤独》里写了很多当时哥伦比亚报纸上津津乐道的事件和话题,他说他走到街上,就有读者对他说:你写得太真实了"。似乎,余华有一点点阿Q面对小尼姑光头时的委屈和不屑,为什么和尚摸得,我摸不得?为什么马尔克斯能把新闻事件写进小说,旁人就不能?

在《番石榴飘香》这部余华那一代作家都非常熟悉的马尔克斯访谈录里,门多萨问马尔克斯:"那就是说,你是从现实中撷取素材的了?"马尔克斯回答:"不是直接从现实中取材,而是从中受到启迪,获得灵感。"紧接着,在谈到《一件事先张扬的谋杀案》时,马尔克斯说,这部小说耗费了他三十年的时间,"小说中描写的事情发生在一九五一年,当时,我觉得,还不能用来作为写长篇小说的素材,只能用来写篇新闻报道"。

事实上,余华一直不愿意真正面对和搞清楚的问题在于,人们对《第七天》的苛责,很大程度上不是因为从小说中看到了多少社会新闻,而是因为,他们目睹诸多的社会新闻竟然以这样一种无所顾忌的平庸方式植入小说情节之中。在那一瞬间,至少对我而言,很抱歉地无法想到马尔克斯,能够联想到的,充其量只有明清时事小说和清末民初风靡一时的社会小说。余华在微博上曾半真半假地预测《第七天》有一天会成为古典小说,也许,和类似《梼杌闲评》抑或《新华春梦记》这样的旧小说摆在同一格书架上,会是《第七天》一个不错的结局。

在《第七天》中,被植入的重大新闻事件至少有四起,杭州卖肾车间案;杨佳袭警案;济宁丢弃死婴事件;佘祥林杀妻冤案。这些事件本身无比暴力,血腥,过程跌宕起伏,在可以看见的新闻背后,是无数看不见的人性深渊,放在十九世纪的现实主义小说家那里,大概从每个事件背后都可以挖掘出一个长篇的雏形,以及某种生活的全景;如果是遇到美国上世纪后半叶秉持"新新闻主义"理念的作家如诺曼·梅勒、汤姆·沃尔夫，他们大概会以记者加侦探的无畏精神，亲力亲为地写出"独此一家前所未有"的深度报道；即便到了新世纪，类似的现实惨案，在波拉尼奥那里，催生发酵出的，也是《2666》这样的恢弘诡谲……我罗列这些，并无意拿任何杰出的西方小说家来和余华比较，也不是想用某种既定的小说美学观来衡量和要求《第七天》，我只是想说，每一个合格的小说家，在利用社会新闻构思小说的时候，都会有唯独属于他自己的不可模仿的方式和进路，而在余华的《第七天》里，他做了一件中国千百万网络写手坐在屋子里都可以轻易完成的事情，用他热衷的篮球运动来比方，可以谓之"三步上篮"，即百度搜索、复制粘贴和改头换面。面对《第七天》，人们最为气愤和不可思议的，是目睹一个名作家如此这般的懒惰和投机，他就像那些志得意满的中国当代艺术家，他们成天想的不再是如何画好一幅画，而是如何炮制出一个个能够产生话题效应的观念，他们甚至都不愿费力气亲自把观念形诸于笔墨，而只需要在一件件他人代工的作品上面，用粗黑的记号笔（甚至连油画笔都懒得用）签下自己的大名。

在这些匆忙复制的重大新闻文本之外,《第七天》中尚有两个叙述得相对饱满的主要故事,它们大致应该可以体现如今的余华编织故事的水准。

第一个是主人公杨飞的爱情故事。他"是公司里一个不起眼的员工,她是明星,有着引人瞩目的美丽和聪明。公司总裁经常带着她出席洽谈生意的晚宴……公司里的姑娘嫉妒她,中午的时候她们常常三五成群聚在窗前吃着午餐,悄声议论她不断失败的恋爱。她的恋爱对象都是市里领导们的儿子……她心高气傲,事实是她拒绝了他们,不是他们蹬掉了她。她从来不向别人说明这些,因为她在公司里没有一个朋友,表面上她和公司里所有的人关系友好,可是心底里她始终独自一人"。就是这样一个"白富美"女孩李青,却主动地向公司里最不起眼的杨飞表白,因为觉得他"善良、忠诚、可靠"。在所有人的惊讶眼光下,他们结婚了。婚后,他们还待在原公司里,她依旧要被迫应酬,并不断升职,他在原地踏步。结婚三年后,有一天,李青在飞机上结识了一个留美已婚博士,两人情投意合,对方为她离婚,她也觉得杨飞太过平庸,不能一起开创事业。于是,他们离婚了。但她的新丈夫虽然官运亨通,但人并不好，先把性病传染给她，然后又携公款逃跑，她在纪检部门上门调查之际，在浴室里怀着对杨飞的无限愧疚和思念，割腕自杀。

　　第二个是鼠妹和伍超的爱情故事。他们曾是同一个发廊里的洗头工，鼠妹"那么漂亮，很多人追求她，他们挣钱都比他多，可是她铁了心跟着他过穷日子，她有时候也会抱怨，抱怨自己跟错男人了，可她只是说说，说过以后她就忘记自己跟错男人了"。他们总是在同一个地方打工，发廊，餐馆……可是每次不是她吃他跟别的小姑娘的醋，就他无法忍受客人占她的便宜，随后就是争执，以及辞职，以至于，两人只好都不出去工作，靠乞讨度日。快饿死的时候，她嚷嚷着要和小姐妹一样，用上最新款的 iPhone 4S 手机，并起意去夜总会上班，被他毒打。随后，在她过生日的时候，他送了她一款山寨 iPhone，她发现是山寨货之后，两人发生争吵，他赌气出走，正好得知家中老父病重，匆忙赶回老家。她找不到他，就打算以跳楼自杀的方式来逼迫他露面，结果在一片混乱中真的从楼顶滑落摔死。他得知她的死讯，非常难过，遂起意卖肾换钱，来为她买一块墓地，但在地下庸医的摘肾手术之后，因伤口感染而死。

这两个故事的核心，都是泛滥于整个网络社会的所谓"屌丝男逆袭女神"的春梦。在这样的春梦般的叙述语言中，具体而独特的个人以及情感都消失了，只剩下一些躯壳和符号，用以迎合群氓的想象。在这样的群氓想象中，最漂亮最高高在上的女神都会慧眼识英雄般俯身爱上屌丝，待到她们被屌丝占有之后，却忽然又成为爱慕虚荣和贪恋金钱的庸俗笨女人，她们需要主动为爱情献身，也需要承担生活中一切的重负和罪责，而屌丝呢，永远无辜，"永远热泪盈眶"。《第七天》的作者也许一直以为自己是在为被侮辱和被损害者立言，但事实上，通过空洞无明的臆想，通过对群氓想象力的迎合，他只是把新的侮辱和损害施加给那些生活里的卑微者，像热爱慈善事业的阔太太，从来没有想过要敲开棚户区的破门走进去坐坐。从情节到字句，他一心一意要"感动中国"，但正如陈村所说，"一个小说家，念念不忘在自己作品中弄出要人感动的词句情节，这是很丢脸的"。

小说中还有一条主线是关于杨飞身世的。他是从火车上掉下来的弃婴，被扳道工杨金彪抚养长大。里面有一节是关于杨飞长大后一度回到生父家庭的叙述：

我的这个新家庭经常吵架，哥哥和嫂子吵架，姐姐和姐夫吵架，我生母和生父吵架，有时候全家吵架……接下去哥哥和嫂子吵架了，姐姐和姐夫吵架了，两个女的都骂她们的丈夫没出息，说她们各自单位里的谁谁谁的丈夫多么能干，有房有车有钱；两个男的不甘示弱，说她们可以离婚，离婚后去找有房有车有钱的男人。我姐姐立刻跑进房间写下了离婚协议书，我嫂子也如法炮制，我哥哥和我姐夫立刻在协议上签字。然后又是哭闹又是跳楼，先是我嫂子跑到阳台上要跳楼，接着我姐姐也跑到阳台上，我哥哥和姐夫软了下来，两个男的在阳台上拉住两个女的，先是试图讲讲道理，接着就认错了，当着我的面，两个男的一个下跪，一个打起了自己的嘴巴。

闹剧式的叙述是余华的擅长，但在这样的闹剧中，能干是用"有房有车有钱"来体现的，情绪是用哭闹和跳楼来表现的，夫妻和好是用下跪和打自己嘴巴来实现的，小说家得是看了多少狗血电视剧和网络小说，才能有勇气忍受这样老掉牙的架空设计？无论《第七天》的叙述者是生者还是死者，这都不再是小说，这是丧失了一切想象力和对生活细节的记忆能力之后的，属于活人的平庸。

因为《第七天》中描述了飘舞的雪花，有人就诗意地联想到乔伊斯的《死者》；因为《第七天》有对权力腐败的表达，有人就敏感地攀附起奥威尔的《动物农庄》；这些人应该好好再去读读乔伊斯和奥威尔，去看看对现实生活的爱和恨是如何在那些杰出小说家笔下诚实地纠缠在一起，去听听那些自由灵魂的生动对话，去感受那真正的悲悯，还有满怀敬畏的同情。

当然，我也相信，作为一个阅读过大量小说的人，余华还没有愚蠢到对《第七天》中这些显而易见的缺陷都真的一无所知的地步，只不过，也许在余华想来，这些所谓的缺陷可以不是缺陷，尤其当这部小说在不久的将来被译成西方语言之后。

二〇〇九年初，《纽约时报·书评周刊》发表署名文章，评述英文版《兄弟》，"《兄弟》实属二十世纪末的一部社会小说，描写的是中国市场经济的崛起，仿佛报纸上习见的故事，和美国全天候的电视纪实节目一样直白、幼稚、色情、感伤。这些特点应该会让《兄弟》的出版在西方世界投下一枚重磅炸弹，就像它在中国的情况那样。"在有所保留的赞扬之后，英文版《兄弟》留给这位书评人的印象并不算好，他最终对《兄弟》在西方语境下能否成功表示了自己的怀疑，因为，"余华只是在对中文读者讲述，压根不在意中国对于世界意味着什么"。

同年余华在美演讲期间，据说对此批评做过正面回应，他聪明地先把书评人和《纽约时报》撇清关系，然后再质疑这位书评人的水平，认为其资历不具备评述他小说的能力。这篇书评后来被译成中文在国内刊物发表过，余华回国后一定也重新读过，并且或许会暗暗感激这位叫作杰斯·罗的书评人，因为他碰巧讲出了两点所谓"世界文学"图景下的写作策略，一是内容上的，往往越是直白、幼稚乃至粗暴的叙事，越可以满足媒体时代人们对于陌生世界的猎奇和窥视欲，就像全天候的电视纪实节目一样，能超越语言和文化的限制；二是姿态上的，小说要写给谁看才能最终获得世界级影响，中文读者还是西方读者。杰斯·罗对《兄弟》的批评无论是否准确，至少从反面进一步刺激了余华对于目标读者的重新定位。

《兄弟》在内地文坛受到的口诛笔伐，以及相应的在西方世界的意外成功，提供给了余华足够的经验，于是，到了《第七天》，他绝对已经在有意识地面对西方读者来写作。小说家已经明白，中文读者之所以每每苛责社会新闻和网络段子在小说中的滥用，是因为这些读者甚至比小说家都更熟悉这些社会新闻和网络段子。他们在阅读《第七天》的时候，可以一眼看出此处是在抄袭某袭警事件，彼处是在照搬某死刑冤案，至于对食品安全、地产拆迁等等群体事件的牢骚，这些中文读者比小说家知道得更多，更详尽，作为一个只知道利用社会新闻和段子写作的小说家，面对这些中文读者，毫无优势可言。但假如面对的是一个西方读者，这些在中文读者那里被百般挑剔的袭用，会重新变得新鲜有趣；这些在中文读者那里司空见惯的现实事件，会重新披上超现实的魔幻外衣。在中国当下这样一个日常生活比文学想象更为狂野的现实境遇中，又有什么比转述社会新闻更能轻松地令西方读者瞠目结舌并惊作天人的呢？另一方面，至于语言的陈腐粗糙，对话的僵硬空洞，挑剔的母语读者或许在语感上不堪忍受，但经过翻译，反而都可以得到遮掩甚至是改进，这一点，不唯《兄弟》，更有已获诺奖的莫言作品可以作为先例。

在所谓"世界文学"的图景中，如大卫·丹穆若什（David Damrosch）所指出的，一部作品会沿着"文学性"和"世界性"两个不同的坐标轴起伏不定，一部文学性的作品未必能成为世界性的，反之亦然，在作品从文学性坐标轴滑向世界性坐标轴的过程中，变异和误读几乎无处不在。"为了理解世界文学的运作方式，我们需要的不是艺术作品的本体论，而是现象学：一个文学作品在国外以不同于国内的方式展现自己。"（见丹氏著《什么是世界文学？》导论，宋明炜、陈婧祾译，下同）

大卫·丹穆若什是哈佛大学比较文学系的名教授，他的观察，我以为是相对公允和可信的："直到今天，美国也鲜有外国当代文学的翻译，勿论广为发行，除非是相关的作品反映了美国关心的事物，并且吻合美国人心目中外国文化的形象"，他进一步援引蒂姆·布勒南的说法，"有几位年轻的作家开始写作一种第三世界都市小说，这一文类的成规，使他们的作品读起来不幸好像是用配方预先调制好的。与其说它们不真实，不如说太关心接受语境，它们在图书馆里通常被放到同一个橱窗里展示，置身于各色杂交主题的作品之列，它们参与制造出美国人心目中的多元文化"。

在《兄弟》之后，余华写过一本名为《十个词汇里的中国》的非虚构作品，它既是一次国际旅行的产物，也从一开始就立志迈入国际橱窗。在这本作品中，余华向海外读者描述的中国形象，是由两部分构成的，一是他成为小说家之前的生活经验，二是他成为小说家之后搜集的社会新闻。这很有趣，仿佛一个人在成为小说家之后，生活就从此成为某种外在于他、被他描述和议论之物。除了描述之外，他议论的方式是这样的：

> 今日中国的社会生态可以说是光怪陆离，美好的和丑陋的、先进的和落后的、严肃的和放荡的，常常存在于同一个事物之中。山寨现象就是如此，既显示了社会的进步，也显示了社会的倒退。……作为中国社会片面发展的必然结果，山寨现象是一把双刃剑，在其积极意义的反面，是中国社会里消极意义的充分表达。可以说，今日中国的道德沦丧和是非混淆，在山寨现象里被淋漓尽致地表达了出来……

如果抹去作者名字，没有人能够看出这一定是余华所写。当一个迈入中年的先锋小说家企图面对变化中的现实发言之际，他不知不觉地，选择的是一种根植于童年和少年记忆中的文字经验，一种以陈词滥调为己任的社论语言。

很大程度上，《十个词汇里的中国》可以视作《第七天》的先声，在这些虚构或非虚构的作品里，生活都消失了，取而代之的是案例和事件。余华像收藏家一样搜集案例和事件，但他没有明白，这些案例和事件其实只是大海表面的泡沫和漂浮物，它们的壮观、疯狂和奇异，是由宁静深沉的海洋作为底子的，一旦这些泡沫和漂浮物被单独打捞出来，放在堪供展览的瓶子里，虽可吸引观光客的注意，但假如他们就此谈论起大海，渔夫和水手是都会报之以轻笑的。

余华，以及很多和余华一样"鼠标点一点、尽知天下事"的中国小说家，大概也都会嗤笑杜鲁门·卡波特式的偏执。作为一位已经写出《草竖琴》和《蒂凡尼早餐》的名小说家，卡波特竟然把盛年最好的时光和精力，挥霍在对一起谋杀案的追索上。整整六年的时间，无数次和犯人之间的通信和面谈，几千页的案件调查笔记，最后成就了一部厚厚的《冷血》，这时候，它是非虚构还是虚构，已经不重要了，重要的是，小说家把新闻事件背后的复杂生活，把泡沫之下的整个大海，和盘托举了出来。没有人，罪犯也好受害者也好，只是新闻记者和公众以为的那个样子；甚至没有人，是他自以为的那个样子，甚至小说家自己也不是。有志向的小说家从来无意成为社会的公知，自始至终，他们只是人类"认识自身"的典范。通过《冷血》的漫长写作，卡波特最终所完成的，其实是对自己内心深渊的毁灭性认识，他如此谈及那个杀人犯，"我和派瑞就像是同一所房子里长大的孩子，有一天他从后门出去了，而我走了前门"。

而当余华说，他"写下中国的疼痛之时，也写下了自己的疼痛。因为中国的疼痛，也是我个人的疼痛"，我想他说得太轻易了，因为他以为自己面对的只是异邦人天真好奇的眼睛，就像那些呼啸于世界各地的"到此一游"者，匆匆忙忙地代表着中国。

（原刊于《上海文化》2013年九月号）

李师江的快感

　　李师江擅长的小说文体，是某种可以称之为"少年侃"的第一人称口语叙述体。使《逍遥游》妙趣横生的，是叙述风格本身，一种轻松愉快的幽默感裹挟着略显粗鄙的口语表达，让整个叙述生动有力地前行，而第一人称叙述的优长在于，它能够很自然地将这种本属于叙事者的生动有力移植成主人公的生动有力，从而保障了小说人物形象（至少是主人公）的丰满充沛。至于《福寿春》的明清白话文体，与其说是什么七〇后小说家迅速衰老的征兆，不如说是年轻小说家力图突破第一人称叙述的习惯套路、转向第三人称叙述的一场技术实验，这场实验未必是成功的，因为让一群当代中国东南农村的农民操持着一口不标准的明清官话来思维和讲话,未免太过穿越。《福寿春》写得虽然足够用心且细致,却终归只是一幅古典作品的摹本。之后的《中文系》,作者又重拾"少年侃"的当行本色,也可视为对《福寿春》临摹式写作的一种反思。

有一种惯常的偏见,认为每个人都有写好一本小说的能力,尤其是第一人称叙述体。或许是为了抵抗这种偏见引发的焦虑,李师江一直在尝试第三人称叙述体的写作,尝试与自我对抗,让作者退场,尝试写出一部理性、客观,看不到作者名字并且关注他人的小说,从《逍遥游》到《福寿春》再到《中文系》,我们可以清楚地看到小说家在叙述风格选择上的摇摆过程,从这个背景来看《神妈》,或许能有一种更为显豁的观察,即小说家似乎在驾轻就熟的"少年侃"和努力为之的客观叙事之间隐约摸索到一条中道。

表面上看,《神妈》似乎又回到《福寿春》采用的古典第三人称全知式叙述,其特点在于,视角随叙述方便,在叙述者和各个人物之间自由切换。随便截取一段为例:

马燕想过去单位闹,甚至以此要挟过林建。林建不为所动，说你闹了也就那么回事，也就是让我在单位里出丑而已。说到底，马燕的性格不够暴烈，她无法付诸实践。但不管如何，林建显然收敛了很多，在可以不应酬的场合，也回来吃饭，带带孩子。这一点让马燕聊以自慰。

林爱凤感觉到马燕的心态，她觉得有必要宏观调控，她做了一次家访。

林建看见林爱凤来了，想是来兴师问罪的，也不知道她到底晓得几分，只好准备以攻为守。

若是习惯于西方现当代小说限制性视角的读者，看到类似这样的叙述，会稍觉不适，因为寥寥数段中即存在着多重视角的切换，叙述者自由且匆匆进入各个人物的内心，把探来的些微心思一一端出，并加以评述。在这一点上，《神妈》和《福寿春》的叙述策略是相似的，然而，从接下来的几段引文我们就可以立刻感觉到《神妈》不同于《福寿春》之处：

席间，马燕共打了四次电话，每次林建都说马上就回,结果还是到将近十一点才到家,进门一气长呼,把一只蚊子喷地跌跌撞撞半身不遂。

谢秋萍原来是陈伏锦招聘的员工,后来觉得当女朋友也合适,于是白天带着女朋友在公司没命地干,晚上带回家干,特别实惠。

与《福寿春》中隐忍克制的叙述者不同,这里面似乎存在一个显而易见的"戏剧化的叙述者"。叙述者,作为隐含作者,他和作者之间的疏离、差异、分裂,以及在叙述者、作者、人物和读者之间展开的含蓄对话,原本是现代小说作者要达到的最重要效果之一。然而,在李师江的这部小说里,叙述者的"戏剧化"并不是作者刻意为之的,因为我们在其中并不能看到任何不可靠叙述者的痕迹,而我们之所以仍能强烈地感受一种戏剧化的存在,只是因为这里的叙述者风格太接近于《逍遥游》和《中文系》中我们熟悉的那个叙述者,而在那两部第一人称小说里,叙述者与人物是合二为一的,因此我们会有一种错觉,觉得在《神妈》中的叙述者,虽然是第三人称,也是作者创造出的一个戏剧化的人物。这个"戏剧化的叙述者"身处故事之外,负责介绍一切,有点像博物馆里饶舌的导览员,抑或风格强烈的说书人,他并不像纯粹古典式全知叙述者那样安于隐没在故事背后,相反,他有意无意地通过种种调侃、反讽和轻松活泼的语调,令受众将注意力完全集中在他身上,于是吸引受众的,不再是博物馆内种种人性的展示,也非故事中跌宕起伏的命运,而是叙述者本人。是这个小说之外的叙述者,成为这部小说实质上的主角。

我们是在听一个作者创造出来的、与他本人非常接近的叙述者讲故事,而不是直接在观看故事,认清这一点,对于阅读这部小说是极其重要的。只是这一次,和以往不同,这个叙述者不是在讲他自己的故事,而是尝试用冷眼旁观者的姿态讲述他人的故事。

诸如权欲、家庭伦理以及退休老人生活状态之类的话题,是蒙在这本小说表面的糖纸,剥开它们,《神妈》讲述的其实是一个关于快感的故事,当一个人用尽招数几乎达致快感巅峰的同时,有另一些人则完全失去了快感。

快感不同于幸福。幸福是一个充满争议有待证明的伦理话题，一个被视为幸福的人也许自己毫无所感，至于一个自认为幸福的人，格雷厄姆·格林说过，"指给我看一个幸福的人，我就会指给你自私、邪恶——或者是懵然无知"；幸福甚至不属于此世，因为它涉及对人生整体的衡量，吕底亚的国王克洛伊索斯认为自己是幸福的，但梭伦警告他说，"直到盖棺论定，才能称之为幸福"。但快感与之相反，它既是不证自明的，又隶属于每个凡人此时此刻的肉身，像群山中无尽的泉眼。

孀居财务出纳林爱凤第一次发现某种独特的快感所在，是在五十五岁退休之后的不久。她揣了两千元回到单位，强行交给同事小刘，作为补偿之前替小刘炒股导致的亏损，小刘当时被迫收下，晚上下班后就找到林爱凤家，硬是把钱还给了她。这一切在林爱凤计划之内，她一分钱没花，只是略施小计，既挽回了帮人炒股亏损的不利声誉，又大大改善了与旧日同事的感情，让小刘原本对自己的怨气顺利转化为感激。首战告捷，林爱凤尝到了利用计谋掌控他人的快感。这种掌控他人的快感类似于性快感，一旦被激发出来，引发欲望，欲望导致行为，行为又激发快感，这源自快感的无休止循环本来只是人性最粗浅的一部分，在这一点上,智者和常人的差别仅仅在于,是有能力面对各种快感而保持自由,还是为自己的快感所奴役,林爱凤显然属于后者。林爱凤老伴已去世有日,性快感对她而言已然陌生,抑或是已被压制住,如今又遭遇退休后生活失去重心的不适症,身负这双重匮乏的林爱凤对人生有些灰心,她企图寻死未果,只是轻度摔伤,躺在医院里,她记起了那种已被激发出来的新的快感,它成了一棵救命稻草,她需要享用这种新的快感,最好还能够源源不断,好填补她尚有活力的人生。

如同平面上的复杂多边形可以被分割成诸多的简单三角形,在最基本的理念模式中,这种掌控他人的快感并非自足的,而是依赖于某种由快感享用者A、控制对象B和享用竞争者C构成的三角关系,因此具体又可析分为两种快感,即A成功控制住B的快感,和A在与C竞争B的过程中获得胜利的快感。而这本小说中的人物关系,也几乎可以视作这种三角关系的叠加和演绎。林爱凤—儿子马丁—马丁的女友,林爱凤—女儿马燕—女婿林健,林爱凤—退休男教师老杜—舞场密友吴贵妃,这三个基本三角关系是小说开辟出的三大战场,其核心,都是A角林爱凤,她所向披靡，无坚不摧，在三大战役中都获得了胜利，但她摧毁的不仅是竞争者的快感，也摧毁了控制对象的快感，这使得她作为享用者的快感成为一种单方面主奴关系的快感，而这种主奴关系的快感能够维持多久，倘若崩盘之后又会如何，其实是一个值得深入探究的问题，但小说就在这样的疑问中结束了。

李师江成名于台湾，在《逍遥游》后记及随后的访谈中，他都提及台湾读者对其小说最大特点的定位，是快感，对这一定位，他似乎也未完全否认，他曾坦承最喜欢王朔和朱文的小说，而这两位小说家的作品的确亦给人以快感。因此，某种程度上，《神妈》可以在有意无意间视作一本隐喻意义上的元小说，关于李师江式小说的小说，讲述小说自身蕴藏的某种快感是如何形成的，又是如何冒着失去它的危险。

林爱凤快感的形成，在于她掌控住了周围的每个人，让每个人都服服帖帖地由她摆布，其方式是认准控制对象的软肋，比如儿子马丁的懦弱，女儿马燕的孝顺，以及舞伴老杜的善良，然后不择手段不顾羞耻地胁迫对方，以亲情和爱的名义,她的控制对象迅速朝着某种不堪的境遇坠落,比如马丁最后就变成了她的宠物狗,她给予控制对象的关爱,是主人赐予宠物的恩赏。而作为小说,《神妈》蕴藏的快感,主要来自叙述者,或者可以直接指认成与叙述者并没有明显区分的作者,在作者—人物—读者这个三角关系中,作者牢牢控制住了一切,因此能够以一种嘲讽的姿态使自己处于无懈可击的愉快地位,像一个智者,试图把一种洞彻人生的快感传递给听讲故事的读者。

小说中有一段林爱凤要舞伴老杜帮忙给儿子马丁介绍对象的对话,是这样的:

"第一,你要把马丁的事当成你自己儿子的事一样,切身感受,不滥竽充数。"

"那是一定的。"

"第二呢,你先往背景好的家庭里挑选,看看人家有没有尚未出售的,不,尚未出嫁的女儿,只要家庭背景好,其他都差不了,你说是吧。"

表面上,是林爱凤将"尚未出嫁"误说成"尚未出售"，但其实是作者有意为之的设计，用一句口误来彰显林爱凤唯利是图的用心。口误，这是喜剧常用的技法，只是这种词语上的精巧口误似乎并不是林爱凤这种大妈会犯的，它因此不属于人物喜剧特征的一部分，倒是很像叙述者本人的风格，事实上，在这里，对讽刺效果的追求已经大过了塑造人物的愿望，具备个人风格的叙述者用意志控制住了人物的口舌，并期待听到读者心领神会的笑声。

另一些时候，尤其在对话中（这本小说很有勇气地承载了大量直接引语的对话，并没有像很多当代小说那样，听任叙述者将这样的直接引语转换成他更能掌控的间接引语），人物说出来的话语，仿佛是经过了叙述者的过滤，仅仅只剩下叙述者期待传递给读者、期待让读者接受和明确的人物信息。比如马燕的丈夫林健和情人侯红在分手时有一段对话：

> "你是让我最放松最舒服的女人，只能说能和你邂逅，是我的幸运。人间有很多冠冕堂皇的道理，会把美好的东西说成肮脏的，我们的交往说起来肮脏的，但一定是我最美的回忆。"

"既然如此,你为什么还要回到婚姻里去?"

"婚姻与家庭相当平淡,但无可否认是生活中基础的东西,说到底我还是比较传统的男人,我需要回归传统的生活,你将来也一样。"

又比如马丁和年长的情人兼领导陆心情刚刚发生关系不久后的一段对话:

"那么,你对我,是不是只有性的关系?"

"我喜欢性,因为我缺。但也不完全是,我说过我喜欢你,喜欢你的纯情,这是真的,没有建立在喜欢上的性,我也不会。我也知道你也喜欢我,因为我是有魅力的女人。虽然我知道这种喜欢是没有结果的,我只享受过程。"

在类似这样的许多对话中,并没有叙述人的直接介入,因此那种裹胁全书的嘲讽调调,在人物对话环节就忽然消失了,取而代之的,是一种逻辑清楚条理分明的类书面交代,同时,也是一种自信、统一、光滑的单一语调,像文艺舞台剧本中的旁白，我们很难从话语的音调上来分辨角色，我们只能从其话语主旨上加以区分。这种结构对话的方式，回避了日常生活中语言特有的凌乱和芜杂，以及具体人物各自具有的特殊音色，但它至少带来一种流畅的快感，读者不用像面对真实对话一样，在诸多歧义、多义、言不及义中磕磕绊绊地寻找人物乃至作者的隐藏想法，换句话说，读者不必移情于人物，不必像小说里的人物一样时时担忧日后的命运，他只需要跟从叙述者的指点，同样以一个旁观者的姿态亦步亦趋，就可以轻松愉快地获致作者想要传递的种种想法和信息。

在小说的结尾，林爱凤即将达致"一统江湖"的快感巅峰，但同时，她的女儿马燕正试图摆脱她的统治，林爱凤的快感隐隐有失去的危险。事实上，任何纯粹的快感追逐，往往都是一次性的，快感无法保存、积累、生长乃至重复，得到即失去，形成即毁灭。林爱凤可以暂时控制住儿子、女儿乃至鳏夫老杜，但是假如生活仍要继续，她也许再也无法第二次地彻底控制住他们，因为她的技法他们已完全了解，她的用意他们也彻底清楚，她所依仗的亲情和爱意正慢慢转化成怨恨和猜疑，她表面上控制住了一切，却正一点点沦为一个孤独的人，一个不再被信任的人。

对快感的追求，是人性的一部分，也是小说这种艺术根深蒂固的内在要求。事实上，诉诸快感的小说家总是会大受欢迎，他们要面临的唯一危险，是他们作品中蕴藏的快感过于直接、顺畅，以至于被阅读者一次性地消费干净，以至于阅读者不再有重读的欲望，而唯有这样的重读欲望，或许才令作品从空间走向更久远的时间。

（原刊于《收获·长篇专号》2013年春夏卷）

光盘与缺乏耐心的荒诞

在《大闸蟹》中,食堂大厨老孙在退休后来到某高档小区给几家住户做炒菜钟点工。"田田非要跟着,老孙没办法。"这小说起句沉稳有力,是很自信的写法,仿佛一切尽在掌握中。田田是老孙的孙子,跟着他去住户家炒菜,结果趁家里没人贪吃了这家主人鲁新建留在桌上的大闸蟹,鲁新建误以为是自己把大闸蟹忘在卖蟹摊位上,因为大闸蟹很贵,老孙图一时侥幸就没有告诉鲁新建真相,结果鲁新建去找卖蟹的陈光秀论理,争执起来,被陈光秀一气之下打伤住院。老孙听说后,更是心慌意乱,更不知道该说实话还是不该说实话。这时候,鲁新建夫人又联合几个朋友想起诉陈光秀,教老孙做假证人来证明鲁新建没有把大闸蟹从菜场摊位拿走,这样可以将陈光秀判得重一点,为此给了老孙一大笔钱。老孙越发慌乱,想如实交代,却被贪图钱财的老伴和儿子强行阻止,结果在法庭上老孙张口结舌一句话也说不出来,他想退出这个骗局,但老伴不想退钱,瞒着他替他再去法庭做了假证,陈光秀被判了两年多,鲁新建倒是很快就恢复出院,他和几个雇老孙炒菜的朋友从此对老孙更加关照。但老孙一直觉得很内疚。

小说到此,可以说还算精彩。叙事者不厌其烦地描述老孙的算计心理,炒一次菜多少钱,大闸蟹多少钱,雇主不在家吃饭自己亏多少钱,说实话会损失多少钱,说假话又得到多少钱……一个胆小怕事爱贪便宜却没有主见的老人形象呼之欲出。此外,在教老孙如何出庭做假证这件事上,男女雇主的不同方法和相互争执也颇有趣:

> 女主人进书房将证词写好,字是小三号,有三四页纸。她问老孙看得清吗?老孙点头。男主人看了一遍,说啰嗦了一点,浓缩一下。女主人不服,说你懂个屁,太简练就成书面语言了,就是要啰嗦要口语化,才更显真实。女主人是强势的,一把将男主人气

势压了下去。女主人叫老孙念一遍，看看有没有不认识的字。老孙粗略看看，说，好多字不认识呢。男主人趁机讽刺女主人说，还口语化呢，人家老孙都看不懂！女主人瞪着男主人说，滚一边去，这里没你什么事！女主人坚持不改动，说这就当给老孙学习文化了。女主人让老孙念。老孙几乎不读书看报，就算字都认识也是看得磕磕碰碰的。老孙念到不认识的字处，女主人就教他。认字不容易，第二遍时老孙又忘记了。反反复复十几遍，老孙进步很小……

出门不远，老孙被男主人追上。男主人说，我听了半天，我老婆的方法对你不好使，我想了个办法。我把证词再讲一遍，以最通俗的语言很口语化地讲，你仔细地听，然后照我讲的说出来，多讲几遍就顺口了……

……事实证明，男主人的方法更管用，特别是有了现场感后。不幸的是，3301两口子为了方法问题闹翻了，几天不说话，不理睬对方。

这种琐碎到巨细无遗的自由间接体叙述，是光盘小说的基本语言。它在发挥得比较好的时候,可以如同蛛网一般,将众多小说人物的细微行为和心理一一捕捉。但小说假如仅仅被这样的叙述语言所充斥,即便是最幽默的部分也会渐渐变得乏味。"小说家总是要用至少三种语言写作。"詹姆斯·伍德在《小说机杼》中总结道,"作家自己的语言,风格,感性认识,等等;角色应该采用的语言,风格,感性认识,等等;还有一种我们不妨称之为世界的语言——小说先继承了这种语言,然后才发挥出风格,日常讲话,报纸,办公室,广告,博客,短信都属于这种语言。在这个意义上,小说家是一个三重作家,而当代小说家尤其感受到这种三位一体的压力,因为三驾马车里的第三项,世界的语言,无所不在,侵入了我们的主体性。"而在光盘的例子里,他的小说基本上就是被一种日常讲话式的"世界的语言"所充斥,他作为作家的语言主体被"世界"这个语言主体所压扁,并且他可能将这种压扁误认为就是对世界的忠实反映,而正因为如此,为了体现他身为写作者的主体性,他只好将全副精力都用在了怪诞离奇情节的编造上。

《大闸蟹》的后半部分,老孙为了解决内疚,去找熟人想给陈光秀减刑,又去找陈光秀妻子聊天,告诉她真相并且安慰她说正在想办法,结果一方面被熟人欺骗,一方面又被陈光秀妻子告发,老孙妻子因为做假证被拘留两个月,老孙被雇主解雇,被儿子赶出家门,去学校看孙子田田,田田也不理他,问他怎么不去死。走投无路时被某饭店高薪聘去当大厨,却在教会年轻厨师厨艺之后又被饭店老板开除,他带着几个月做大厨挣的几万块钱回到家门口,"手伸在半空却不敢敲门"。

和前半部分不厌其烦的心理活动和日常行为描写相比,《大闸蟹》后半部分情节进展之迅猛,给人一种突然从讲故事转换成讲故事梗概的快进之感。而这种情况在光盘的小说中并非特例。

《老虎凶猛》精心构建出两条相互对照的叙事线索,一是沱巴山区的雄虎意图和另一只雌虎寻欢,被拒之后一直谋求咬死雌虎的幼崽,终于得逞,雌虎在失去幼崽之后不久,就顺从了雄虎的求欢意愿。二是负责观测老虎活动的沱巴动植物保护研究所研究员黑河,他曾经苦苦追求过的心上人林松涓在结婚生子之后丈夫突然遇难,让黑河重新燃起追求之心,辛勤采集她最爱吃的野菜,带她去沱巴山区玩,终于感动了林松涓。他们成婚之后,林松涓因为女儿恋恋的缘故不愿再生小孩。于是有一天,恋恋忽然在放学之后被人拐走。

这个小说开头部分描绘出一幅独特静美的沱巴山区生活画卷,相互搏斗的老虎,研究所的孤寂,高山密林里的各种野菌,一个痴情能干的男子。然而后半部分在黑河和林松涓结婚之后,剧情急转直下,突然就演变成一出没头没尾的人间惨剧。作者所得意的这种人性和兽性之间的平行比拟,即便是有可能发生的,在小说中也表现得过于匆忙和急躁了。

《慧深还俗》,讲宝林寺的年轻僧人慧深,为了抚养一个被弃在寺院门口的无人肯要的女婴,被迫还俗,给女婴取名宝林,相依为命。当地望族方青松夫妇收留他们,并资助慧深一个店面做豆腐生意,宝林和方家儿子方群朔青梅竹马,如此从民国渐渐到了新中国成立。有一天,当方群朔和宝林宣布恋爱关系的时候,遭到父母强烈反对,原来宝林是方家女儿,当时出生之后生重病,游方道士说只有送人且终生不得认父母,方能免灾。这个秘密由于不能告诉宝林,宝林遂想不通为什么父母阻止他们恋爱,因此就发疯了。

《野菊花》里，沱巴最美的姑娘叶小菊爱上了在沱巴修铁路的工人刘大可，两个人在沱巴山谷中采菊花，在沱巴河滩欢爱，在村民和工人们的祝福中度过一段美好时光。后来铁路修完，刘大可赶赴其他工地，留下已经怀孕的叶小菊苦苦等待。随后，小说出现了两个结尾，结尾 A 和结尾 B，一是刘大可痴情但被情敌所误，二是刘大可绝情导致叶小菊发疯。作者可能是想呈现某种小说的开放性，然而两个结尾只是重复了两种故事俗套而已。

在对于俗套结局的臆想程度上，变本加厉的是《走完所有的入口》一篇，小说后半段径直以"作者幻想之一、之二"为名，为一桩事件构想出各种可能性。而这种种可能性，呈现出来的与其说是作者超乎常人的想象力，不如说是每个向壁虚构的写作者在企图结束一个小说时普遍遭遇到的困境。

小说可以从任何一个地方开始，但如何结尾往往却是艰难的，需要巨大的耐心。而在光盘的小说中，我们时常遭遇的，似乎就是这么一个缺乏耐心的讲故事者。他的小说往往起笔非常老到，随后在一个悬念的缓慢展开中，细致地交代种种他熟稔的日常细节和人心纠结，比如小城里的市井生活，寺院里看风水的僧人，沱巴山区的风情民俗……但某一刻，这个讲故事者就像被某种外力蛊惑一般，他突然改变了叙事的节奏，他似乎迷惑于身为小说书写者被天然赋予的翻手为云覆手为雨的能力，各种情节反转和离奇突变纷至沓来，并在一片混乱中戛然而止。

于是一个有趣的事情发生了，我们之所以能将光盘从众多小说书写者中辨认出来，不是因为他独特的成功，而是因为其独特的失败，而这种独特的失败，假如也可以称为"荒诞"，那也是缺乏耐心的荒诞。

我相信光盘自己也隐约意识到自己小说中的种种问题，在小说集《野菊花》的后记他也对此表示遗憾，但他接着说道，"完成的小说往往像一件出窑的瓷器，当你试图去修整、校正它时，结果总是伤痕累累。我不是说作品不能修改，许多作家坚持认为好作品是修改出来的。也许是各人创作习惯不同，于我，好作品永远是基于优秀的构想和流畅的写作，而非后来的修补"。

我觉得对于构想和流畅的过于看重，大概正是光盘小说一直难以有更大突破的症结，因为流畅其实很多时候就意味着对于困难的规避，而有一句来自托马斯·曼的话，他说，"作家就是那种写作困难的人"，而福楼拜也对莫泊桑说，"才华就是缓慢的耐心"。

不过，在小说集《野菊花》之后，光盘发表在《花城》杂志上的中篇小说《去吧，罗西》，在小说情节发展上，倒是呈现出一种与之前小说迥异的均衡性，而他维持这个均衡性的秘诀在于放弃揭示真相，让小说中的悬念始终停留在一种神秘性中，这是一个相当可喜的变化。然而，这可能也只是一种暂时之道，因为神秘一旦成为方法，小说家也就会渐渐丧失读者的信任，就像光盘擅长描写的那些道士一般。

2018 年 2 月

III

文学与政治

——近距离看林达

> "我自信,我在美国看到的超过美国自身持有的。"
>
> ——托克维尔

1

林达作品存在一种奇异的分裂特质。然而,这种分裂又并非源自那种我们在诸多大作家身上都能体察到的、人本身的复杂性(这种复杂性将不断地在另一个执著思索的心灵中得到响应),相反,当考虑到林达原本就是一对夫妇的共同笔名,我们则必须从另一个角度来考虑这种分裂,它或许来自于双重的简单,就像被两匹骏马拉扯的马车,在某个特定的时刻,竟然保持住了优美的平衡。

正是这种分裂,以及随之而生的张力,使得林达作品能够在近十余年的岁月里维系住惊人的稳定性和持久力,虽然在客观上,这种分裂竟又造成其作品在一个分裂时代中的无所归属(一个值得深思的悖论),以致于在摧枯拉朽般不断赢得读者的同时,却始终无法获得一个能和其作品严肃主题相对称的评论。

男人和女人,时评作家和讲故事的人,急切的表述和从容不迫的叙说,历史学家与诗人,简单与复杂,严肃与通俗,过去和当下,彼处与此处……这样的并列越延续下去,我们对林达作品的分裂特质就能有越清晰的感受,与此同时,我们又要小心地避免把这种分裂简单地还原成诸种对峙关系,就像不能把一条河仅仅还原成两岸。

然而,即便我们纵身跃入林达作品所构筑的丰盈河水之中,却依然能感受到两股巨大而相反的力,一股洄向过去,一股冲往未来,这两股力量,其实有更古老的名字来指认它们,即文学与政治。

文学与政治的碰撞,是古老的,当我这么表述的时候,必须进而指出,这里谈论的"文学",不是这个时代泛滥且虚弱的狭义文学;这里谈论的"政治",也绝非教科书上的思想指南或者宫闱庙堂间的钩心斗角。文学与政治,当这两个词被表述出来的时候,当我们把玷污在它们身上的浮垢擦去,它们其实意味着两种人类与生俱有又相互冲突的激情,想象的和现实的,指向心灵的和通往人群的。一切伟大作家都懂得这两种激情,而唯有认识到这一点,一个人才刚刚能称得上是,一位作家。

2

一九九七年至一九九九年,时值世纪之交,革命已经远去,理想早就搁浅,经济快车高速狂飙,未来却依然迷茫不清,彼时国内三联书店突然以一年一本的速度出版的林达"近距离看美国"系列,多年后回望,竟像是一封写给新世纪的长信。曾经有读者这样表达读完"近距离看美国"系列的感受:"那几本书看得我彻夜难眠,激动得在屋子里来回踱步。我相信每个人都有过这样的经历:忽然间,你看到了一束光……我无法忘记他就像唠家常一样给我启蒙的时刻,我无法忘记那年冬天我蜷缩在被窝里读书的时刻,我无法忘记望着黑漆漆的夜空忍不住想哭的时刻。"对于每个初次阅读林达的年轻读者,这是一种多么具有代表性的情感,是的,"启蒙",这个在上世纪七八十年代的中国炽热到发烫的词,新一代的年轻人忽然间又遭遇到它,但这个词对于他们,却不再是一种外在的、精英主义的驱使,而是源自他们自己最真切的、对于政治的朴素感受。那一瞬间,他们长大了,不再是愤青。

十年过去。林达的作品一本接一本地继续出版,重印,再重印,但整个中国学界对林达却保持一种长久的忽视,在我看来,这种忽视倒也是有足够理由的。总的来说,林达不是科班出身,不专业。"专业"这个词,在今天的地位有些类似"进步"这个词之于十八世纪,几乎是一种自明的真理(连读者都被区分为专业读者和普通读者)。具体而言,林达一方面在叙说历史事例时有所选择,甚至故意遗漏,治美国、法国、西班牙史的人会觉得这样过于片面,因此其根据这些片面的历史事例所作出的论证,就显得不够严谨;另一方面,他最终得出的结论往往稍嫌简单,能激发普通读者,但却很难刺激在思想史和宪政领域摸爬滚打的专业学者。

我这么说，是在尝试理解某些在学科专业化时代中的事实，这种理解可以避免一些毫无意义的争论，并将林达从一个"专业学者"角色的是非之地中拖出来。

任何针对林达没有还原一个真实和全面的美国的质疑，以及认为其作出的诸多论证经不起更多事实纠错的质疑，在我看来，其实都是伪质疑，因为正如《波斯人信札》的作者真正关心的始终是法国一样，林达唯一要谈论的，始终是中国。这是林达与其他诸多谈论美国的中国学者之间最大的区别。唯有心心念念的是中国，所以他才会大刀阔斧地选择适合自己要求的材料；从美国的建国史和宪法修正案，到法国大革命，再到佛朗哥的西班牙、希特勒的集中营，林达在一只脚踏进那些遥远而又古老的域外历史的同时，另一只脚始终停留在中国的土地上，他所致力去发现、论证甚至虚构的，都是他以为在中国这块土地上所缺失和需要的。"黑夜给了我黑色的眼睛，我却用它来寻找光明"，顾城的这句名诗，我认为可以作为林达全部作品的一个注脚。光明，而非纯粹的现象真实，是他写作的真正动力。

在谈到十八世纪法国作家迈斯特的时候,以赛亚·伯林曾援引一位杰出哲学家的话:

> 为了真正理解一个原创性的思想家的核心学说,首先应该把握其思想核心的特殊宇宙观,而不是关注其论证的逻辑。

随后,伯林指出:

> 像柏拉图、贝克莱、黑格尔、马克思,他们的影响在好的和坏的两方面都远远超过了学术的樊篱。或许他们会用到论证,但是,他们的好与坏,或是应得的评价,依据的都不是这些论证(无论是否有效)。因为他们的关键目的,是要详细阐明一种笼罩一切的世界观,以及人在其中的位置和经验;他们所追求的,并不是说服那些他们对之发言的对象,而是要改变其信仰,转变其视域;因此,他们对待事实,用的是"一种新的眼光","从一个新的角度",按照一种新的模式,在此模式之下,过去被看作各种因素偶然聚合

的东西现在呈现为一个系统的、相互关联的整体。

我当然明白，林达并非这样的原创性思想家，但深入思索伯林指出的这些原创性思想家的追求志向——不是说服对象，而是改变其信仰，转变其视域，以及他们对待事实的方法——把过去被看作各种因素偶然聚合的东西现在呈现为一个系统的、相互关联的整体，我不禁要指出，这样的志向和方法，不正是一位严肃作家也可能会孜孜以求的吗？

也是在这个层面上，我愿意把林达视作一位——严肃的作家。

3

书信体是一种古老且奇妙的作品体裁。它根源于人与人之间相互交谈的原始欲望，是私密的，却反倒是易于面向所有人的；是琐屑和日常的，却往往暗自承载了非常严肃和重大的主题；是来自远方的，却意外地和此时此地的生活息息相关。孟德斯鸠的《波斯人信札》和卢梭《新爱洛漪丝》，是这种体裁经典的示范；而近在眼前的例子，则有冯象的《宽宽信箱与出埃及记》和龙应台的《亲爱的安德烈》，以及在冯象、龙应台之前，于上世纪末就自成规模的林达"近距离看美国"前三部。

"你为了求知，远离祖国。"这是《波斯人信札》里的句子，而背井离乡的确迫使这些作者改变思考问题的中心点，并给思想打开了一条新的道路。

多年以后，在一封写给国内老友薛正强的信中，林达这样写道：

> 我们的新书，你一定能看出，这书名受了茨威格的触动，学《人类的群星闪耀时》，那是你向我推荐的书。你推荐给我的另一本书，我也一直用到现在，《美国的历史文献》。你还记得吗？我后来动笔写美国，是受了这本书的触动。如今，仍能清晰记得那个书店，记得你推荐这些书的神情模样。听说下起大雨来那里要浸水，不过进不了那个书店。天黑后马路对面的露天摊档，很令人怀念。

这本新书，即《如彗星划过夜空》，二〇〇六年出版，已经是林达"近距离看美国"系列的第四本，但和上一本"近距离看美国"(《总统是靠不住的》)之间，隔了七年的时间，这间隔略有些长。

在这七年的时间里，林达的写作并没有中断。他相继在云南人民出版社和湖南文艺出版社出版了两本随笔集，《在边缘看世界》(2001)和《一路走来一路读》(2004)，在三联出版了《带一本书去巴黎》(2002)，只不过，前两本随笔集反响平平，远不及"近距离看美国"系列，唯有《带一本书去巴黎》，再次引发疯狂追捧。

难道仅仅是因为三联的招牌使然吗？看来有必要比较一下这几本书和之前的三本"近距离看美国"之间的异与同。

从内容角度看，无论是题材、关注的问题还是个人观点，《在边缘看世界》和《一路走来一路读》这两本书，与"近距离看美国"系列其实是一脉相承，除了篇幅上的长短不同外，仅仅是在一个看似细小的方面，这两本书让熟悉"近距离看美国"的读者有些陌生，那就是对书信体的放弃，以及随之而来的、从间接叙事转向第一人称直接叙事的变化。

书信体的微妙好处，只有在放弃书信体之后，才能够察觉得到。在上述两本书中，那种古老的套盒式的委婉结构（即向远方朋友转述一些从其他地方得知的故事和观点），烟消云散了，藏在一层层叙事框架背后的作者，被迫直接现身，直接面对所见所闻，直接发表意见。

在这样刺刀见红地考验一个作者见识的时刻，我们不得不遗憾地发现，林达的卑之无甚高论。他自始至终是十八世纪法国启蒙主义作家最朴素的孩子，相信简单而基本的理性，相信存在区别于兽性的单纯人性，相信文明的线性进步。在另一本谈论西班牙的书里，他这样描述他所理解的启蒙：

> 可能只是地球这一块地方的文明积累到一定程度之后，率先离开蒙昧状态，发蒙了，要进入成长的一个新时期，就像小孩子进了学校，突然醒一醒。所以这一段时期才叫作启蒙时代。

博学与深邃，始终是林达的弱项。即便是在林达畅销不衰的"三联"系列里,我们每每也会在酣畅淋漓地跟随他经历完一个精彩故事后,却如兜头凉水般遭遇到一个简单化的结论或者抒情,更不用说这种纯粹的第一人称随笔文体,他驾驭起来,自然有些力不从心。相反,《带一本书去巴黎》虽然也并非书信体,也是以第一人称的角度来展开叙述,却暗暗地恢复了"近距离看美国"的手法,把"我"化作一位远方游客,让故事自己说话。他带着一本古老的小说去巴黎,而不是仅仅带着自己的眼光去巴黎,于是,小说中的巴黎,历史中的巴黎,自己看到的巴黎,这几方面交错而行,至少使得整个叙述变得丰厚起来。

但我们同时必须看到,林达对自身早已有了清醒的认识。《如彗星划过夜空》出版后不久,他如是表达自己的创作观:

> 我们是讲故事的人,不是思想家。有没有自己的东西,得看什么是自己的东西了。《辩论——美国制宪会议实录》,是一本好书。当初尹宣先生翻译此书,我们曾和尹先生讨论过什么是讲述这些故事的方式。尹先生受过美国学院里的历史学训练,讲究字字有

出典。他推崇好的翻译。我在此推荐大家注意尹先生译著中的"译者注释"。麦迪逊的制宪会议笔记，是非常重要的历史文献，却不是现在最好的向中国读者讲故事的方式。所以，我很赞赏易中天先生的写作叙事。出于同样的心思，我在尹宣先生的译作尚未成为铅字的时候，就同尹先生说，待尹先生精心研究翻译的麦迪逊经典出来，我们要用江湖说书人的方式，再讲一遍这个故事。

前些天听到有朋友说，照这样讲故事，是可以之五之十地讲下去的。是的是的。我们没有很多精力来讲了，以后要年轻人来讲。我想，到目前为止，我们还不用太担心，这样的故事讲得太多了，也不用太担心，这样的故事里，其实没有多少讲故事人自己的"原创思想"。不就是讲个故事吗？

4

自本雅明的著作进入中国以来，"讲故事的人"，似乎已成为小说评论界很流行的说法。不过林达未必会有兴趣阅读本雅明，这使得我们必须在一个更朴素的层面来对待林达所说的"讲故事的人"，而这样朴素的层面，恰恰可能更接近本雅明的原意。

在本雅明那里，讲故事并非一种写小说的方式，相反，讲故事的人，在本质上是和写小说的人区别开来的。

小说是一个人孤独又自由地面对自己时的产物。唯有孤独，才能深入到人性的深处；唯有自由，才能够在深入之后，还能够诚实地表达出来。举个很简单的例子，格雷厄姆·格林有胆量在《哈瓦那特派员》这部小说里，对自己曾供职的英国军情六处给予毫不留情的揭露、讽刺和挖苦，他并不用担心这样的自由表达，会影响到他的日常生活，而正是这样出自最真切观察和最诚挚内心感受的自由表达，才让《哈瓦那特派员》充满魅力。而在我们身处的这个场域，小说家必须具备的这种自由，其实是不存在的。我们似乎应该理解和谅解当代中国的小说家们，"你怎能责问一个带着镣铐的囚犯为什么不去飞翔？"

虽然很多读者都看到林达作品中的叙事才华，但林达从一开始就无意做一个小说家，因为他是要面向人群的，并且就是要在这种当下的不自由中给人以忠告。这种实用关怀自然让他选择讲故事的方式。

　　实用关怀是天才的讲故事人所特有的倾向。

并且，

　　故事是耗不尽的，即使在漫长时间之后还能够释放出来。

故事的这种生命力，让林达可以安心从古老历史的尘埃里翻检所需要的故事，只要这些故事被讲述的不是太多而是太少。此外，最最重要的还在于，

　　讲故事艺术有一半的秘诀就在于，当一个人复述故事时，无须解释。

一个讲故事的人无须解释，他只是一个传达者。这是多么令人熟悉的表述，当古希腊人听到伊利亚特和奥德赛的故事的时候，盲诗人荷马也是这么说的，他把他的故事

归于缪斯,诗人只是从缪斯那里听到并转述给人群而已。

正是在这个意义上,受惠于远方的讲故事的人和受惠于缪斯的诗人,发生了重叠。进而,谈到诗人,我们都还记得亚里士多德著名的判断:

> 历史学家和诗人的区别在于:一个叙述已发生的事情,一个则描写可能发生的事。

以及狄德罗进一步的说法:

> 严格摹仿自然的是历史学家,对它进行撰写、夸张、减弱、美化或随心所欲地加以支配的是诗人。

重新考察林达关于美国、巴黎乃至西班牙历史的著作,考察那些被绘声绘色讲述的历史故事,它们难道不正是被夸张、减弱、美化或随心所欲地加以支配的吗?难道,这些被林达小心地从域外历史中抽绎出的故事走向,不正是林达希望在中国明天的大地上可能发生的吗?

而正是这样积极的希望或者说志向,令一个讲故事的林达纵身跃入叙事诗人的行列，也正是在这个意义上，林达和他很赞赏的易中天之间有了不可逾越的鸿沟。

5

为什么一个好故事无须解释？是因为一个好故事本身就是天然自足的，如镜照人，深者得其深，浅者得其浅，这是天然就充满各种歧义和不明指向的"言辞"相对难以做到的。《史记·封禅书》里讲过一个故事，齐桓公想去泰山封禅，管仲觉得未受天命，不可封禅，先和他讲道理，但单纯的讲道理不能说服齐桓公，于是，管仲睹桓公不可穷以辞，因设之以事……于是桓公乃止。

"不可穷以辞，因设之以事"。对于管仲提出的道理，齐桓公还要辩论一番；但对于那些管仲列举的事例，齐桓公绝对不会去学究气地考证其真假，因为这些事例一旦被人传说，就具有了自足性，即便是假的，也代表了一种"可能性"，在这种可能性中，他直接看到了天意，随之便接受了忠告，这就是故事的力量。同样，当中国的左中右三派知识分子为祖国的未来争吵个不休并让人晕头转向时，无数普通的中国公民，却是在听完林达讲的故事后，像齐桓公一样，才变得冷静下来。虽然这些普通的中国公民并没有齐桓公的权力，然而这些故事却因他们而落地，之后，自己会生长，会萌发新的枝叶，从而给未来保存了各种可能性。

进而，一个故事如何成为一个好故事呢？它的故事性通过何种手段体现？这个故事中存在诗性吗？从一个专业学者到严肃作家再到叙事诗人，我们在"如何看待林达"这个问题上完成了三级跳式的视角转换，随后，唯有再将上述这些问题落实到林达作品之上，并确切地描写其运用的诗学手段，对于林达的文学研究才可以算是真正开始。

在我看来，林达最擅长也是讲得最成功的故事，是司法案例。一件事情一旦被搬上法庭，成为案例，它就立刻天然地容纳了对立的两方力量，就像一棵阳光下的树自然拥有阴阳两面。这两方力量，在林达看来，虽不存在简单的敌我或者正邪之分，但却依旧是彼此冲突、碰撞的。而对于一个讲故事的人，这种自然存在的冲突和碰撞，正是一个故事能够生生不息的活力源泉。

随便举个例子，在《我也有一个梦想》（"近距离看美国"之二）里，大段篇幅是在谈论美国的种族问题，我们会发现，当作者在单方面的夹叙夹议地讲述废奴历史过程之时，他是平淡无奇的，但一旦在某个环节处涉及一个具体的案例，比如"阿姆斯达"号黑奴暴动案例，一旦存在着案例中彼此斗争的两方力量，那么，整个叙述一下子就生动起来。此时的林达，就有如一个说书人在描述两军对垒时的从容，他会耐心地从一个小人物讲起，甚至从这个小人物的一些琐事讲起，他懂得铺陈、延宕、悬置，甚至花开两朵各表一枝；他懂得把一点点似乎不相干的细节慢慢攒成引信，将读者引向他预伏好的高潮。

并且，每当林达遭遇到一个故事的时候，能够立刻自觉地将自己放进去。

在乡间的林中小屋给你写着华盛顿将军的故事，仿佛听着马车走在山林小路中寂寞的声响。我也尝试着追随体味两百多年前，在美国南方疏朗的乡村里，绅士政治家的状态和心情。

这种主动的移情，将自己融进那个要讲述的人物背后，从而忘我，这是一个讲故事的人必备的素质，这就使得林达最好的作品中时时都有一个叙事者的声音，这个叙事者，超越了真实的林达。

6

抛开以资料和画作选编为主的《像自由一样美丽》，出版于二〇〇七年的《西班牙旅行笔记》，会是林达呈现给我们最近的一本专著，而假如选择一本书来认识林达，我也会选这一本。因为，和之前片断的美国史以及巴黎故事不同，林达在这里要处理的是绵延千年、庞杂纷乱的西班牙历史，如何做到既不浮光掠影又能有条不紊地叙述，是一件颇见功力的事情，这可以说是迄今为止一个讲故事的林达所面临的最大挑战。也正是在这本书里，林达的强项与弱项都得到了淋漓尽致的体现。

进入西班牙的林达手持的罗盘，并不是简单的地图以及浩瀚的西班牙史著，而是当代中国几十年的历史过程。他曾经带着一本中文版的《九三年》去巴黎，这一次，他更是带着他的中国记忆前往西班牙。因此,我们可以看到,他叙述千年西班牙历史的速度和节奏,是随着那历史和他的中国记忆有没有叠加,而忽慢忽快的。比如谈到中世纪阿尔罕布拉宫发生过恐怖屠杀的狮子厅,他就会放慢速度:

这几乎是一个规律,凡是制造了血腥事件的人,总是想掩盖的。

而佛朗哥时期的西班牙,因其和现代中国千丝万缕的联系,更是林达投注笔墨最多的地方,他甚至会忽然转换叙事的时空,闪回到当下,

在巴塞罗那,我们给家里打了个电话。年近九十的母亲,听到我们是在西班牙,在电话里唱起了年轻时唱的歌:
"举起手榴弹
投向杀人放火的佛朗哥
……
保卫马德里,保卫全世界的和平!"

在无比耐心地详述佛朗哥上台前后左右各派力量的斗争和其中存在的诸多复杂性之后，林达以一种非常诗性又节制的语调，讲出一些我们都能够懂得的话语：

> 西班牙街头开始流行一句话：没有不死的人。
> 这是老人政治最可悲的地方。佛朗哥的死讯传出的那一刻，全西班牙都松了一口气。

诸如这些地方，是林达作品最有魅力之处。也正是在这种地方，他有别于他在本书开始就以同行的心情提到的华盛顿·欧文。

> 华盛顿·欧文开创了一种独特的历史文学的写作……他的平铺直叙的"讲故事"方式，一时迷住了欧美的英语文学界……
> 欧文尽可能精确地考证史料，记录历史事件。又用自己探寻遗迹的经历，为史料补上失落的枝叶，笔下出现了文学性很强的历史游记。

林达吸收了欧文"讲故事"的方式,但无意也无力像欧文那样去"精确地考证史料",他满足于一种影射,一种镜子效应。这是他的缺憾,但从另一个角度来看,或许林达其实根本就不想写西班牙历史游记,他要写的始终是,中国,而且就是眼前的中国。为了达到这个目的,他动用了他所拥有的全部文学手段。

7

在十八世纪的法国,文学与政治这两者的冲突达至某种顶点,以至于它们竟然融合在一起,对此,托克维尔不得不用一个杜撰的合成词来描述这一现象——"文学政治"。

> 文人在法国从来没有展现像他们在十八世纪中叶前后所展现的精神,从来没有占据他们在那时所取得的地位。
> ……他们每天都在深入探索,直至他们那时代政治体制的基础,他们严格考察其结构,批判其总设

计……这种抽象的文学政治程度不等地散布在那个时代的所有著作中。

……法兰西民族对自身事务极为生疏，没有经验，对国家制度感觉头痛却又无力加以改善，与此同时，它在当时又是世界上最有文学修养、最钟爱聪明才智的民族。想到这些，人们就不难理解，作家如何成了法国的一种政治力量，而且最终成为首要力量。

托克维尔所谈论的法国作家，是卢梭、伏尔泰、狄德罗、达朗贝尔等等这些启蒙运动中呼风唤雨的先哲，和他们的英国同行诸如培根、埃德蒙·伯克兼具政府要职不同，

在英国，研究治国之道的作家与统治国家的人是混合在一起的。

这些法国作家从不具体参与实际的政治生活，相反，他们每每处于极度的游离、甚至流亡状态之中。对此，托克维尔心情复杂地指出：

> 历史上，伟大人民的政治教育完全由作家来进行，这真是一件新鲜事。

倘若仅仅聚焦在文学与政治的关系这个层面，学而优则仕的中国古典作家似乎近于十八世纪英国作家，而崇尚自由独立的中国现当代作家则更接近于托克维尔谈论的这批十八世纪法国作家。于是，"由作家来进行政治教育"，这件托克维尔暗自怀疑的新鲜事，在从上世纪八十年代的中国一路走过来的林达看来，却正是一件至关重要的事。

就是这样一种"文学政治"暗自推动着林达所有的写作，令人激动也被人诟病。"他不是十全十美，但他可以使我们看到自身的不完善，这就是意义所在"，托克维尔论伟大作家的这句话，在某个特定的时刻，竟意外地，也同样适用于林达。

（原刊于《上海文化》2009年第6期）

小说家自己的命运

——读王安忆《天香》

大约十年前,在关于《长恨歌》的一次访谈里,王安忆就曾把写作比喻成刺绣:"我觉得创作其实更像做手艺的人。我小时候很喜欢绣枕套,我觉得创作有时就像做绣花工作,今天一朵花明天一朵花的,但整个布局心里早就有谱了,虽然不是十分的明确。"这样的思考萦绕于心,加之早年间对顾绣的留意,积累到一个恰当的时机,便有了《天香》——造园,绣画,都是在隐喻写作这回事。写作本身成为小说的主题,是二十世纪以来的一个趋向,这与所谓后设小说的技巧无关,而是关乎小说家对自身的思考。"在小说的最后时刻,活跃着那些小说家自己的命运。"我们可以试着把罗兰·巴特的这句话移到王安忆身上:

在《天香》的最后时刻活跃着的，也正是小说家自己的命运。

工匠／小说家

创作小说是一门手艺，小说家是一个匠人，这在王安忆，又绝非一种浮泛的隐喻，而早已是自明的真理。它暗暗指向两个传统，一是诗学的传统，在古希腊，"技艺"（tekhne）一词，即用来表示按照固定的规则和原则从事生产，而亚里士多德则进一步将写诗也视作如做鞋一样的制作或生产过程；二是劳作的传统，只有通过有如匠人一般的艰辛劳作，并且是连续性的，才可能有好的写作，这几乎是十九世纪以来伟大小说家的共识，巴尔扎克就曾抱怨，"当只有一两个小时的空闲，是绝不可能工作的"。也正借了对这两个传统的个人理解和汲取，王安忆上世纪九十年代就提出小说创作的"四不"：不要特殊环境特殊人物；不要材料太多；不要语言风格化；不要独特性。在文学和理想被打压之后的时代，她致力要对抗的，不仅是残存的批判现实主义那套"典型"美学，还包括方兴未艾的种种先锋美学。这"四不"即便在今天，对于小说作者也嫌苛刻，但王安忆就要这般将自己逼得无路可进，好返身退回讲故事人的行列，在那里汲取生机。

王安忆愿意做个讲故事的人，"现在和将来我都决定走叙述的道路"，叙述的当然是故事，但在王安忆这里，这故事不再是民间的口口相传，也并非来自远方，而仅仅是小说家主体的精神投影。

所以就有了"心灵世界"的提法。有些青少年时期被洗过脑的评论家，即便跨进崭新的世纪，一见到"心灵世界"这个词，仍立刻联想起脱离现实、逃避现实，便开始责备。他们总是不停撺掇小说家当烈士，去反映现实，去做共和国的不乖女和忤逆子，而自己却躲在学院里做"乖批评家"。这也就罢了，只是你倘若真的问问他们，什么是现实？何种现实？谁之现实？多半还立刻就要支吾。

王安忆之"心灵世界"自有其特殊性，这特殊性却不在于脱离现实，不在于"心灵世界"这个名词上，而在于附加在其前面的动词和代词。这个动词是"制作""构造"抑或"筑造"，在王安忆的词典中，它们毫无贬义，几乎都等同于"创造"；这个代词是"一个人的"，这小说，这心灵世界，是小说家一个人的世界。这两点都非常耐人寻味，可以看出来，在王安忆对小说家的理解中，处处都暗含着"一个工匠"的喻体。

更具体一点，在致力思考写作和刺绣这门手艺关系之前，王安忆喜欢的譬喻，是"建筑"。她在复旦的课堂上援引纳博科夫《文学讲稿》中的话："我们这个世界上的材料当然是很真实的，但却根本不是一般所公认的整体，而是一摊杂乱无章的东西，作家对这摊杂乱无章的东西大喝一声'开始'，霎时只见整个世界在开始发光、融化、又重新组合，不仅仅是外表，就连每一粒原子都经过了重新组合，作家是第一个为这个奇妙的天地绘制地图的人，其间的一草一木都得由他定名。"随后她进一步予以解释："就是说这个材料世界是一堆杂乱无章的东西，在我们眼睛里不是有序的、逻辑的，而是凌乱孤立的，是由作家自己去组合，再重新构造一个我所说的心灵世界。"

我感兴趣的，不是纳博科夫对小说的理解，而是王安忆对纳博科夫这段话的理解。仔细琢磨一下纳博科夫的原话和王安忆的解释，会发现之间暗自有一个极大的跨度。

在纳博科夫那里，作家只干了三件事：大喝一声"开始"，绘制地图，为每一件事物定名，而材料的发光、融化、重新组合成奇妙新天地的过程，具体究竟如何运作，由谁运作，纳博科夫对此是沉默的，犹如神对造物七日的细节是沉默的，在这段明显模仿《圣经·创世纪》的话中，暗藏着一个"小说家即造物主"的隐喻，造物主不仅创造出必然和确定性，也为无数的偶然和不确定留出了空间，比如夏娃会偷吃禁果，又比如该隐会杀死亚伯，都不在其预想之中，世界万物有其自行发展的力量，造物主只设置规则，并不干涉每一件事的发生，小说家亦然。

狂暴的必然伟力伴随极度的偶然惊奇，决定论和自由意志的互补共生，善恶美丑的平等相处，诸如这般的造物主品质，却不属于王安忆心目中的小说家。在王安忆这里，造物主从天上来到人间，转身成为一个精益求精的工匠，从草图到成品，他严格掌控每一道程序，每一个细节，每一声欢笑每一滴泪水，在一个丧失理想的现实世界外，他努力要建成一个按照理想蓝图设计的心灵世界。

一个美好的乌托邦。一个可怕的乌托邦。在各色各样的乌托邦里，有一点是相同的，那便是只允许有一种心灵的存在，无论其来自小说家，抑或哲人王。

造园／格物

要写顾绣，先要造一座园子，那园子唤作"天香"，来自古籍出版社赵昌平先生的提醒，南宋王沂孙的《天香·咏龙涎香》。那是首咏物词，而王安忆写小说也立意格物造物，这是相合之处；然而王沂孙志不在物，他是满怀的生命疼痛需要找一个实物安放，王安忆却当真要格物造物，好来安放她心仪的旧时女子，此为相悖之处。

格物甚难，因先要弄明白物之理，而世间有万物，天香园虽是小世间，举凡园林、木石、器物、制墨、书画、美食、花草、节令……少则有百十种物事要去一一琢磨，但这又不算难，因为还是知识。王安忆是极认真和用功的人，在和杂志编辑就《天香》作品的对谈里老老实实交代："基本是写到哪查到哪。写到哪一节，临时抱佛脚，赶紧去查……其中那些杂七杂八的所谓'知识'，当然要查证一些，让里面的人可以说嘴，不至太离谱，因生活经验限制，其实还是匮乏。"好在还有赵昌平先生鼎力，一一帮忙查缺补漏。种种这些"造园"时的局促、匮乏、尴尬，王安忆毫不讳言，这是她为人极好的地方。但另一方面，对于知识，她本就没有百科全书派小说家的热诚。况且对于百科全书式小说谈论的知识，我们一直有误解，对此张大春有一个极好的说法："百科全书式小说的书写传统，是发现或创造知识的可能性，而不是去依循主流知识、正统知识、正确知识、真实知识甚或知识所为人规范的脑容量疆域，而是想象以及认识那疆域之外的洪荒。"这一点，王安忆并没有多少体认，她只是很素朴地遇山开道，过河搭桥，不会就补，不懂就问，错了就改。在她心里，小说家所需要的知识，就是主流知识、正统知识、正确知识、真实知识，也正由此，她自然就会觉得，对小说家而言，知识并非见功夫的地方，小说家是要筑造一个自己的心灵世界，而这些知识，这些个物，不过都是材料，甚至不过只是黏合剂。

倘若物只是材料，格物只是明白材料的正确知识，那么在如今这个资讯丰富的时代，大概没有什么物是不能被迅速格出的。然而王阳明对着竹子格了七日，大病一场，却并非因为当时人对竹之物理无所知。这又是为何？

且不要上网搜索，因为搜索出来的，也还是知识。

胡兰成《中国的礼乐风景》："中国原来的教育方法是出自汉民族的智慧，即孔子说的仁知二字，仁是感、是格物，知则是致知，感而知之，故无论学哪一行，皆是师少教，要你于无教处亦自己会得看风头颜色，感而知之。而且学无论哪一行，都是一个完全，如木匠陶匠的学徒要扫地捧茶敬师敬来客，虽一艺亦是成于世事的全面，所以学会了制器，制的一几一瓶皆有人世之思。因为中国文明是一统的，一器亦有人世之思，所以木匠陶匠二十岁出师，便有质朴而深广的人格。"关于格物，我觉得他说得很好，本来想引个意思自己讲，但终究觉得还是先一字不动地照搬过来，更显得对得起人。格物并非只是知道些物的正确知识，而是对物有所感，"感而知之"，无论哪一行，哪一件物事学问，都是如此，是生命先对此有兴动，有感应，那些知识才能进入你的生命，化成你的人世之思，然后随你制作还是创造，是模仿还是虚构，都能得一个完全。

王安忆《天香》笔致极好，只是作者与天香园内外的不少人、物相知尚不够深，本来，假如不先把格物认作知识，也许写着写着，慢慢就和这些人、物有所感应，从而感而知之，那也说不准，因为"好文章是随着写作一路明白过来"（胡兰成语）。而最后明白过来的，是自己。瓦莱里讲："如果每个人不能了解自己的生活以外的其他许多生活,他就不能了解自己的生活。"我们读小说,去了解另一些生活,原来是要据此了解自己的生活;写小说的人,其实也是如此。《天香》里,闵师傅问众姑娘,塑像最难什么?小绸说是眼睛,因为里面要有精气神;希昭却说是衣裾,因为要有风。闵师傅打圆场,说眼睛里的精气神是人为,衣裾里的风是天工。而写小说,造一座天香园,进而筑造一个心灵世界,却也要知晓有几分属于天工,那天工就是万物的风,呼呼地吹向自己。

但退一步讲,这天香园即便有百般的不真切,它依旧能建造完成,却因为里面有两样还是真的:一样是刺绣;一样是闺阁。

绣画／制物

"天香园绣",始作俑者是闵女儿,但到了第一卷第 6 节才露面,这是作者操控大场面的耐心。闵女儿来自扬州织工世家,父亲闵师傅是花本师傅,掌管织工中最精密的一道工序,然而织工千万,单凭闵姑娘这点家底,似乎还没理由成为大匠。所以,还要安排一个人先在天香园里住下，那就是小绸。

小绸是申家长房柯海的媳妇,七宝徐家的女儿,徐家祖上南宋时就是王官,书香门第。小绸刚进天香园,妆奁中即有一箱书画,一箱纸墨,"不愧是世家,有文章的脉传"(语见《天香》第3节)。闵女儿有家传绣艺,小绸有世代诗心,只是这两个人就这么好好地搭在一起,要说能开创出什么新的绣艺,似乎还缺点什么。

因为大凡好的艺术,不单有世代家传,尚还要有此时此地这个人的心事。闵女儿是柯海胡闹时纳的妾,却令小绸大恨,再也不与他说话见面,柯海极爱小绸,对闵女儿原只是一时热情,如今闹得夫妻反目,又惭又恨,也就渐渐不理闵女儿,成天在外云游。于是闵女儿来到天香园,不但带来绣艺,也让这个园子增添了许多人世的寂寞伤心。

所以闵女儿开始捡起妆奁里的针线,支起绣花棚,绣自己的心事。小绸也伤心,在作她的璇玑图,只是比起闵女的绣活,这璇玑图显得做作,开不出什么大局面,小绸腹里有些诗书,但其实微薄,要化到绣里面,才算个好出路。小绸恼恨的是柯海,对闵女,其实并没有现代女子的那般不容，但她心性强，一定还要有一个中间人于其中周转。

柯海有个弟弟叫镇海，这个中间人，就要镇海媳妇来担当。她一定要是个心细又耿直的人，心细，才能照应两边的心事；耿直，才能担得下斡旋的粗活。这一段镇海媳妇发心让小绸与闵女互通款曲，写得极好，那些人世儿女的细密委曲，王安忆明明白白。

闵女和小绸两人通了气，却依旧不贴心，人与人之间怎么贴心？得要有一件珍贵东西同搁在两人心里。镇海媳妇活着，是闵女和小绸的桥，但桥总归还有两边，两边的人真要贴心，还得再把桥拆掉。所以要安排镇海媳妇早早病逝，让闵女和小绸心里所有的怨彻底爆发一次，哭完笑完，就真成了割头不换的姐妹。

二人同心，其利断金。"天香园绣"就此成名，但好归好，终究还是前人遗技，小绸和闵女虽还年轻，但心已老，要开出一个新天地，还要寄望下一辈的女子。

这下一辈成就大事的女子，还不能和自己太亲，近亲繁殖，总成不得大器，最有出息的徒弟，往往不属嫡传。各门技艺，都是如此。所以要让闵女和小绸都命中无子，几个女儿迟早出嫁，不算天香园里的人，还得再找一个女子进天香园，落地生根。这便再引出希昭。

希昭是镇海儿子阿潜的儿媳，镇海媳妇过世后，镇海遁入空门，阿潜是跟着伯母小绸长大，所以希昭其实和小绸关系很近，却又没有名分上的亲，若即若离，这就给了希昭自由，这自由也是一切艺术的营养。她可以迟迟不学绣，先学画。她之于天香园绣，是"见过于师，方堪传授"，所以能"集前辈人之大成，青出于蓝胜于蓝，推天香园绣而至鼎盛"（语见《天香》第41节）。

这一层深一层，一环扣一环，非得逐个拈出，才见得王安忆之细密周到，且看她调经治纬，把对小说这门技艺的体会经营成天香园绣画兴盛的故事，一笔一画，宛若一针一线，有现实的底本，亦有内在的逻辑。

对写实的偏爱，对逻辑的强调，王安忆一贯的这种小说美学，恰恰与绣画这件具体的手艺密合。刺绣都先有画本，针线也自有程序，增减不得，也想象不得。刺绣属于女红，《礼记·内则》中说："女子十年不出，姆教婉娩听从，执麻枲，治丝茧，织纴，以供衣服"。"婉娩听从"四字，是古时的妇德，也是女红的根本，所以举凡纺织、缝纫、浆染、刺绣、编结、剪花，都是有样学样，不能逾距生造。刺绣虽是衣裳宽裕之后的闲活，也还是如此，希昭绣画，以及后来的蕙兰绣字，都还得依仗现成被认可的书画，不能像男子那样，自由想象，无中生有。旧时的士大夫，在政治高压下常选择作咏物诗，而旧时的家常女子，则唯有制物以为诗。因她们永久性地生活在这样的高压下，那些才华灵气，是要在婉娩听从和家常器物中挣扎出一个向上的呼吸空间。

这制物的空间逼仄，条条框框无数，于万般不自由中，却仍留有两条自由之路，一是工夫，一是选择。闵女儿绣件棉袍，乐意费去二三个月的光景，因为存着要与小绸好的心意，这是工夫；希昭绣四开屏画，精心挑了"昭君出塞图"做样本，暗藏对阿潜远走的埋怨，这是选择。

理查德·罗蒂曾经断言："一旦失去言论自由，创造能力势必枯竭。"然而，在古老的中国，习惯失去言论自由的人们，却每每能化相克为相生，他们老早就懂得迫害和写作艺术之间的关系。王沂孙晓得，天香园的绣史们晓得，而《天香》的作者呢，或许也晓得。

小说家自己的命运　　　　　　　　203

设幔／生意

《天香》选择闺阁中的女子作为主人公，却并不在爱情上落墨，因为旧式中国人于婚前男女情爱之外，更重婚后家庭人伦之爱。王安忆自己也曾有言："爱情只是很小的故事，爱情背后有很多很丰富的故事。"正是她身为中国人的一个体认。

《天香》写了三代女人。第一代的小绸、镇海媳妇、闵女，是妯娌之间的相濡以沫相依为命；第二代的希昭，自成一家，是从生活到艺术的飞跃；到了第三代，有蕙兰将绣艺带入寻常百姓家，并牵引出戬子、乖女，是设幔授徒的生意盎然，重新又回到凡俗的生活日用。这三代人，分占了小说的三卷，前两卷的人物多在天香园内，第三卷落笔在天香园外的小户人家。

"天香园绣可是以针线比笔墨，其实，与书画同为一理。一是笔锋，一是针尖，说到究竟，就是一个'描'字。"（《天香》第 24 节）前两卷人物场景无数，若比作书画，可算描出了一幅"清明上河图"。但即便如此，其实还算不得最高的褒奖。因为一方面，"描"已非书画高境；

另一方面,"清明上河图"也绝非绘画的最上品,其价值更多在画外。更何况文字和绘画本就不同,其中差异,莱辛《拉奥孔》早有明言。他赞扬荷马,"荷马描绘的是持续的动作,他只是用暗示的方式去描绘物体";并批评哈勒,"我从每个字里只听到卖气力的诗人,但是看不到那对象本身"。《天香》的前两卷,多少也有一点这样的问题。

在《清明上河图》里,那些买东西卖东西的,都不得已停滞在某一个固定姿势里,这是绘画的先天限制;然而,这种限制却被作为小说的《天香》所继承,《天香》就好比一幅缓缓展开的画幅,人事纷繁,细密生动,却大都定格在一个个特定空间里,没有各自在时间层面的持续性。在《红楼梦》里,每个主要人物都是慢慢老去的,而在时间跨度将近七十年的《天香》里,美女到老太婆的转变却每每令我们惊骇,因为其间缺乏精神层面的持续发展,仅仅只有逻辑和知识层面的年龄推算。《天香》里众多的角色,都定格在推动画幅按逻辑缓缓展开的瞬间,随后他们就"阅后即焚",只残存在作者的人物年表中,被后来出场的人偶一提及。

但到了第三卷,小说面目却为之一变。天香园绣能不能放下身段，该不该让外人学去，又当怎么个学法，这是第三卷重点要讲的故事，其矛盾集中，人物少，发展性强，又有悬念，环境也从楼阁大观落到了市井小屋，凡此种种，与前两卷简直大相径庭。

王安忆也有这样的感觉。"我自己觉着第三卷最好看，写的时候几近左右逢源，说服申家绣阁里的人，同时也是说服我自己，极有挑战性，自己和自己对决，过了一重难关又遇一重难关，小说最原初又是最本质的属性出来了，就是讲故事，把故事讲得好听。"

依旧是《拉奥孔》里，莱辛解释荷马为何要用一百多行诗句来描述阿喀琉斯的盾牌："荷马画这面盾，不是把它作为一件已完成的完整作品，而是把它作为正在完成过程中的作品……我们看到的不是盾，而是制造盾的那位神明的艺术大师在进行工作。"《天香》的第三卷也可作如是观，我们看到的终于不再是一件件眼花缭乱的物事，而是时间的纵深，行动的持续，随着这个过程，终于开始有了人之为人的精神发展，如将绣艺带到天香园外的蕙兰、如执意要学绣的丫环戥子、如最终欣然接受现实的希昭，她们都是在努力尝试突破自己固有的格局，不断地向上走。小说末尾，希昭登门与蕙兰论绣，见得绣幔内几个常伦之外的孤苦女子，并未损"天香园绣"的声誉，反倒有刚强迸发的意蕴，她觉得欣慰，"希昭从花棚上起身，四下里亮晶晶的眼睛都含了笑意，几乎开出花来。光线更匀和温润，潜深流静，这间偏屋里渐渐充盈欣悦之情"。

这匀和温润、潜深流静的，是生命的光辉。无论前面有多少艰难曲折，在《天香》最后的时刻，生命的光辉终于如玉和白瓷一般，静静地从里面透出来了。只是，倘若这样的光辉不是被小说家费尽心力地描出来，而是听凭读者自行地体认出来，抑或是罢卷许久后，忽然地会心一笑，那就当真完美了。而小说家唯有能做到这样的听凭，他才能真正步入强有力的创造者之列。

（原刊于《上海文化》2011年第4期）

生活应该是怎么样的

——王安忆和她的批评史

评论王安忆是一件困难的事。长久以来，在王安忆这里，硬朗坚定的小说美学与随时而动的文体实验携手并进，奋力前刺的理想之矛和衔泥而筑的精神之塔相对而峙，构成了但凡关注中国当代文学者都不可回避和绕过的风景。几十年里，几代批评家为王安忆的作品费尽笔墨，假如说文学批评的朴素价值一直就在于表彰优点和指出缺点，令人惊讶的并不是一位小说家在众多批评声中一如既往走自己之路，令人惊讶的，是几代批评家在不同时刻面对王安忆作品之际所表现出的相当一致的文学敏感，而重新审视这种文学敏感才是一件有兴味的事。

一九八三年，时任《上海文学》主编的周介人在《星火》杂志发表《难题的探讨——致王安忆同志的信》,在信中,他说:"然而,创造之谓创造,终究意味着是对一种困难的克服。……如果您正视全部困难而且知难而进,您是会感到创作的巨大阵痛的,您是要付出更多的心血的;然而,由于您的机智、由于您的灵巧,您遭使自己的创造力绕开了那些扎扎实实的大困难,而扑向那些比较容易吞噬的困难——一句话:您太善于避难就易了!请允许我直率地说一句:由于您善于避难就易,您获得了创作的丰产,然而从长远看,这对于磨炼您的艺术创造力,也许并不完全是好事。"[1] 我读到这段话的时候顿觉一震,原来自己在面对当代文艺时长久缭绕于心的想法,三十年前就已经有人这么清清淡淡地讲出来过。然而又有多少人真的听进去这话了呢?三十年来,正是那些机智、灵巧的中国作家一个个获得了世俗层面的成功。王安忆用"扬长避短"的说法来回应周介人指出的"避难就易",实在也是讨巧的回应,要应付这个世界,谁不需要扬长避短呢?但周介人显然要

---

[1] 周介人:《难题的探讨——致王安忆同志的信》;王安忆:《"难"的境界——复周介人同志的信》,参见《星火》杂志1983年第9期。

说的并不是这些。他要说的，是创造。这创造不单要设法"扬长避短"地完成一件作品，更重要的是，这创造要迫使艺术家努力慢慢地自我变化（而改变自己永远是最困难的事），他在慢慢向上走，他不是要逃避局限，就像他并不要逃避地心引力一样，但他并不企图借助什么缆车或更先进的器具，而就是将自身置于重力带来的局限和困难之中，一步一步向上攀登，最终，他创造出一个更好的自己。

周介人谈到的彼时王安忆企图避开的困难，具体而言，是指"从层次交叉的矛盾运动中去观察人物与刻画人物的困难，从千百万种可能的组合中选择一百万分之一的组合的困难"，也即呈现真实可信之生活世界的困难。彼时王安忆二十九岁，已经在国内重要的文学期刊上发表数十部中短篇小说，是创作力蓬勃的文坛新星。很多年后，她和评论家张新颖对谈，视这段时期为自己写作的"准备期"，在她最新的中短篇自选集里，于这段准备期里只挑出两部小说，《雨，沙沙沙》和《本次列车终点》。《雨，沙沙沙》不仅仅是她写作之路开始的标志，这部短篇本身虽有时代的印痕，却被柔和亲切的少女气息所裹挟，就像氤氲其中的细密温柔的雨丝，自顾自下着，竟意外地具有了一种恒久明亮的光泽。相较而言,《本次列车终点》在结构上更加完整,人物描写上也似乎更加圆熟,但主导这篇小说的核心观念,却不像《雨,沙沙沙》那样全然属于作者自己,而更多是时代所赋予的。《本次列车终点》的作者希望就此走出个人经验,希望写一些在社会因素影响下的复杂性格和命运,她因此获得了更大范围的成功,同时也必须面对更大的困难。

王安忆可以说是一个很会"看"的人,从看自己到看他人,她都明了,但她要的,是"个人在一个安全的壳子里,才能够分出心去看"[1],她反复强调"安全",这种"安全"让她在观察、描写他人的时候从容细密,精审练达,但或许也正是这样的安全感限制了她。鲁枢元,另一位和周介人同代的前辈批评家,在同样形诸于书信文体的批评文字中,这样讲道,"你说张达玲,'她将自己的城堡营造得过于坚实,这座铜墙铁壁的城堡,早已成了监狱,她则是她自己的囚犯。'我总猜疑,这句话莫非又是下意识地

---

[1] 王安忆、张新颖:《谈话录》,人民文学出版社 2011 年 1 月版,第 114 页。

在披沥你自己"[1]。对小说家王安忆而言,行动力和洞察力似乎是互不兼容的。她说自己不是一个积极的参与者,什么事情一陷到里边去马上就觉得没有心情去看,只有退出来,自己和那个事情无关时才可能看[2]。关于《流水三十章》,这部王安忆自认用蛮力写就的长篇,她的同代批评家程德培也有细致的观察:

> 这位叙述者显然是她笔下的那些男男女女心灵世界的静观默察的旁观者与知情者。她的洞察力足以使她产生滔滔不绝的话语。表面上看,她也在写故事,也在写人与环境的诸多冲突、缺陷与难以摆脱的困境,但相比之下,人的心理状态更吸引她。揭示那些作为人的行为的内在起因、行为的动力与作为羁绊的那些里里外外的情绪与情感,可测与不可测的幽灵,总给她以心理上的满足。尽管那些她与他都与人、社

---

[1] 鲁枢元:《隐匿的城堡——读〈流水三十章〉致王安忆》,原载《小说评论》1989年第3期,第13页。

[2] 参见王安忆、张新颖:《谈话录》,人民文学出版社2011年1月版,第115页。

会、时代的动荡变迁有着不可分割的联系,尽管小说中的那些交代与穿插与人物的个性心理的命运的联系是合理的,但它们在合情上似乎又少了些什么。……张达玲的最后的情感升华,有多少是真正属于她自己的人生道路的必然,又有多少是隐匿了作者的希冀与期待。作者创造了这么一个形象,最后又不自觉地将自己的愿望夹带了进去。特别是小说的尾声,我曾经指出过这也是王安忆小说常见的一个模式因素。[1]

程德培写下这段判断的时候,王安忆尚且只写过三部不算太成功的长篇小说,然而令人惊叹的是,二十多年过去,无论王安忆又写下了多少更加成熟、更为惊动的长篇,这段判断竟然一直有效,依旧有效,依旧适用于《米尼》《长恨歌》《启蒙时代》《富萍》《天香》,乃至《众声喧哗》的作者。

吸引王安忆的,一直是人心。某种程度上她是弗洛伊

---

[1] 程德培:《她从哪条路上来——评王安忆的长篇〈流水三十章〉》,原载《当代作家评论》1988年第1期,第109页。

德的信徒，相信一切行为背后都有一条可以解释的、符合逻辑的心理路线，相信了解和描述一个人就是了解和描述这样的心理路线。"揭示那些作为人的行为的内在起因、行为的动力与作为羁绊的那些里里外外的情绪与情感，可测与不可测的幽灵，总给她以心理上的满足。"阅读王安忆的小说，无论长篇短篇，时常都会有淋漓尽致、题无剩义的快感，但与这种快感相伴的，却还有一种难以言喻的压迫感。她成熟阶段的小说，几乎没有什么不合理的东西，但正如程德培早早就看到的，"在合情上似乎又少了些什么"。

李静《不冒险的旅程——论王安忆的写作困境》[1]写于十年前，在这篇生猛乃至严苛的处子之作里，年轻一代的批评家谈及王安忆作品中无处不在的"作者意志"，谈及一种缺少留白和交流空间的"语言暴力"，谈及个人与世界的关系在其文学作品中的简化，似乎刀刀见血。但从另一方面来看，李静指陈的这些问题其实并不能咎于王安忆一人，而是四九年以后整整几代中国作家共同背负的原罪，以至于，这些问题在很长一段时间内根本就不是问题，而是一

---

[1] 原载《当代作家评论》2003年第1期。

种在学习、消化和传承中根深蒂固、死而不僵的美学印记。即便是今天,在无数年轻一代中国小说家的作品中,个人与世界的关系得以丰富了吗?"作者意志"就此消散了吗?恐怕更多的,只是以一种简化替代另一种简化,以一种意志替代另一种意志。与心气高洁的李静相比,与王安忆同龄且又偏居海外的王德威,倒是更具一种世俗的同情。在为繁体版《天香》所写的序言中,王德威一再提及社会主义,提及唯物理想,所谓"写作《天香》的王安忆似乎不能完全决定她的现实主义前提。她在后社会主义时代写着前资本主义时代的故事,同时又投射着社会主义的缈缈乡愁"[1],看似云缭雾绕,指东打西,实自有其作为隔岸观火人的洞明在。

八十年代,时而寻根时而先锋,文学大势,浩浩荡荡,顺之者昌,逆之者亡。风气波及,王安忆用《小鲍庄》沾了一点点边,但很快,又老老实实拧着劲写她自个的男女情爱和海上繁华。多年过去,世事起伏,曾顺势弄潮的先

---

[1] 王德威:《虚构与纪实——王安忆的〈天香〉》,参见《扬子江评论》2011年第2期,第35页。

锋们早已纷纷灰头土脸，按照阿城的说法，先锋文学的颠覆权威原本就不过是对中学生范文的颠覆，枯瘦得很；倒是略显保守、怀揣"社会主义的渺渺乡愁"的王安忆，一直在写，越写越丰厚，被阿城称为，"中国小说家中的一个异数"。

社会主义美学的一个基本立足点在于，相信他人是可以通过简单的方式被认识、理解进而改造的。举凡采风、下基层、深入生活等提法，无不是建立在这样的信心基础上。《米尼》最有意味的地方不是小说本身，而是书后所附的关于作者一行去白茅岭监狱采访女犯人的"访后记"。作为一个长期写小说的人，王安忆一直为经验匮乏苦恼，也一直在努力以各种方式扩展经验。在去白茅岭之前，有段时间她会每周去妇联信访接待站旁听，听那些上门寻求帮助的妇女讲述自己遭遇。"到白茅岭来采访，原因是有两个：第一，这里一定集中了最有故事的女人；第二，这里的女人没法拒绝我们提出的任何问题。就是说，我们保证可以在此得到故事。这将是些什么样的故事呢？它和我们通常的经验有什么不同？这些故事又会使我们对世界和人的看法产生什么样的变化？这就是使我们兴奋而充满期待的。"没有哪个小说家会不迷恋故事，王尔德甚至说，不要相信讲故事的人,要相信故事。但在王安忆这里,故事和讲故事却是一体的,"一个故事本身就包含了一个讲故事的方式。那故事是唯一的,那方式也是唯一的"[1],换句话说,每个故事都具有"与生俱来的讲叙的方式",小说家的任务是找到那个确定、唯一的它,就像雕刻家找到隐藏在石料里的确定唯一的作品。因此,王安忆所说的"故事",和一般意义上尚处自然状态下拥有各种自由向度的故事是不同的,它其实已经是一件制作完成的艺术品,其物质构成就是前面所说的"一条可以解释的、符合逻辑的心理路线"。对王安忆而言,如果一个故事不能被某一种特殊而确定的讲故事的方式所统摄,那么这个故事的价值依然还是可疑的。这种思维进路,推演下去是会有些危险的,因为这将意味着,如果我们始终不能理解一个故事,这不是我们自身的问题,而是这个故事出了问题;如果我们始终不能理解另一个人的行为,这不是我们自身的问题,而是这个人出了问题。在《米尼》附录的"访后记"里,我们一再地看到作家在说,这个犯人或许精神有问题,那个犯人

---

[1] 王安忆:《故事和讲故事》,复旦大学出版社 2011 年 3 月版,第 2 页。

显得莫名其妙，另外一个犯人又让其忍无可忍，最终，这些"精神有问题""莫名其妙""让其忍无可忍"的人的故事，都是被遗弃掉的，有用的，是那些能够被理解的故事，能够按照动机、逻辑和结果组装成一体的故事。但略显荒谬的是，就连作家自己最后也意识到，那些能够被理解和接受并让他们深感同情的故事，也许都是犯人们娴熟炮制的谎言。

二〇〇四年，批评家郜元宝发表《二十二今人志》，勾勒中国当代作家形状，于王安忆一节里，他说："她的问题不在于缺乏理解力，缺乏想象力，而恰恰在于自以为太有想象力和理解力了，她过高地估计了人与人之间的可沟通性，过高地估计了自己对别人的理解的可能性，而忽略了乃至可怕地无视了人与人之间巨大的隔膜和不可沟通性。"[1]几年之后，程德培在《消费主义的流放之地——评王安忆近作〈月色撩人〉及其他》一文中，指出王安忆是"谐和叙事的制造者，相信理解和共处"，并重提了郜元宝的观

---

[1] 郜元宝:《二十二今人志》，原载《当代作家评论》2004年第1期，第81页。

点，认为其观点虽然也"表露出批评家对于理解的自信"，但"指出这一点是可贵的，那么长时间以来那么多批评文章几乎很少有人关注这一问题"[1]。

"这也是王安忆的探索之路中走得最远的一次，也是其'兼容'工程最为复杂的一次。"程德培如是评断《月色撩人》。"当这几个男女出发的时候，我并不知道他们将去往哪里。"王安忆在后记里也这么说。当然，这种"不知道"在王安忆那里并非罕见，早在关于中篇选集《逐鹿中街》（1992）的台湾版自序里，她就说过类似的话，"我是在一种不知道结果的情形下开的头，怀了'走着瞧'的心情一路往下写"。在很多情况下，这种"不知道"自然是一种非常珍贵的小说创作态度，它可以避免主题先行，避免让小说成为某种意识形态的传声筒，而正是通过这种一脚踏向未知的写作，写作者也得以慢慢地扩展自己。然而，这种对于小说创作而言弥足珍贵的开头，是否能走向一个更令人赞叹的结尾，却也是不一定的事情。台湾的李奭学对

---

[1] 程德培：《消费主义的流放之地——评王安忆近作〈月色撩人〉及其他》，原载《上海文化》2009年第1期，第25页。

《逐鹿中街》的微词，或许颇具代表性：

> 这种"走着瞧"的诗学虽造就了水银泄地般的心理写实，不幸也带来尾大不掉的后果……我们可以说王安忆起笔篇篇高明，立意甚佳，然而最后的顺水推舟却往往碰到惊涛骇浪，折损了不少意图上的效果。我觉得最明显的莫过书题篇《逐鹿中街》。她在前半部苦心经营一对中年男女，遣词造句一副大家风范，生活琐屑每每又经夸大意象营塑成为伪英雄体的讽刺，而适时的幽默遂为"男女战争"这个陈腐的母题打了一剂强心针。遗憾的是，走到最后三分之一，王安忆改变策略，把稳扎稳打的叙写绞成快镜头，于是喜剧性的心理小说转变成闹剧性的侦探故事，而且情节俗气得像四〇年代黑泽明与菊岛隆三的《野良犬》。"什么样的男女关系才是女人的理想？"这个议题够深，但最后退让为"怎样抓奸才能为女人消气？"[1]

---

1 李奭学：《别杀千里马：评王安忆〈逐鹿中街〉》，《书话中国与世界小说》，九歌出版社2008年，第137页。此处感谢张怡微的提醒。

这种起笔和结尾的落差，其实也发生在《月色撩人》身上。《月色撩人》写到潘索和提提在一起为止，都非常精彩，也的确撩人，叙事视角不断切换，各种场景穿插自如。叙事者如蛇一般游动在夜色下澎湃活跃的各种心灵之间，时而又疏离成一个冷峻的俯瞰者，不仅勾勒人身，也剖析精神。"勾勒人身"一向是王安忆的擅长，她可以随手点染一些旁人不注意的细节，瞬间就让一个人物活起来；至于"剖析精神"，她往往则陷入一种瑕瑜互见的境地，刻画她熟悉的心灵，可以入木三分，但对于不熟悉的或更为复杂的心灵，她有时就会用强，要把对方纳入自己理解的范畴，有削足适履的嫌疑。比如对潘索出场之后的一番素描，"潘索有一张明朗的脸，眉宇宽阔，额头饱满，嘴呢，轮廓很好，有点像北魏石刻的观音，无论多么表情肃穆，依然有着宁和的愉悦感。这种愉悦感不止是来自脸相，更是由内涵决定，或者说，聪明人自有好脸相。他有着极好的天赋，感受能力超强，思辨能力也超强。倘若他生在古代，就是哲人，都能通天地，可惜如今的世界太多的物质，壅塞了人的耳目。而他又气场大，元气旺盛，特别能吸纳，吸纳的就都是二手货。今天就是一个二手货的世界",这一段从人身渐入精神,有微妙的反讽,也有一闪而过的洞见,但接下来,当她试图要将潘索的心灵世界解释清楚,就不免有些偏离了小说家的角色,而转身成为一个简单的二元论者,"他体验到了思想的黑暗。怎么解决呢?就是回到感性的最表层——官能中来,在官能的快感中他暂时缓解了思想的焦虑。所以,他在是思想者的同时,还是一个感官主义者"。于是,作为一个具体而优异的人,潘索心灵的复杂,在这里也就不知不觉地转换成某种抽象意义上的辩证法的复杂。

《月色撩人》里的关节人物是年轻女孩提提,她像萤火虫一般,游走在各种男人中间,串起整个撩人的月色。作者对这样的女孩未必熟悉,但她就让这样的精灵降生于世,却也"眼见得栩栩如生"(语见《月色撩人》后记),这是小说家的本领。只不过,小说走到最后阶段,她仿佛放心不下,偏要为不可捉摸的精灵再安排一个合乎逻辑的前史,中学师生恋外加堕胎,最后再和老女人呼玛丽来上一段争夺男人的谈判,这一下就俗气了,就像《逐鹿中街》最后的俗气。于是,"陌生人心幽光暗影里的撩人之处"这个丰饶谜面,最后缩减为"外乡女孩闯上海"这样的电视剧式的谜底。

人生实难,即便在社会主义阶段,理解他人和理解自己也都不是件容易的事。就连最为唯物的数学和物理领域,对于不确定性的接受也已成为二十世纪以来的一种常识。所谓"自知其无知",本身即已开启了"知"的可能性,而承认并接受这个世界存在一些难以理喻之人事,可能才正是对世界的一种新的理解。帕慕克在他的诺顿讲座里坦言,"写作小说最让人陶醉的一点是我们发现小说家可以有意地将自己置于小说人物的位置,在他进行研究、发挥想象的过程中,他慢慢地改变着他自己。我喜爱小说写作艺术的另一个原因是它迫使我超越我自己的视角,成为另外一个人"[1]。这已经不再仅是修辞意义上的"移情"也非技术层面的"观察",它是一种交付,是把熟悉可控的自我通过写小说的方式交付给陌生的、难以理解的世界和他人。小说家

---

[1] 奥尔罕·帕慕克:《天真的和感伤的小说家》,上海人民出版社 2012 年 8 月版,第 67 页。

并不是野生动物园里的游客,在安全的空间里观看一切似是而非的危险;小说家是原始森林深处的漫游者,在那里,无数或强悍或弱小的生灵都在明明暗暗地与他互通声息。写小说是对自我的扩展,而非对世界的化约。

王安忆也许并没有想过要化约世界,她一直坚持的小说理想,在于写出世界和生活之应是,而非所是。这叫人很容易想起亚里士多德对诗和历史的著名区分,即历史描写已发生之事而诗描写可能发生之事。然而,王安忆的"应该"和亚里士多德的"可能",依旧有微妙的不同。在这一点上她似乎更是坚定的浪漫主义者而非古典主义者[1]。二〇〇八年,在第六届华语文学传媒年度杰出作家的获奖演说结尾,她讲道,"《长恨歌》之后,我还写了有四部长篇,《启蒙时代》是第五部,它十分胆怯地想与你们讨论,生活应该是怎么样的——我以为,这就是艺术的本义,是它不能混淆于现实的特质"。类似的言语她曾反复提及,比如在二〇〇七年纽约东亚系的座谈会上,她也如是区别虚

---

[1] 这里的"浪漫主义"是相对"古典主义"而言的一个学术概念,并非貌似与"现实主义"相对的俗常概念。

构与非虚构,"非虚构是告诉我们生活是怎么样的,而虚构是告诉我们生活应该是怎么样的"[1]。

这似乎是掷地有声的浪漫主义宣言。可是,"生活应该是怎么样的"这里面的"应该",是谁之"应该"呢?是令浪漫主义时代的小说家们曾奋力投身其中的虚幻的人类整体?还是那个陷入孤独中并怀揣渺渺乡愁的"后社会主义时代"的实在个体?

在与吴亮的对话《我们一边存在着,一边虚构着》中,她说,"我喜欢生活,但真实的生活于我远远不够,我再要创造一份。这一份可说是从那一份上脱下来,脱下一个壳,即你我他所共同经验与认可的,用来营造一个我自己一个人经验与认可的生活,我常用'应该的'来形容"[2]。

这便是王安忆的"心灵世界"了。在一个似乎丧失理想的现实世界外,她努力要建成一个自我设计的乌托邦。"生活应该是怎么样的",在王安忆的小说中一再地被暗中转化为"我觉得生活应该是怎么样的"。她觉得聂赫留朵夫

---

[1] 张旭东、王安忆:《对话启蒙时代》,三联书店 2008 年 7 月版,第 186 页。
[2] 吴亮、王安忆:《我们一边存在着,一边虚构着》,原载《上海文化》2010 年第 2 期,第 106 页。

和冉阿让可以作为虚构人物的榜样,因而就会惋惜毕飞宇在《玉米》最后竟放任玉米的妥协,失望于陈应松《雪树琼枝》里爱情故事在结尾处的扫兴,也随之就会不停地在现实和历史中寻找能给予自己信心的救赎力量。这救赎力量,在《富萍》中是市井生活,在《启蒙时代》中是思想启蒙,在《天香》中是民间工艺。但她自己后来在与张旭东的对话中也坦承,在《富萍》中,她赋予了市井生活本身并不具有的救赎能力;在《启蒙时代》中,她也把南昌们都高抬了。因为在人物塑造上不屑掩饰的虚假性,她有时觉得自己是在写一个神话,有时又觉得好小说就像是童话[1]。王晓明十几年前即已发觉,"王安忆笔下明显有一类小说,看上去人物故事都很完整,但真正的主角却不是某一个或某一群具体的人物,而是一种抽象的生活氛围、状态、文化,或者一个承载着上述东西的地方"。她用凝固不变的抽象来反对变化莫测的现实,用虚构的美和健康来反对平庸的意识形态,王晓明称之为"反抗的浪漫主义",并指出其所蕴藏的危险:

---

1 参见张旭东,王安忆:《对话启蒙时代》,三联书店2008年7月版。

倘若作家过分关注自己和对立物的对峙，一意要与它拉开距离，就很容易丧失对自己新姿态的反省，减弱文学写作本来可能孕育的更大的丰富性。说到究竟，文学所以有可能抵抗意识形态，就因为它拥有对方不可能拥有的丰富和多样。意识形态的问题也就在于，它常常能将抵抗者拽下居高望远的位置，不知不觉就将它变成仅仅是自己的对手，一个虽然对立、却同样缺乏丰富的事实上的同类。[1]

秉承浪漫主义的反抗者最终成为被反抗对象的同类，这可以说是"人文精神"亲历者的甘苦之言。何英从另一种角度看到，王安忆式的浪漫主义，即便战胜了意识形态和商业社会的双重平庸，她对生活所寄许的"应该"，最终也每每会停留在类似阿加莎·克里斯蒂那样的中产阶级趣味之中。"在这种趣味的主导下，人们看到了一个个多少有些封闭的故事，多少有些凝固的人性，多少有些呆板

---

[1] 王晓明：《从"淮海路"到"梅家桥"——从王安忆小说创作的转变谈起》，原载《文学评论》2002 年第 3 期，第 19 页。

的格局。"[1]

到了二〇一〇年,一位王安忆非常欣赏的小说家刘庆邦撰文描述此时他眼中的王安忆:

> 王安忆的小说都是心灵化的,她的小说故事都发生在心理的时间内,似乎已经脱离了尘世的时间。她在心灵深处走得又那么远,很少有人能跟得上她的步伐。别说是我了,连一些评论家都很少评论她的小说。在文坛,大家公认王安忆的小说越写越好,王安忆现在是真正的孤独,真正的曲高和寡。[2]

这段话,其实可以视作老朋友的婉而多讽。而这种孤独与曲高和寡,在《天香》之后多少有些改变。

正是在《天香》的写作中,王安忆为自己一直秉承的这种似乎总令人生疑的小说美学,找到了一种最彻底完整也最实感可亲的体现方式。这种美学,可以用《天香》里

---

[1] 何英:《王安忆与阿加莎·克里斯蒂》,原载《文学自由谈》2008年第2期,第51页。
[2] 刘庆邦:《王安忆写作的秘诀》,原载《北京日报》2010年5月21日。

的一个意象来概括，那就是希昭创立的"绣画"。绣画是一种技艺，也是一种劳作，而技艺的传统和劳作的传统，正是王安忆小说美学中很重要的两个点，可以说是理论的层面。另一方面，绣画又不同于简单的刺绣，它不是绣一些简单的花鸟鱼虫的物件，而是绣画。画是艺术品，是一个完整的世界，是一个大于简单物件的存在，比附到王安忆这里，就是她一直说的艺术家自己的"心灵世界"，而绣的过程呢，就是将这个"心灵世界"移植到文字中的过程，用王安忆自己的话说，就是叙述的过程，一针一线就是一字一句，自然都要极为考究才是。这个，可以说是实践的层面。

天香园里的女子是因为受时代限制不能挥毫泼墨，这才有了"绣画"；而每个时代的小说家同样有自己的限制，这个限制，一方面来自时代，一方面也来自每个人的天性，也是生命本身的限制。"在小说的最后时刻，活跃着那些小说家自己的命运。"我们可以试着把罗兰·巴特的这句话移到王安忆身上：在《天香》的最后时刻活跃着的，也正是小说家自己的命运。而在其中最好的时刻，小说家正如数百年前那些绣画的女子一样，能够把受压抑的痛苦柔情与有限制的理解热爱，都转移到一个确定的物件上来，如此矛盾又如此调和。"一直要到《天香》，她似乎才写出了她的心灵史。'以最极端真实的材料去描写最极端虚无的东西'：对她而言，'心灵'无他，就是思考她所谓藉虚构'创造世界的方法'。"[1]

《天香》之后，有《众声喧哗》。这两部小说，一长一短，一紧一松，一古一今，但一脉相通的，是其炉火纯青的语言技艺。王安忆在这两部小说中，锻造出一种紧致、干净的现代汉语语感，无论叙事、描写抑或对话，随便挑出一段，都有一丝百炼钢化为绕指柔的感觉，这是长期技艺磨炼的产物，是好的、堪作典范的中文。但就"众声喧哗"这四个字而言，倘若人们因此联想起巴赫金所谈及小说应该具备的"语言的内在分野"，即"语言中社会性杂语现象，还有其中独特的多声现象"，那么不免还是要稍许失望。即便是在《众声喧哗》这部最新作品中，陈晓明在二〇〇七年的一篇文章中给出的判断似乎仍然有效，"王安

---

[1] 王德威：《虚构与纪实——王安忆的〈天香〉》，参见《扬子江评论》2011年第2期，第35页。

忆小说中的叙事及其人物，与巴赫金所说的复调人物可能相距最远"，"王安忆的视点太过锐利，她几乎洞悉了一切，一切都在她的视野中一览无余"[1]。在《众声喧哗》中，由卖纽扣的老上海人欧伯伯、年轻保安以及东北女人六叶构成的外在世界，依旧是被王安忆的个人经验洞穿以至于失去自主性的外在世界，依旧是那个叫人熟悉和安稳的、王安忆的心灵世界。

很多年前，程德培就在文章里感叹，"王安忆的创作经历了诸多的变异，其变化也被人们议论得最多。但她那一贯坚守的东西却反而容易被人们所疏漏"[2]。而吴亮也曾在对话中向她大呼，"你对'确定性的寻求'的热情大大出乎我的意料，因为你是一个小说家啊"[3]。但无论是谁，都无法阻拦王安忆这样的坚守与热情，而一部关于王安忆的批评史，大约也就是对于这种"确定性"信念的商议与抗辩的历史；

---

[1] 陈晓明：《身份政治与隐含的压抑视角——从〈新加坡人〉看王安忆的叙事艺术》，原载《当代作家评论》2007年第3期，第60页。
[2] 程德培：《她从哪条路上来——评王安忆的长篇〈流水三十章〉》，原载《当代作家评论》1988年第1期，第111页。
[3] 吴亮，王安忆：《我们一边存在着，一边虚构着》，原载《上海文化》2010年第2期，第107页。

而在严肃的小说家那里,有关"小说应该是怎么样"的议题,最终也必然会以各种方式,转化成有关"生活应该是怎么样"的思考。

(初稿原刊于《山花》2014年第3期,
增补稿刊于程德培主编《批评史中的作家》,
上海文艺出版社2014年版)

金宇澄的《繁花》和《洗牌年代》

1

《繁花》不是一部方言地域小说，进而，它也不在当代小说现有的诸趣味之中。《繁花》是一个意外，在生活中，恰恰是那些意外时刻让习以为常的生活忽然变得虚假，迫使人们重新审视生活和自身，同样，《繁花》也让我们习以为常的当代小说和当代小说评论都变得面目可疑，阅读完《繁花》的感受像置身于某种美学习惯的边缘，会有某种晕眩，失焦，摇晃，轻微的恶心厌倦，在短暂的类似于恐高症式的不适之后，一个人会重新获得视觉和听觉的能力，他发现自己的视力和听力都增强了，无论是面对文本，还是面对生活。这从侧面也证明了吉尔·德勒兹的一句话,即"文学是一种健康状态"。

  这天下午,沪生经过静安寺菜场,听见有人招呼,沪生一看,是陶陶,前女朋友梅瑞的邻居。沪生说,陶陶卖大闸蟹了。陶陶说,长远不见,进来吃杯茶。沪生说,我有事体。陶陶说,进来嘛,进来看风景。沪生勉强走进摊位。陶陶的老婆芳妹,低鬟一笑说,沪生坐,我出去一趟。两个人坐进躺椅,看芳妹的背影,婷婷离开。沪生说,身材越来越好了。陶陶不响。

这是《繁花》的开场。戴维·洛奇在他那本《小说的艺术》中常常选取小说开头的段落作为例证,据他开玩笑的说法,"这样就无须概述故事情节了"。事实上,"概述故事情节"始终是诸多当代小说评论文章摆脱不掉的核心构成。会讲故事的小说家业已衰落,故而热衷叙事的小说家随之兴起;愿意讲故事的评论者还不成气候,故而醉心于概述故事的评论者一直健旺。这样的状况,并不能单纯地归咎于某一方,可以设想一下某个评论者费尽心机地企图概述一首诗并最终放弃。

《繁花》开场于一声招呼,一个坐在那里的人招呼匆匆而过的另一个人停下脚步,进来看风景,这可以视作这本小说作者的开场白,它暗示这本小说的读者,在他面前即将展开的,是风景,不是故事,是纷纷开且落的自在原野,不是一朵朵靠营养液维持的瓶插鲜花。

风景无法概述,只能呈现,风景不只存在于某个终点处的固定取景框内,而是处处流动随时变化,比如沪生被陶陶拉住要看买蟹女人的风景,扑面而来的却首先是陶陶老婆芳妹的风景,"低鬟一笑","婷婷离开",随后又是一段男人之间关于女人的闲话,教人浮想,这样的闲话像风,一阵一阵,掀起重重帷幔,更多风景隐约可现,我们立在这样的言语之风中,看风景,另有楼上人,在看风。

《繁花》中偶尔也有插叙闪回进来的过去时,如接下来沪生一面被陶陶拉住说闲话,一面回忆和前女友梅瑞交往一段,但其主要篇幅,还都是如上述引文这样老老实实、着墨均匀的客观现在时,风景不在回忆里,都在眼前,不在事后编织好的叙述框架里,就在当下你一言我一语的对话中。埃里希·奥尔巴赫在《摹仿论》中仔细对比荷马诗篇和圣经叙事的文体特质，随后他说，"荷马史诗中，情节高潮的因素是微不足道的……他仅仅是按照事物的本来面貌给我们描述事物的平静状态和作用……在这种使我们沉迷其中的'真实的自在世界'里，除了这真实的世界本身以外，其他什么都没有展现。荷马诗篇什么都不隐瞒，在这些诗篇中没有什么大道理，没有隐藏第二种含义"。这段描述，可以原封不动地移用到《繁花》身上。"没有隐藏第二种含义"，这对于当代文学几乎不可想象，当代读者，或者解释者，已经习惯了和作者一起玩在文本中藏宝寻宝的游戏，文本各有其秘密和目标，在文本缝隙里，在文本以外，在作者心里，假如不在他心里，那就在其潜意识、甚至是在这个民族的集体无意识中……虽然有时，我们不免沦为尼采所嘲笑的那类学者，他们费尽心机从文本中挖掘出来的，其实是他们事先自己埋下去的东西。但面对《繁花》，种种寻求"第二种含义"的企图都会落空，甚至我们也不会生出要在其中寻找"第二种含义"的念头，就好比面对真实自在的风景，那一瞬间我们会失语，因为语言本身就是一重重习惯了的隐喻，而失语就意味着放弃用习惯的隐喻方式去理解世界,而这种放弃,是文学的开始。

　　沪生和阿宝约了见面,赶紧要走,但被陶陶死死拉住,要给他讲卖蛋男人和卖鱼女人的偷情故事,沪生心里焦急,一再催促,简单点,讲得再简单点,听到最后,听得投入了,心相竟然也就不疾不徐,反过来安抚陶陶慢些讲。

> 沪生预备陶陶拖堂,听慢《西厢》,小红娘下得楼来,走一级楼梯,可以讲半半陆拾日,大放噱,也要听。沪生讲,慢慢讲,卖蛋男人,又不是陶陶,紧张啥。陶陶说,太紧张了,我讲一遍,就紧张一遍。沪生说,弄别人老婆,火烛小心。陶陶说,是吧,沪生跟我仔细讲讲。沪生说,啥,我现在是听陶陶讲,脑子有吧。陶陶笑笑。

《繁花》上来就是一番说书人竭力要拉住人听书的场景,但到这里,听书人希望慢慢讲而不是快点讲了,这是说书人的胜利,就像好小说是要我们读到一半掩卷,不要那么快看到结尾,希望有所拖延,慢慢享受,才是小说的胜利。张大春在《小说稗类》中讲过另一个擅说《水浒》

的说书人的拖延故事，他为了满足某听众要求，让"径奔到狮子桥下酒楼前"的武松，愣生生延宕了三日，才"一步抢进酒楼"。

对于张大春这样的现代小说家，拖堂乃至书场式的闲中着色、信马由缰，虽然有味道，也会尝试，却总觉得似乎是小说难以承受之重，"失去书场传统及其语境的小说家，倘若试图再造或重现一个由章回说部所建构出来的叙述，恐怕会有山高水远、道阻且长之叹，他的读者已经失去了观赏走马灯的兴致"（《小说稗类》）。但是，读够了二十年现代小说的《繁花》作者，却依旧执意要做回说书人，《水浒》拖三日闲话并不稀奇，因他有慢《西厢》一步楼梯半半六十日的经验。并且，与其说《繁花》是由说书人建构，不如说是由听书人在引导。以开场为例，陶陶说书的节奏受制于听书人沪生的兴趣，当听书人彷徨四顾，说书人赶紧拣要紧处讲，当说书人开始进入角色，安坐享受，说书人随即才自由发挥，离题、打岔、延宕、抖包袱，此刻，按听书人沪生的说法，"好，多加浇头，不碍的"。文字上的说部难以再造和重现，但《繁花》也志不在此，《繁花》的志向，是还原无数个由听书人和说书人共同组成的、活色生香的书场。

巴赫金之后,复调的说法盛行,但很多时候,当代小说论者们津津乐道的复调,不过是双重的单调,抑或分裂的单调。古典小说的读者也许要忍受一个冗长乏味的故事;但现代小说的读者要同时忍受好几个散乱乏味的故事。复调的本质,原在于打破某些基本音和其他音之间习惯性上的主导——从属关系,它的功效,仅仅是帮助艺术家从之前的束缚中解放出来,重新审视音和音之间、乃至人与人之间的关系,但遗憾的是,随着复调小说理论的流行,复调的意义渐渐被缩微成字面上的"多声部",它强调分裂,并鼓励平庸者通过某种分裂来产生艺术,犹如万花筒一般。事实上,我们从平均律中听到的是独一无二的巴赫而不是所谓复调,我们从《卡拉马佐夫兄弟》中感受到的是强力完整的陀思妥耶夫斯基而不是所谓复调。

在这个意义上,《繁花》不是一部复调小说,又是一部更为激进的复调小说(我不愿意使用"无调性"的说法,因为勋伯格曾强烈反对过这个容易引起误导的音乐措辞)。《繁花》是由很多的人声构成的小说,每个人都在言语中出场,在言语中谢幕,在言语中为我们所认识,每个人在他或她的声音场中，都是主导性的，他或她的说话不是为了烘托主人公，也不是为了交代情节，换句话说，这些说话不是为了帮助作者完成某段旋律，发展某个主题，抑或展开某种叙事，这些说话只为人与人真实交往的那些瞬间而存在，一些人说着说着，就"不响"了，接着另一些人开始说话。就这样，声音从一个瞬间到另一个瞬间，从一个平面到另一个平面，我们从中听到的，是声音本身，是声音的情调、音质、音色、速度，这些声音以它们自己的节奏和逻辑运动，某种程度上，这些声音是静止的，它们不走向任何地方，就停留在每个瞬间，每个平面。

要理解在这样的小说中蕴藏的激进精神，我们可以在现代音乐史上的类似斗争中找到参照。在一九四八年，现代音乐的试验者约翰·凯奇写道："我们可以识别出或许能够称之为对于形式的一种新的当代意识：它是静止性的，不是进行性的。"大约在二十年以后，另一个先锋音乐家拉·蒙特·扬强有力地予以应和："高潮和指示性，就是十三世纪以来的音乐当中最重要的指导因素，而在这以前的音乐里，从歌曲到复调音乐，却把静止用作结构要点，这颇近似于某些东方音乐体系所采取的方式。"某种程度上，《繁花》中蕴藏的激进精神，恰恰可以在极简主义的音乐美学那里找到强烈的共鸣，极简主义音乐家在东方音乐中找寻灵感，用静止性反拨长久以来占据绝对主流的进行性和发展式，用古典之古典作为先锋之先锋的资源，而《繁花》对于传统话本和古典小说的内在吸收，也正要从此角度来看，方显得刚健清新，并和现代中国另一位至为杰出的小说家相呼应。

从前爱看社会小说，与现在看纪录体其实一样，都是看点真人实事，不是文艺，口味简直从来没变过……这种地方深入浅出，是中国古典小说的好处。旧小说也是这样铺开来平面发展，人多，分散，只看见表面的言行，没有内心的描写，与西方小说的纵深成对比。纵深不一定深入……一连串半形成的思想是最飘忽的东西，跟不上，抓不住，要想模仿乔伊斯的神来之笔，往往套用些心理分析的皮毛。这并不是低估西方文艺，不过举出写内心容易犯的毛病……（张爱玲《谈看书》）

维特根斯坦讲:"我能知道别人在想什么,而不能知道我在想什么。"别人的想法,可以通过其言行来推断和验证;一个人对自我的认识却往往虚妄,最终必须借助众人的耳目来调整,在生活之流中完成。这是《哲学研究》第二部分致力推导出的核心结论,也可以关联到苏格拉底的自知其无知,然而,心理描写的自负恰恰在于,它认为一个人不经过学习就可以天然明了自己在想什么。又是维特根斯坦的话:"我们谈话,我们讲出语词,只是到后来才获得一幅关于它们的生命的图画。"这几乎可以作为《繁花》的写照,在《繁花》中,一切都在未成形的黑暗中,唯一牢固可以把捉的,是说出来的言语。言语就像舞台顶部的追光灯,一个人的声音响起来的时候,那个人的世界就被照亮,一群人的声音响起来的时候,那一群人的世界就被照亮,旋即,又接二连三隐入黑暗。

言语先于小说,正如同声音先于音乐,风景先于绘画,每当一种艺术碰到死胡同或者某种不可能性之时,艺术便天然地呼唤回归起源,在这个意义上,《繁花》可以说是重新发现了小说之前的言语,而这也促成了作家对于现代汉语语言结构的改造,通过分解和破坏,通过句法的创造,作家在语言中创造了一种新的语言,他自己的声音。

> 车厢空寂,四人坐定,聚会使人漂亮,有精神。宏庆与康总熟悉。汪小姐与梅瑞,善于交际,一讲就笑,四目有情。火车过嘉兴,继续慢行,窗外是似开未开油菜花,黄中见青,稻田生青,柳枝也是青青,曼语细说之间,风景永恒不动,春使人平静,也叫人如何平静。

这是提炼过的口语,它首先诉诸听觉,又体现为一种纯熟典雅的书面表达,略显陌生化,却有韧性和弹性,语言在此刻不再是被驾驭利用的表达工具,开始按照其内在节律自行表演,这里面有十几部诗集都难以表达的诗意。文学中的自由力量,此刻得到一种彻底的展现,"使人平静,也叫人如何平静"。沪生刚认识小毛不久,遇到小毛生日,他约了小毛去见姝华。大家相坐无话,片刻后准备告辞,小毛带了本从澳门路废品打包站淘到的旧书,用纸包好,走之前交给姝华,说姐姐要是喜欢就留下来。姝华拆开,见是闻一多编的《现代诗钞》,面孔一红,要大家再坐一歇，姝华翻到穆旦的诗，是繁体字：

> 静静地，我們擁抱在
> 用言語所能照明的世界裏，
> 而那未成形的黑暗是可怕的，
> 那可能和不可能的使我們沉迷。

2

新一届茅盾文学奖开奖后不久，北京有位小说家，《繁花》的力挺派，来上海参加活动，酒席上谈到这部上海小说昔日在京城遭到的暗流汹涌的质疑。"他们那些写小说的都问我，你觉得《繁花》好，那么就请你来告诉告诉我们，《繁花》的意义到底在哪里？"觥筹交错间我只听到他如是回忆那应当真实存在过的《繁花》保卫战，可惜并没有听到他是具体如何回答的，可能他也没说，或许觉得面对我们这些人就没必要再多说了。

借《繁花》之光，初版于二〇〇六年的《洗牌年代》增删重版后在上海书展首发，排队等待签名的人绕着书展中央大厅的楼梯一圈又一圈,丝毫不会计较这其实是一本将近十年无人问津的旧著。文学的奇妙有时就在于此,新的作品会改变过去作品的运命,麻将牌重新洗洗,又是一副新牌。

但后知后觉地读完《洗牌年代》才知道,原来,《繁花》已经是从《洗牌年代》里洗出来的一副新牌。

《合欢》中,遭遇抄家并被勒令搬家的初中生蓓蒂笃悠悠地去新乐路找同样被抄家的阿宝玩,两人去采合欢枝,后来阿宝再也没见过蓓蒂,直到她在《繁花》里重生为一个明净的小女孩,又和他坐在瓦片温热的房顶上,看半个卢湾区。《锁琳琅》里的弄堂理发师阿强,风平浪静地交往过那么多平凡奇异的女子,是前期的小毛,又在《繁花》里得以继续生活,慢慢颓唐、生病、死掉。而《雪泥银灯》里随手记录的一则新闻报道里的情事,就成了《繁花》里陶陶和小琴的归宿。更勿论《繁花》里那些逼真到令人赞叹的上海人日常生活的名物细节、轶事闲话,以及顺着苏州河水流荡到江南小镇的即便在时代暴风雨中也不曾断绝的人世旖旎,也都可以在《洗牌年代》中一寻前身。

读完《繁花》再去读《洗牌年代》,首先会明白《繁花》的好并非灵光乍现的偶然侥幸，它早就藏在作者常年的写作之中，就像雕像藏在石头之中。《繁花》虽萌生于网络论坛，却绝非网络文学时代一挥而就的产物，而是殚精竭虑之作，是作者二十余年小说编辑和写作生涯之后的发愤之作，是以创造的名义去反对在文学圈盛行多年的那些急功近利和聪明伶俐的小说理念，并借此回到写作的初心。

> 人与事都不必完整，可以零碎，背道而驰。
> 不必为了一个结构写下去。
> 对固有的记忆提出的疑义。
> 凡不必说的，可以沉默。
> 这都是徘徊已久的想法。

新版《洗牌年代》跋里面的这段话，落款时间为二〇一五年五月，但前两句和末句基本是旧版里就有的话，唯有第三、四句看来是新加的。我猜想，可能就是这么几句在作者内心徘徊已久翻来覆去的话，参与洗出了《繁花》这幅新牌。

所谓人事可以零碎与不为结构而写，大体还是形式方面的考量，是从形式层面对真实生活的努力追摹。但在《洗牌年代》中，随笔和短章文体本身的限制，多少遮蔽了这种形式上的努力，令这种努力看似左冲右突，却得不到应有的完整呈现，反倒很容易地被归入某种"中年客"式的圆熟滑易。唯有此时，方能体味长篇小说作为一种现代文体的价值。似乎可以说，并非某种迫切进入文学史的野心催促金宇澄去写出了他生平第一部长篇小说，而是长篇小说这种文体在某个时刻找到了金宇澄，将他过往的一切见识与抱负吸纳成"有意味的形式"。在《繁花》里面，这种在《洗牌年代》的随笔和短章中看似平平无奇的松散零碎、家长里短，经过集中之后，变得异常醒目，变成具有某种革命性的形式实验。

但倘若仅仅如此，依旧还不足观。依旧不能将之与诸多类似"大山震动产下老鼠"的小说实验制作相区别。

"对固有的记忆提出的疑义。凡不必说的，可以沉默。"这两句话，虽写于《洗牌年代》的书后，却可以视作深藏在《繁花》中的强力意志，是看似轻荡靡丽的繁花深处的坚硬枝条。

历史，常常只是胜利者的记忆，甚至是经过反复篡改的记忆，这种记忆被一两代共同体固化之后，就成为史书，和百姓自以为真的记忆。而文学，因为关乎每个个体的生命记忆，其实时常都是在史书之外，也必然是对共同体固有记忆的冲撞与松动。但好的文学又绝非简单的对现有历史叙事的反抗，因为一旦涉及反抗，无非是用一种新的历史叙事代替旧的历史叙事而已。好的文学，是把从混沌中提取出来的历史再返还给混沌，是回到生命的发生处重新理解生命，在历史之外自开一路。在《洗牌年代》中，这样的努力已经随处可见，我们从中得以见到一处处令具体生命的喜怒哀乐可以藏身的物之细部。在作者不厌其烦叙述和手绘的清单般的名物细节中，我们未必可以获得某件器物和工艺的具体知识，而更多的是头脑里对于人事的某种简单固有的符号化认识被无数汹涌而来的具体名称和图样所摧毁，随着这种摧毁所带来的，是个人词汇表的扩展，以及对于生活世界的重新理解，于是这种词汇表的扩展其实也可视作自我精神领域的扩展，一种精神自由的获得。

"顺便请问／你有否见过造爱的马群？"当很多年前我从希尼的诗论中读到赫鲁伯的这行诗句之际，我不会想到，有一天会在金宇澄的《马语》中重新遇到这动人一幕。他写五六十年代下放期间，见几百匹发情的军马场良种母马冲破畜栏，来到农场公马处，"驯然雌伏，只等造爱"；他写一头几近老死的公马，"瘫卧枥草多年，双目失明，重症关节炎，蹄甲久不修铲，翘曲如弯钩，即将衰亡离世，大量异性气味是一种强心剂，它因此咸鱼翻身，用尽毕生的精气，颤巍巍挪到母马的位置，完成它这辈子最后一桩极要紧的性事"。但随后，与诗人不同，在写出属于生命的奇异壮美景象之后，小说家却还要面对同样属于生命的悲惨结局，他寥寥数笔，点出这些美丽的被劣等公马污染过的母马，会被检疫严格的马场立刻处理掉。

这种对于历史进程中美好和悲惨的同时看清、互不遮掩，以及在面对美好时的奋力铺陈和相对应的在处理悲惨时的分寸节制，单独在《洗牌年代》中尚且还看不分明，唯有借《繁花》返观，方可以看出它的来路和去向，是作者在形式之外提供给我们的独特贡献，或也可以回答小节一开始提到的有关意义的质疑。这一方面涉及小说家对人生真相的认知，"对固有的记忆提出的疑义"，无论哪个时代的人，虽然史书赋予他们的欢乐或许是假象，但反过来却也不能认为他们仅仅是靠痛苦活着，这两种固有的记忆都是虚假的，一定有能够维系他们生命的更为真实的欢乐，以及更不为人所知的痛苦；另一方面，这又关乎写作者身为个体的选择，"凡不必说的，可以沉默"，我们见过太多通过轻狂地铺陈他人的痛苦来赢得赞扬赢得荣誉的当代小说了，因此我会异常尊重那些懂得"必要的沉默"的写作者，这种沉默并非懦弱和逃避，而是对生命和牺牲的尊重，以及对于文字的敬畏。

那些死去的人，不会希望自己仅仅只是一块有关痛苦的华丽墓志铭；那些活着的人，也不会乐意仅仅被视作某种历史进化论下的过渡时代的粗鄙通行证。借助《繁花》，金宇澄从历史和目的论的奴役中唤出这块土地上的人们，赋予他们恬然自足的生命，同时，也得以重洗自己的写作，让过往的一切努力和思索有了更为饱满和新鲜的意义。这，大概也是写作这门行当最令人沉醉的地方，在此处，随时都在洗牌，随时都可以新生。

（原刊于《上海文化》2013年一月号，

《文学报》2015年10月8日）

文学的千分之一

——毕飞宇《小说课》

《小说课》中的毕飞宇是极其谦逊的。他一直在强调自己没有能力去谈大的问题,强调小说阅读的个人化,强调自己有可能存在各种各样的谬误。而这种谦逊,通常也是出于一种自信,他相信自己触碰到了一些真问题,相信这种个人化的经验也具备某种普适性,如他在后记里所言,"'一千个读者就有一千个哈姆雷特',这句话好。一千个读者不可能只有一个哈姆雷特。文学从不专制,它自由,开放,充满了弹性。但是我也想强调,亿万个读者同样不可能有亿万个哈姆雷特。文学有它的标准和要求。我渴望我的这本书可以抵达文学的千分之一"。

读完《小说课》,我觉得毕飞宇的愿望可以说已经实现了。这本书里所做出的一系列判断，有关文学，有关阅读和写作，几乎都是对的。这是非常不简单的事情，因为通常我们读类似这样的谈艺著作会比读小说更挑剔一些。埃科嘲讽王尔德笔下很多精妙断言其实是"可置换警句"，即颠倒过来或反着说也似乎成立，比如"只有一流的文体大师才能达到晦涩的境界"，可以反着说成"只有一流的文体大师才能达到清晰的境界"；比如"美揭示一切，因为它什么也不表达"，倘若颠倒成"美什么也不揭示，因为它表达一切"，也没问题，诸如此类，也就是说，王尔德时常乐于展现的，是"修辞上难以克制的乐趣"，而非对于简洁真理的探索。与之相比，同样享有机智有趣声名的毕飞宇在这本书里呈现的，倒是一种非常朴素诚恳的面貌，这种朴素诚恳，可能也来自长久写作实践中积累的自信。

他分析《促织》短短千余字中的波澜曲折，揭示那浑然一气呵成的文本背后种种刻意用心的小说家安排，"你写的时候用心了，小说是天然的，你写的时候浮皮潦草，小说反而会失去它的自然性……写小说一定得有匠心，但别让匠心散发出匠气"。在讨论《水浒传》中林冲雪夜上梁山一节时，他用"语言"来区分纯文学和通俗文学，"没有语言上的修养、训练和天分,哪怕你把'纯文学作家'这五个字刻在你的脑门上,也是白搭",而"小说语言第一需要的是准确",这种准确依赖于写作者对于生活和人心在逻辑与非逻辑两方面的强力认知,这种认知可以让他摆脱自我的束缚,"作家的能力越小,他的权力就越大,反过来,他的能力越强,他的权力就越小"。讲《红楼梦》,提到其中对于多人场面的描写,认为可以和托尔斯泰相媲美:

> 在小说里头,描写派对永远重要。在我看来,描写派对最好的作家也许要算托尔斯泰,他是写派对的圣手。在《战争与和平》里头,在《安娜·卡列尼娜》里头,如果我们把那些派对都删除了,我们很快就会发现,小说的魅力是失去一半。作为一个写作者,我想说,派对其实很不好写,场面越大的派对越不好写,这里的头绪多、关系多,很容易流于散漫,很容易支离破碎。但是,如果你写好了,小说内部的空间一下子就被拓展了,并使小说趋于饱满。

这些可以说都是内行者言。简单,实用,有效,没有什么花哨的东西，也不存在什么独特新颖的写作秘诀或阅读法门，好的艺术家对此从不讳言或闪躲，因为大凡艺术的要义从来就是知易行难。

而从莫泊桑的《项链》中，他则看到在可模仿可描述的情节佳构背后那个不可模仿也不被描述的、不同于今天中国社会的法国十九世纪社会基础，即契约精神的无处不在，以及每个人对于这种契约精神的忠诚和耐心。同时，他还看到钻石项链在小说中不仅是一个隐喻，不仅意味着一场需要十年才能还清的债务，反过来，它还意味着某种实质性的价值估量，"一八八四年前后的法国，一条钻石项链可以维持十年的中产阶级生活"，也就是说，在当时的法国，只要不奢侈，维持某种正常美好的中产生活并不难，"最为糟糕的社会是：一方面有大量的贫穷，一方面有大量的奢侈……从这个意义上说，一八八四年的法国是多么正常"。他看到在项链之"假"的背后那个社会的"真"，从而得出一段非常精彩的结论：

> 当莫泊桑愤怒地、讥讽地、天才地、悲天悯人地用他的假项链来震慑读者灵魂的时候，他在不经意间

也给我们提供了一个重要的信息，那就是，他的世道和他的世像，是真的，令人放心，是可以信赖的。

这里面可以看到毕飞宇作为"优秀读者"的敏感，这敏感不单是针对文本，也针对生活和时代。所谓小说的道德，或者说小说能够给予人的实在的道德力量，也在于教人摆脱某种集体观念（包括文学史教育）的驯化，学会思想独立和精神自由。而好的小说给予人的教育，从来也是一种自由教育，即你到什么程度，这小说就向你呈现何种程度的美和真。

"审美是每一个人的事。"接下来，在《奈保尔，冰与火》一文中，毕飞宇借助对《米格尔大街》中"布莱克·沃滋沃斯"一篇的分析，把这个意思讲得相当透彻。因为审美是每一个人的事，不是艺术家的专利，所以美和真是平等的，人不仅活在一个个供人识别却无法彼此理解的身份中，也活在对于美的共同感知中。沃滋沃斯，既是一个穷困潦倒的乞丐，也是一个有尊严的诗人，同时又是一个精神富足者，拥有"全西班牙港最好的一棵芒果树"，以及爱和同情的能力。而这一切都不是小说家拽着读者的衣领告诉他们的，而是通过人物具体的言行。毕飞宇准确地捕捉到奈保尔笔下那种行动中的人在美和真之间轻轻游走的微妙平衡感。

小说是一种虚构，但它虚构出来的并非遵循小说家意志的木偶或傀儡，而是有血有肉的生命，这生命会转身向小说家——它的创造者——索取自由和爱，小说家无法为所欲为。"在任何时候，为所欲为都意味着邪恶"，这是《反哺——虚构人物对小说作者的逆向创造》一篇最为动人的表白。写小说，某种意义上的确是一种脏活，它意味着小说家必须面对人类通常不可忍受的真实，必须刺穿一个个自欺欺人的观念的钟型罩，但这不意味着就听凭人物匍匐在一片恶的血泊中，相反，却还要赋予人物更强有力的生命，给他们生存的空间。禅宗有"杀人刀、活人剑"的说法，小说一如兵器，可杀人亦可活人。毕飞宇说，写《玉秀》初稿的时候，他第一次知道作家是可以杀人的，而在重写《玉秀》之后，他说，"我一直保持着小说家的职业自豪，这就比什么都重要"。这种职业自豪，就是作为创造者的自豪。

在分析海明威短篇小说《杀手》的文章中，毕飞宇说：

什么叫学习写作？说到底，就是学习阅读。你读明白了，你自然就写出来了……阅读为什么重要？它可以帮助你建立起"好小说"的标准，尤其在你还年轻的时候。从这个意义上说，好作家不是大学教授培养起来的，是由好的中学语文老师培养起来的。我可以武断地说，每一个好作家背后最起码有一个杰出的中学语文老师。好老师可以呈现这种好，好学生可以领悟这种好。

《小说课》虽然是在大学课堂上的讲稿，但考虑到现在中学语文应试教育的孱弱，将之视为一次面对十八九岁年轻人的有关文学和阅读的补课，应当是颇见效果的，我可以想象这些保存了诸多口语特质和现场感的讲稿最初在课堂上所受到的欢迎。鼹鼠饮河，不过满腹，文学的千分之一，亦足以让人感受文学的欢愉。然而，在我的经验里，一个有抱负的文学写作者，他对于文学的探讨，往往绝不会止于对文学本身的触碰，相反，他总是会尽力越过文学现有的边界，并带给我们某种撼动而不只是满足。比如，E. M. 福斯特的《小说面面观》，亨利·詹姆斯、戴维·洛奇和米兰·昆德拉的同名著作《小说的艺术》，阿特伍德的《与死者协商》，A.S.拜厄特的《论历史与故事》，卡夫卡的八开本笔记，博尔赫斯、卡尔维诺和翁贝托·埃科的文论，纳博科夫的《文学讲稿》和《俄罗斯文学讲稿》，帕慕克的《天真的和感伤的小说家》……这个小说家文论的名单可以一直罗列下去，在文学领域，理论与实践从来都不是互为水火，而是相互激荡。

我无意用这些大师之作去衡量毕飞宇的《小说课》，这无疑是不公平的。举出这些著作，只是希望表明，在谈论文学这个事情上，进而在教学乃至写作本身，其实一直存在两条道路，向下的和向上的。

孟子说，人之患，在好为人师。因为好为人师即会有自满自足、故步自封的危险，一个人的向上之路可能就此中断。因此，在中国，其实真正好的老师从来都是不得已而为之的，是因为碰到有好的学生要来学，所以只好割舍一点精力，帮助一下，永远都是先有学，才有教。老师和学生这两方，从来不是一个授和受的简单关系，"学然后知不足，教然后知困。知不足，然后能自反；知困，然后能自强"（《礼记·学记》），无论学生的自反还是老师的自强，最后都又归诸自身。列维·施特劳斯谈什么是自由教育时也强调,"老师自己是学生且必须是学生",而有关教学的普遍训诫则是,"总假设你的班上有个沉默的学生,他无论在理智和性情上都远胜于你"。

这也是我之前所提到的那些小说家文论共同的出发点,他们是对着整个过去已有的、最好的文学见解在发言,他们不仅是在触碰文学,也是在拓展文学的边界。以福斯特《小说面面观》为例,它既是一部在当时堪称开拓性的著作,但迅速又成为后来作家讨论小说时的一个充满局限堪可商榷的基础性著作,而非高不可攀的顶峰。但在毕飞宇这里,《小说面面观》却成了"教人如何阅读小说的顶级教材",这其中差异,大概是因为,《小说课》默认的受众,是被中学语文僵化的阅读理解练习和大学中文系陈腐教材洗过脑的学生,这也构成了毕飞宇讲课自信的基础。他说自己讲解小说的时候,基本围绕的是所谓作家四要素,即性格、智商、直觉和逻辑,他认为,这"也许比'时代背景'——'段落大意'——'中心思想'更接近小说"。这种"更接近",是毫无疑问的。然而,企图比一种非常糟糕的"非文学"之物更好一点,这种想法,本身就已经是一种向下的写作了，因为永远有不如自己的人，有可以从自己作品中获得启发的人，这种向下的写作或许可以滋养那些不懂文学的人，但却很难令一个身处文学之中的人收获更多。

在毕飞宇的作家四要素中，令人惊讶的是，竟然缺少了"学识"这一要素。性格、智商、直觉和逻辑，这四种要素仔细分析一下，除了逻辑能力可能后天可以习得之外，其余基本都带有某种先天性，也就是说，虽然《小说课》的作者一直在强调"不要刻意神化天赋"，但他依旧还是"艺术天赋"的信奉者。

这种学识与天赋的潜在对立，在我看来，可能是中国当代文学一直以来的症结。我们从来都不缺有天赋的年轻写作者，但大多数人在中年或成名之后都难以为继，而不是像很多西方作家或中国古典作家那样，可以一直向上生长，不断突破自身原有的成就，这多少都和他们在某个时刻遭遇到学识的瓶颈有关。严羽《沧浪诗话》里讲："诗有别才，非关书也。诗有别趣，非关理也。读书破万卷，下笔如有神；贯穿百万众，出入由咫尺。此得力于后天者，学力也。非才无以广学，非学无以运才，两者均不可废。

有才而无学，是绝代佳人唱《莲花落》也；有学而无才，是长安乞儿着宫锦袍也。"才有尽处而学无止境，永远是这样。昆德拉谈论小说艺术的几部作品（《小说的艺术》《被背叛的遗嘱》《帷幕》）堪称博学，但詹姆斯·伍德在《小说机杼》的开头仍对他表示遗憾，"希望他的手指能再多染些文本的油墨"。

毕飞宇近年来发表的小说并不多，《大雨如注》和《虚拟》可能算是较新的两个短篇。《大雨如注》写管道工大姚隐瞒拆迁得来的丰厚家底，刻苦培养女儿姚子涵，希望"贫寒子弟出俊才"，给她请了美国女留学生米歇尔练习口语，最终女儿却在和米歇尔的一次雨中嬉戏后得了脑炎，昏迷醒来后竟然满口英文。《虚拟》写曾经做过中学校长的祖父桃李满天下，但"我父亲"却未曾获益，反倒压抑终生，"我"在祖父临终前与其相处厮守，得知其遗愿竟是希望追悼会花圈总数超过前任校长。这两个小说，都弥漫着强烈的作者意志。我们在《小说课》中目睹毕飞宇是如何一层层揭开小说家隐藏在文字背后的意图和达成小说效果的手段，而读这两个小说仿佛就遭遇到某种高智商的逻辑逆推，我们看到毕飞宇的作者意图和所谓问题意识，是如何一点点倒逼他笔下的人物，使之成为某种象征或典型的存在，某种被作者全然操纵的木偶。在另一个文字场合，毕飞宇曾表示《大雨如注》关心的是"汉语的处境和命运"，也就是在外语强权面前的失语，但它最终的呈现样态，恐怕不是小说式的，而是木偶戏般的。

相较于毕飞宇早年的小说，这两部近作给我的感觉，和《小说课》"向下的写作"之间，是可以相互印证的，它或许也是一个侧面的证明，证明文学的实践和理论之间唇齿相依的关系。

弗兰纳里·奥康纳，一位并非以文论和学识见长的小说家，却被迫作过一次题为《小说的本质和目的》的演讲，我觉得里面的每一句话都是对的，其中她说：

> 我想说没有任何现成的技巧留给写作的人，所有的找寻和运用都是徒劳。如果你去一所提供写作课的高校念书，那些课程不应该教你如何去写，而是应当教你知晓文辞的可能和局限，并且教会你尊重这些可能和局限。一件所有作家都必须终身面对的事情——无论他写了多久，写得有多好——是他永远都在学习

如何写作。一旦作家"学会写作",一旦他知道他将会摸索出一条他早就熟悉的路径,或者更糟糕,他学会制造鬼话连篇的美文,那他的生涯也就此终结。如果是一个好作家,那他的写作源泉永远扎根在他的智识无法穷尽的现实领域,而且现实带给他的惊喜远比他能带给读者的惊喜多得多。

(原刊于《扬子江评论》2017年第6期)

黄丽群《海边的房间》

黄丽群较为成熟的小说，也是为她赢得台湾三大文学奖的那几部短篇，《海边的房间》《卜算子》《猫病》《入梦者》，合在一起观看，在结构上颇有一些相似之处，比如均为第三人称叙事，人物设置比较简单，几乎都是紧凑有序的对手戏而非芜杂纷扰的群戏，并且，在故事讲述方式上都是采取一种洞若观火的旁观者视点。

没有声音，没有气味，没有光线。官能既无所不在也全面引退，空气里有各种理所当然、不需符号背书的诡异自明性，天经地义，像他抚养她那样天经地义。像她屈膝腿弯、他侧身轮廓那样天经地义。他轨迹确定的热手不断顺流着她披在枕边的冷发,掠过她耳后脖根。

　　没有抗拒,没有颤喘,没有狎弄。她古怪地直觉这不过会像一场外科手术,有肉体被打开,有内在被治疗,有夙愿被超度,然后江湖两忘。他双手扶住她腰与乳之间紧致侧身,将她脸面朝下翻趴过来,揭开她运动 T-Shirt 的下摆(自六年级班导庄老师带她买少女内衣穿的那日开始,她的睡眠一定规矩无惑地由各式运动长裤与长短袖 T 恤包裹)。她双臂往前越过耳际伸展,帮助衣物卸离,处女的雪背在夜里豁然开朗。(《海边的房间》)

身为中医的继父要留住自小相依为命的养女,不让她随男友远走高飞,他半夜来到养女床前,用祖传针术使之瘫痪。在《海边的房间》里,最具原创性的,并非某种社会新闻和影视剧里见惯不惊的暴力、情欲乃至伦理戏,而是某种作者企图捕捉的"诡异自明性",如此,我们不绝于口的所谓现实的荒诞离奇遂在小说家这里转化成人世的"天经地义"。

　　在这个资讯发达信息爆棚的网络时代,无数平庸的书写者都在抱怨小说何为虚构何为。因为，就对现实事件了解的快捷和深广程度，他们和媒体用户相比毫无优势可言，而他们可怜的想象力，甚至还比不上一个普通罪犯。人类心灵对于事件的感受力，有点类似眼睛对于外部世界的感受力，天然受制于距离的远近。那些一边刷着微博一边哀叹社会变化剧烈、时代面目全非的成年人，其实就好像一个刚刚拿到望远镜的孩子，他们能够发现的并不是一个新大陆，而只是自己过去的局限。人们往往不自觉地会把对历史的无知等同于历史，把自己的耳闻目睹等同于现实，把一切不适归咎于时代和社会，把自己的意见视为确凿无误的知识。普通人这么做，是值得怜悯的；小说书写者若也这么做，则是匪夷所思的。

以此为背景，可以看出黄丽群作为一位小说书写者的努力。《海边的房间》将父女亲情翻手成不伦，又将这种不伦再覆手为不可告人的亲情，第一层翻覆是社会新闻，第二层翻覆才抵达小说。"有肉体被打开，有内在被治疗，有夙愿被超度。"因为有些隐秘难与人言，有些情感无从表述，有些事实非局外人所能想象，一说就错，一传就失真，于是才需要现代小说的存在，借助虚构面纱之伟力，帮助人们将肉体打开，将内在治疗，将夙愿超度。

只不过，在黄丽群的小说里，这种帮助似乎过于依赖那位如旁观者般的隐形作者的叙述了，换而言之，在她的大部分小说里，人物都有如那位被施以针术的瘫痪女孩，不能自主行动，却可以维持某种骇人的优美与悲戚，而作者就是那位身怀绝技的医师，掌控一切的幸与不幸。纪大伟曾敏锐地指出黄丽群小说中人物对于"算"的执迷和偏执，但在"算"的问题上更为执迷和偏执的毋宁说是作者本人。《海边的房间》的作者尝试理解一切善与恶，测算各种人心的起伏明暗，并提炼出典雅细密有质感的汉语，像制作配方精准的西式点心，连苦涩的比重也先行设置。某种程度上，它似乎是完美无瑕的短篇小说，堪称文学奖作品的典范，却也因此，很奇怪地，缺失了一些动人。

这种缺失，也许在作者另一些小说中表现得更为明显。比如《入梦者》，讲一个平庸到极致不受任何异性喜爱的男人，因为一份交友来信而焕然一新，最后偶然发现这位女网友只是自己午夜梦游的分身；比如《猫病》，借猫咪的发情写一位独身年长女子的晦暗又汹涌的情欲；又比如《有信》，写一位中年男教师出门上班时忽然从信箱里发现一封貌似情书的信件,一路思前想后,意乱情迷,最后拆开,却是初恋女友来信,央他帮忙解决孩子入学问题;又比如《贞女如玉》,一个相貌平庸身材粗短的房产女中介养成按摩的习惯,"付钱买各种不一样的男人在她身上光明正大摸一个小时",一次在按摩时忽然恼怒于自己情欲的奔涌,转而诬赖安静清纯的按摩小哥猥亵,却被店家告知这位按摩师傅也是女生。如是,情欲压抑的畸零者的人设、意识流的时序闪回以及略带反转的精巧结构,似乎已经成为作者操练纯熟的套路。

在一篇评论王聪威小说的短文中,丁允恭曾设身处地坦陈文学奖的存在对台湾文学的巨大影响,"我们以上以及以降的数个世代纯文学写作人,几乎都要靠文学奖取得入场券,或甚至把它当成比出版还要重要的杀人执照,而这个趋势与权威性,随着写作取得有效认证管道的日益局限,更有一天比一天严重的情况。也因此,透过文学奖所选拔的纯文学菁英,也习用'文学奖体'来写作"(《王聪威:自由穿行小说"这边"与"那边"》)。所谓台湾的"文学奖体",在我想来,有点类似于内地的"选刊体",同样是一战成名式的遴选,同样受制于有限几位评委或编辑的趣味,每每要在艺术性和可读性之间努力找寻平衡,却往往容易陷入写作视野的牢笼。

"文学奖体"和"选刊体",其更为古老的先驱或许是《古文观止》之类的选本。鲁迅曾谈过所谓"选本的势力","读者的读选本,自以为是由此得了古人文笔的精华的,殊不知却被选者缩小了眼界"。选本大多倾向于讲究作品的成熟度或者说是完成度,但文学的悖谬之处在于,它的所谓成熟和完成一转瞬就意味着衰朽和陈腐。与其他技艺不同,文学是"日日新,又日新"之物,或者,用吉尔·德勒兹的术语,是一种"生成",西西弗斯式地不断重新开始。每位小说书写者都需要文学奖和选刊的肯定,这是必要的激励,但有时也会转化成一种隐性的束缚,令小说书写者无意中遁入对现有成功模式的重复,而不是一再奋力回到写作的初心。

《跌倒的绿小人》写于二〇〇〇年,彼时作者刚满二十岁,以九九之名初涉小说。时隔十余年,这篇以作者后来很少采用的第一人称写就、通篇对话体的早期小说,却是黄丽群小说中我相对最喜欢的一篇。

绿小人是台北新款红绿灯里的小人,每逢绿灯时会显示一个走路的绿小人,随着倒数秒数的减少,小人会越走越快，乃至奔跑起来。"我"和高中死党老B听说，那个绿小人，偶尔，在倒数两秒快跑的时刻，会跌倒。但他们从来没有看到过。于是，某个夏日，他们一个刚辞职一个已失业，约定在十字路口守着红绿灯，买来面包、口香糖、水还有烟，像是看午夜球赛的架势，他们要看跌倒的绿小人。

这样的场景，即便这么简单复述一下都是足够动人的，它让我想起北野武的《菊次郎的夏天》，夏日的不朽光芒，少年人尚存的纯真，以及初涉社会的落魄无聊，它们裹挟在一起，藏匿在两人之间仿佛无休无止的讥诮拌嘴中，仿佛时间停止，每一件无聊的事都可以拿出来晾晒，就像童年。

"不是说每二十次就有一次吗？该不会真的是随机的吧？现在几次了？"

"嗯，二十八次。"

"二十八次？"我怪道，"不是二十六次吗？"

"二十八次啦。"

"不对啊，我明明算了二十六次。"

"可是我算二十八次啊，"老B说，"你数学太烂了。"

"你数学又有多好？我们一样烂！以前你每年都

跟我一起补考。"

"屁啦,我只有升高三那年补考过数学好不好。"

"你放什么美国屁?你明明三年都补考。"

"就算三年都补考又怎样?我算得很清楚!二十八次!"

"二十六次!"(《跌倒的绿小人》)

两个人后来终于看到了一次绿小人的跌倒。作者很准确地写出了那种情感耗尽之后的淡然而非狂喜。这时候,老B忽然提议还要再看一次绿小人跌倒,

"可是你要等到什么时候呢?等到下雨?等到被某个酒驾的白痴撞死?"

"我被太多可爱的谎言唬弄过,"老B没有抬头看我,只是说不上来多么神往地注目着红绿灯。"你知道我为了那些谎言,等过太多等不到的电话、神话、屁话、废话。对统一发票很可能对上八百万张还中不了一张。但这个,"他指了指对面,"这个绿小人不会唬弄我。"(《跌倒的绿小人》)

黄丽群《海边的房间》

这里有显而易见的作者意图,和简单直接的人生哲理,更加成熟更具掌控力的小说书写者或许会嫌之粗糙,但读惯了太多圆熟作品的小说读者如我,却会被它的青涩与诚挚打动。我想,这里面未必是一种吃腻大鱼大肉后贪吃蔬菜的口味调适,它也许更关乎小说作为一门艺术的存在依据。我以为的好小说,不仅是橱窗里的技艺展现,更是一种有力的邀请,邀请读者共同进入一种可能的、需要探索的未知生活,一起重新经历世界的长成和历史的流转,用最准确的方式抵达生命本身的模糊,并找回他们自己。张新颖曾经拿沈从文和当代作家比较,"沈从文写得比较粗糙的小说,打个比方,每个作品就像一块矿石,这块矿石的背后有它所属于的矿,或者说一块块矿石加起来就指向一个矿,这个矿的含量是非常丰富的。我们现在的作品,也许非常精致,不像矿石那样粗糙,是一个打磨得很漂亮的成品,你把成品和矿石放在一起比较,当然是成品看上去悦目,但是你从这个成品中找不到它的矿"。以此为喻,《跌倒的绿小人》就仿佛一块粗糙的矿石,《海边的房间》则是精致的成品,二者之间的差异不在于孰优孰劣,而在于其中尚待发掘的生活容量的大小。

进而，作为正式以本名行世的第一部小说集，"海边的房间"这个书名也可以视为作者在有意无意间的自喻——面对人世的海洋，作者专意营构自己小小的房间，收留一些边缘人定居于此。我又想到弗吉尼亚·伍尔芙的《海浪》，同为女作家，同与海有关，同样精练如诗甚至令人神魂颠倒的语言，甚至也都秉持意识流的写法，但《海浪》显然更为浩瀚，它不仅是要试图打开某一个人的封闭世界，而是要让众声喧哗奔腾流动的世界在相互碰撞冲击中自行打开。在《海边的房间》后记里，黄丽群自言是长久地"在潮间带上发呆"，如此，不归大地不属海洋，虽然时常也有浪花扑鼻，终究还是近于讨巧的企图两全。因为少了一点点的奋不顾身，那大海也就仅仅成为从房间里窥望的风景，甚至连房间本身也只是静止的风景，它不会令我们有纵身其中的愿望，也不会催生我们任何的变化。

（原刊于《南方文坛》2015年第6期）

张悦然的《茧》

霍桑写过一个短篇,叫作《威克菲尔德》,具体内容记不太清,可能也不重要,我印象很深的是,在小说的第一段,他就和盘托出整个故事的梗概,说是来自他一直记得的某个报刊社会新闻版讲述的一个真事,然后从第二段开始,他邀读者和他一起想象那个故事的男主人公,威克菲尔德,当时到底是怎么开始一场匪夷所思的冒险。换句话说,他其实是把一个故事讲了两遍,先是提纲挈领地陈述情节,随后,再把这个故事绘声绘色地重讲了一次,并没有任何后现代读者期待的颠覆。这篇小说收在霍桑的第一部小说集里,他给小说集取了个名字就叫《重述的故事》。昆德拉曾经引用过一句德国谚语,"只发生过一次的事情等于没有发生过"，那么，或许，霍桑也觉得，只讲过一次的故事就等于没有讲过。而小说，那些他乐意称之为小说之物，其实一直就是重新讲述的故事。

约翰·威廉斯在《斯通纳》里似乎重复了这种做法。他在这部长篇小说的第一段就简要交代了主人公乏味的一生，他出生，求学，教书，然后死去，有同事给学校图书馆捐献了一部中世纪手稿作为对他的纪念，如此而已。随后，作者重新开始讲述斯通纳的一生，出生，求学，教书，然后死去。

有一种说法，认为诗歌就是翻译中遗漏之物，也许小说，尤其严肃小说，也可以这样武断地认为是情节梗概中遗漏之物。我们喜爱这些小说，不是因为作者面对历史和现实这两道阅读理解题所交出的段落大意归纳和人物思想总结，而是作者有力量把我们拉到过去和现在面前，让我们自己一次次重新面对它们。

在张悦然的新长篇《茧》里面，两个少时玩伴，李佳栖和程恭，在分别很多年之后，重新在故地的雪夜相会，交替向对方讲述各自的过去，重叠的，和不重叠的，像两只挨着很近的蚕轮流吐出积攒许久的丝，这些丝首先将他们自身缠绕，随后又相互缠绕，将他们两人紧紧裹挟在一起，形成一个双宫茧式的结构。这是这部小说给我们的整体印象。轮流进行的第一人称叙事，在此处和所谓的不可靠叙事无关，而应当视作某种古老的书信体小说的变体，只不过，其书信的内容并非讲述当下而是回忆过去，它使得独白和对话有可能交错而行，在一种口语式的短句语流中，又始终维持丰沛多汁的意象空间。这有助于将我们的目光从主人公的外部遭际移向他们的内心生活，并且拥有叙述上的各种自由，而对张悦然这一代作家而言，内心生活和自由，似乎是他们最为熟悉和敏感之物。

《茧》依靠一个秘密在发展，这个秘密是长辈之间的，关乎施暴与受害。表面上《茧》是年轻一代对历史创伤记忆的追溯和考察，但我们明明看见，是他们自己端居在晦暗的中心，有可能震动我们的，是他们自己孩子般软弱的恨，和卑微的爱。

  那个院子太小，障碍物又多，实在没有什么游戏可做，还不如在房顶上视野开阔。我们后来去死人塔，就只是坐在那个房顶上看风景。大斌、子峰、陈莎莎，还有你和我，我们在房檐上坐成一排，荡着脚。周围没有树木，视野里只有一座塔，清瘦地立在面前，像个穿灰袍子的僧人。眼前的世界看上去忽然老了许多。

几个医科大学附小的底层孩子，在校园和家属区里弃儿一般地四处探险，他们找到了一处安静的乐园，一处被高墙围住的废弃水塔，里面存放着供解剖课和实验用的尸体，以及各种泡在福尔马林溶液中的器官，一箱箱的头盖骨。他们并不恐惧，因为对死亡的恐惧是一种成人情感，对小孩子来讲，万物有灵且平等，他们还没有太多的分别心，遂将死人也只视作万物中的一员。他们迷恋死人塔，只因为这里没有呵斥他们的大人，可以供他们自由地做活人的游戏，并且自由地观看这个活人的世界，仿佛在它的边缘，"在房檐上坐成一排，荡着脚"。

我觉得，这是《茧》里面最值得回味的几个场景之一。它早于那些命运的或情节的丝线将主人公缠绕之前，是他们生命硬壳中最柔弱的部分。柔弱，敏感，知晓一切，却无所畏惧，像海的女儿，随时准备赤足奔向自己的命运，张悦然似乎特别擅长写这样的属于小女生的时刻。

她写李佳栖生活在一个无爱家庭中的感受，这个小女孩不是去恨那个不爱母亲和家庭的父亲，相反，佳栖怨恨和自己朝夕相处的母亲，因为觉得是母亲影响了父亲对自己的爱。这个坐在房顶上许愿说要"好多好多爱"的小女生，她要的，只是所有无法得到的爱。

然而，意外的是，这种看似冷酷自私的可怕情感，却依旧是可以动人的。甚至，它构成了这部情节繁复的小说中最为动人的篇章，有关一个小女孩对于父亲无望却坚定的爱。哪怕他离婚，抛妻弃女；哪怕他酗酒，变得昏聩颓废；哪怕他死去。

> 一个熟悉的人忽然变得陌生起来，这令我感到很恐惧，然而让我觉得奇妙而温暖的是，我发现自己并没有因此而停止爱他。纵使他已经不再是我所爱的样子，变得面目全非，爱却没有消失，甚至没有丝毫的减损。爱是像岩石一样坚固的东西，它令我觉得很骄傲。那么恒久的爱，一定不会是毫无用处的。所以我相信我总能为爸爸做点什么。

或许，李佳栖的父亲，才是《茧》最深沉隐秘的内核。张悦然曾经写过一篇名为《父亲》的文章，她说她最初的一些小说，都是写给父亲的，但一直也还没有彻底地清算那种爱的缺陷，"他待我的好，是参差不齐的好，在童年和少女时代，留下太多空白的罅隙。这些罅隙无限延展，被我紧紧捏在手中，作为罪证，等待一个合适的时间，在他的面前一一抖搂"。有可能，《茧》就在下意识中完成了这样的抖搂。作者淋漓尽致地写出了一个小女孩全部的爱和黑暗，这种爱和黑暗在佳栖离家出走追随父亲去北京的时刻达致高潮，四个在爱中各自狂乱的人，佳栖、她父亲、父亲的爱人、父亲爱人的母亲，被命运集中在一个小房间内，这几乎是一个舞台剧的场景，张悦然在这里展现出她很强的文字掌控能力，纷而不乱，张弛有序。

佳栖父亲随后在混乱中遭遇车祸身亡，为这场爱的追逐暂且画上休止符。佳栖听到消息，躺在异乡的床上一动不动，

> 噩耗就如同新降的雪，落在我周围，还很蓬松，还没有渗出森森的寒气。我生怕一动就会碰到它，将它压实。

佳栖随后做了一个梦，梦见她爸爸那一年夏天傍晚领她去认以后上小学的路。最后，他对佳栖说，"路都认识了吧，以后你就要自己走了"。

这是全然不对等的、令人悲伤的爱。从结果来讲，它也许是虚无的，这似乎也是作者的态度，在为这部小说撰写的创作谈中张悦然说，"在寻找父亲的故事的过程中，李佳栖交付了自己全部的热情，但它却无法兑换成任何实质性的爱的经验。因为她的对象是虚空的，不存在的。把爱放在这样一个对象身上，当然是安全的，因为不会有分离和背叛，但它同时也不会得到慰藉和温暖。即便如此，她宁可围在亡灵的篝火旁取暖，也不愿意回到热闹的现实中来。父辈的历史如同五光十色的好莱坞片场，她是一个在场外绕圈的无名演员，渴望自己能挤进去，在其中扮演一个角色。而在自己的生活里，她倒像个旁观者，缺乏参与的热情，被真挚的爱情包围，却毫无觉知"。

这一段作者对于人物的交代非常清晰，但问题在于，有可能过于清晰了。一个小说家如此清晰地指认她笔下的人物命运，是危险的，她要么是具有足够的洞见，要么，就是不知不觉地简化了人性的真相。

比如说"被真挚的爱情包围",这即便是事实,但倘若被爱包围的佳栖并不满足,这并不能因此就指责她对于生活中的爱"缺乏参与的热情"和"毫无觉知",因为爱并不等同于被爱,佳栖完全有权利在成年之后漠视同龄人的爱,而去爱慕其他任何人。从发生学的角度来看,爱在绝大多数时刻的确就是不对等的,这种不对等或许才是爱的本质。

可能作者本人也是矛盾的。一方面,她的童年经验向她开启种种自由、脆弱、既无所欲求也不管不顾的美与真;另一方面,作为一位声名卓著的小说家,她又希望对历史、时代乃至同时代人有积极的回应。这似乎也是我们当代长篇小说的一个宿命,很多小说中的主人公,在成年之后,似乎都不再具备个人性,而是在为了批评家口中所谓的时代问题而活。我们很多的小说家,不是置身于"影响的焦虑"之下,而是生活在"批评的焦虑"之中。

因此,这层层包裹的茧,其实很大程度上是属于作者自己的。她努力要给她的主人公找到一条诚实的出路,但似乎不曾想过,这些人的困境其实多少和她事先的预设有关。她预设了某种情感的因果律,但真实的情感永远在因果律之外,而她又企图忠实于这种真实的情感。她遂被自己制造的情节之丝困住,或许唯有耐心的读者才能抽丝剥茧,从中找到一颗小女孩的灵魂。

2016 年 4 月

IV

论经验

素描，或一个寓言

无论西方文学批评的历史多么复杂，每一种新兴的文学批评潮流，即使偏颇，却都有当时的种种思想走向和文学趣味变化作为根基。

即便我们如此同情地理解，类似文学批评何为的话题，依旧不断引发大量争论。其解决方式，大抵类似于电影的分级制度，如蒂博代所言的三种文学批评：职业批评（学者批评）、记者批评（大众批评）和大师批评（作家批评），或者如萨义德指出的四种类型的文学批评：实用批评（图书评论）、学院文学史、文学鉴赏和阐释（大学课堂）、文学理论。这种智识分工的日益细密,又并不完全构成各自为政的铁笼,一个好学的年轻人可以在大学里跟随布鲁姆研读莎士比亚或中世纪文学史,亦可以为《纽约客》或《泰晤士报文学副刊》等大众媒体撰写书评或小专栏谋生,还可以追随纳博科夫和亨利·詹姆斯自顾自一边写小说一边谈论小说。如同置身一个食品和餐具都极度丰富并排列有序的自助餐厅,他面对的几乎是一个自由选择的问题。

回到当下中国,则是另一种情况。自清末以来几次大规模的西学引进浪潮,至少可以说,已将近代西方数百年多个语言系统下的文学思考,以一种非历时性的方式,一股脑地投放到不足百年历史的现代汉语写作的土地上,于是——假如同样拿餐厅作比——我们仿佛置身一个食物品种非常有限但餐具种类异常丰富和混乱无序的自助餐厅。在这样一个餐厅,出现了两种高级用餐指导者。

一种是餐具狂。对于他们,如何用一些新奇有趣的餐具处理食物,会比品尝食物本身更有乐趣。他们有的用齐泽克来搅拌余华,有的用德勒兹来剖析孙甘露,有的用萨义德来盛放《小团圆》,还有人挥舞着没有完全掌握的德里达四处乱扎,另一群人围着波德里亚和拉康,在研究使用方法，至于海德格尔和黑格尔，已经落满了灰尘，无人问津，那是太老土的餐具……"纵向切起来很顺手"，或者，"过于光滑不易夹取"。这些挥舞刀叉的餐具狂作出的类似表述，看似在探讨食物，只是不知这样的探讨是否的确有益于我们对食物的了解。

不过，也许是餐具狂过于引人注目，作为反拨，就有了另一些餐具憎恶者，他们采取手抓食物的方式，并不断地做出如下具有煽动性的表述："这个底层窝窝头深入灵魂"，"那个传统匹萨击中心脏"，"这块都市牛排里闪烁着时代精神"……

这两种高级用餐指导者，让原本混乱的餐厅更加混乱。于是，其他大多数普通的用餐者，为了品尝到美好的食物，除了运气之外，他们唯一能信赖的，只有属己的经验。

经验，及普通读者

批评，这个词无论从词源学还是观念上，都指向判断。

一个即便完全不了解文学理论为何物的普通读者，只要他有过阅读文学作品的经验，他就有可能表达自己对一部新的类似作品的判断。总有一些作品，甚至某些断章残句，不管出于何种原因曾深深打动我们，这种被深深打动的阅读经验，会在我们心中沉淀，并成为我们判断其他作品时的试金石。与马修·阿诺德当作客观标准的"试金石"概念略微不同，普通读者对这种试金石的使用，其实是无意识的，且各自不同。

进而，一个普通读者，只要认真生活过，也应该相信他能够对那些在内容上和他生活体验有交集的作品，拥有自己的判断。比如我有一个不读书的朋友前不久和我谈起《杜拉拉升职记》，说这部小说还不错，原因是他和杜拉拉同样从事广告行业。他无需借助文学理论和同类作品，仅凭职场经验的印证，至少可以判断这本小说最基本的好坏。同理，对一部官场题材的小说，在官场摸爬滚打过的官员应该有发言权；对留学题材的小说，我们应该参考海外学子的判断。

值得注意的是，尽管自康德以来，实用和审美的区分就成为评断艺术的基本前提，但实际存在的事实是，一个普通读者通过文学作品感知的，不仅有审美经验，还有种种对世界和人性观察和认识的实用经验，包括伦理经验。

用自己的经验——无论是阅读经验还是生活经验——与从文学作品中获得的诸种经验相印证，是大多数普通读者都会自然采取的批评方式。接下来的问题是，在考察某部具体作品时，这种经验式的批评，离一种无法交流的个人趣味有多远？如果我们鼓励普通读者们仅仅从个人经验的角度去判断作品，那么批评是否会陷入一种巴别塔式的混乱呢？

对此，存在两个向度的进路。

一条路是向内的。

"这只代表我个人的意见。"在对作品的批评中，类似的表述并不鲜见，一旦有人坚持对一部作品采取这样的表述，批评的焦点就自然从作品转向其自身，那么，如果批评一定要继续，我们就会问："你确定这种表述是你的意见吗？"或者，"你此时此刻的意见是你内心真实的想法吗？这种想法会随时间变化吗？"进而，"你真的认识自己吗？"

倘若一个普通读者坚持其个人经验式的批评，我们就必须请他对特定时空里的自我能先有清晰准确的认识，一个十四岁时一门心思认为琼瑶小说是天底下最好作品的女孩，过几年可能就会自行否认，那么，在对琼瑶小说的判断上，什么才是她的个人意见呢？于是，我们又遇到了蒙田的古老问题："我知道什么？"

因此，对作品的经验式批评，对于有志向的普通读者，会首先被迫作出对自身的反省。

而对独特自身的深度探索，最终指向的却总是普遍的人性，因此，对自身认识非常深的人，不管其专业差异多大，往往彼此都是可以交流的，比如爱因斯坦能够欣赏《卡拉马佐夫兄弟》，索尔·贝娄和阿兰·布鲁姆也能成为好朋友。但是，难道我们这些没有达到这种认识深度的普通读者，就没有办法交流了吗？显然不是。因为在向内的这条路之外，还存在着一条向外的路。

我们第一次和一个陌生人接触，如果想沟通，一定会寻找一些共通的话题，比如一本书、一张唱片，或是一个明星，通过对同一样外在东西的经验式批评，我们慢慢表达自己和熟悉对方。那么，进一步的问题是，当我们各自运用个人经验判断和交流同一部作品的时候，我们是在判断和交流这部作品的什么？它的艺术品质吗？那么，艺术是什么？

艺术即经验

在西方，对这个问题的回答，牵扯到一整部文学批评史。简而言之，过去的西方文艺批评理论首先可视为下列四种二元关系的辩证性递进，即世界—作品、作者—作品、文本—作品、读者—作品，与之相适应的批评理论，依次为摹仿论（古典主义、社会学批评）、表现论（浪漫主义、传记式批评、心理分析）、客观论（现象学、俄国形式主义、英美新批评）和实用论（修辞学的复兴、接受美学）；其次，即是在这四种二元关系基础上的综合和反综合、向心和离心的斗争，如艾布拉姆斯的四要素论，韦勒克的文学外部研究和内部研究，弗莱的结构主义，以及罗兰·巴特的自由解读，耶鲁四人帮的解构，托多罗夫的对话理论，等等。

因此，对一部作品艺术品质的判断，竟一下子就分解为对无数问题的判断：作品和社会的关系，作者情感的好坏及表现，作品的语言风格和文体如何，甚至作品中人物的道德取向等等。

苏格拉底向美诺请教德行问题，美诺回答："有男人和女人的德行，有官员和公民的德行，有老人和小孩的德行。"苏格拉底大叫:"这妙极了,我们以前只是追求德行,原来德行有一大堆。"

我想,每个希望对作品艺术品质有所判断却被文学批评家们搞得晕头转向的普通读者,或许都会多少发出一点类似苏格拉底这样的喊叫。

在对作品艺术品质的判断上,是否存在一种完整的、简单的、可以交流的方式?

一九三四年,晚年杜威出版《艺术即经验》一书,对此提供了一种极具启发性的创见。在杜威看来,之前的西方哲学一直是在二元论的框架里兜圈圈,哲学家们总是用二分法来看待问题,先把世界不断二分,然后再想种种办法实现诸多分类之间的联接。哲学如此,文艺理论也如此。

杜威力图恢复这个世界的完整性,至少是艺术经验的完整性。和英国经验主义者所谓和"理性"对立的"经验"不同,在杜威这里,"经验"这个词意味着生物与环境之间动态交流的过程,既非主观也非客观,是人与环境的相遇,是第一性的。经验有完整和不完整之分,我们日常大多数经验是无序和不完整的,都向两个极端堕落:一是混乱,既无开始,也没完成什么,比如无数个被遗忘的日子;一是机械，心灵由于缺乏内在实现的目的而麻木，比如不喜欢的工作。

但人具有一种获得完整经验的内在需求，比如一盘棋的意思是一盘下完的棋，一场刻骨铭心的恋爱意味着有试探、疯狂和伤感的分手。杜威提出的"一次经验"的概念，就是指一次完整的、圆满的经验。"一次经验"，同时意味着真正反思的时刻。譬如一盘认真下完的棋，是可以复盘的；一次认真的恋爱，同样也是值得反复咀嚼的。这种反思会影响下一次类似的行动，每"一次经验"，都将反思和行动结合在一起，由此不断实现我们生活的意义和价值。这种"一次经验"在日常生活中其实难得遭遇，却恰恰是艺术作品的价值所在，也是艺术家致力创造的东西。

我们似乎又回到了蒙田。在其随笔集的末篇中，谈论日常生活经验的间歇，蒙田说："我把这项任务交给了艺术家，不知道他们能否把这么复杂、零星、偶然的小东西理出个头绪来，由他们把这些变化无穷的面目归类，克服我们的无序不定，把它整理得有条有理。"

在杜威看来，艺术家的任务倒确实如此。艺术家的创造成果，表面看上去是一件艺术品，但实际上，是将复杂、零星、偶然的日常琐碎生活，整理成完整有序的"一次经验"，它不仅仅落实为一个对象，而本身就成为一次事件。

因此，我们可以回答前面提出的问题了，即当我们在运用个人经验判断某部作品的时候，我们是在判断这部作品的什么？

普通读者对一部文学作品的阅读，其实就是其个人经验和作家通过作品呈现出来的"一次经验"的遭遇。在这样的遭遇中，其实有两件事情相继发生，一是读者完全投身于作品所带来的"一次经验"中，这也就是柯勒律治所描述的"愿意中止怀疑"；二是读者重新找回个人经验，并不断地用个人无序和不完整的经验去怀疑、印证、表达、反思作品带来的"一个经验"，进而，再用从作品所感知到得"一个经验"反馈自身，进一步扩大自己的经验域。

这两件事情，大体就是我们对于一部作品的判断。

批评，即对经验的判断

如杜威所言，过去的文艺批评常犯的错误在于：一、把作为测量分析的手段和最终的价值判断相混淆，比如用社会学或心理学分析来代替价值判断。二、把文学作品中的某些要素如形式、主题等孤立、约简,如我们时常听到的关于"写什么"和"怎么写"的貌似辩证的综合;三、将艺术、宗教、科学、历史等价值混淆,如女性主义批评、殖民主义批评等。

同时,若从经验的角度入手,我们会发现,之前那么多复杂的西方文学批评理论,其实也并不吓人,至少从方法论的角度,它们都可以统摄在对"一个经验"的不同角度、不同层次的认识上。

比如说最常见的传记式批评、心理分析式批评和社会学批评,考察作者的生平、生活环境甚至阶级态度,这其实就是在引导读者感受作者当时的创作经验;再比如文本细读式批评,其实就是在重构作者对于语词、韵律和叙事等等的经验;至于原型批评,那是引导读者去回想一个神话经验在历史长河中的演变历程;而印象主义批评,那更是直接在表达一种遭遇作品的感受经验,它与我们所说的经验遭遇式的批评最为接近,但由于印象主义批评重视第一印象甚于反思,它又是离我们理想的批评最远的一种。

而在认识"经验"之后,如果艺术作品确实表现为

"一个经验",那么批评,就只能是对这"一个经验"的判断。经验没有大小之分,但有好坏;没有真实虚构之分,但有真诚和虚伪的区别;没有多寡,但有丰富和单调的差异;不在乎粗糙和精致,但有完整和零碎的不同。对作者来说,重要的是如何将复杂松散的内心经验和世界经验,处理和呈现成完整有序的"一个经验",同样,对普通读者,他如果希望判断一部作品的好坏,重要的不是仅仅知道作者的这些经验来自何方,重要的是首先拥有自己的经验,其次就是带着自己的经验去怀疑、印证、表达、反思这部作品力图呈现出来的那个完整"经验"。

这种对"经验"的怀疑、印证、表达、反思,最终呈现的,应该是一个整体式的判断。我经常看到一些批评家的文章,先指出诸多优点,又列出一些缺点,仿佛财务的收支盈亏表,对此,我的父亲,一个绝对的普通读者,曾有一次就一篇文论问我,"这个作者对这篇小说一会说好,一会说不好,他到底是什么态度?"老实说,我第一反应是企图纠正他这种非此即彼的外行思路,但仔细一想,发现他的疑问是有道理的。

批评,唯有对作品呈现出一个整体式的判断,这批评才是可以交流的,同时,批评也就不再是一件批评家们玩耍的智力游戏,而是有能力面对普通读者的。

而这整体性的判断,再重申一次,源自个人经验和艺术作品呈现的"一个经验"的遭遇。

最后一个问题,我们普通读者,能否真正遭遇到艺术品带给我们的"一个经验"呢?这里又回到了我们之前提到的两条进路,可以让我们不断地向上走。一条是向外的,"操千曲而后晓声、观千剑而后识器",通过阅读和生活,不断地丰富我们的外在经验,钟嵘说:"谢诗如芙蓉出水,颜诗如错彩缕金。"他说出这样的话,一定是已经了解水中荷花静静生长的美丽,也懂得金碧辉煌意味着什么;另一种是向内的,"如人饮水,冷暖自知",在局限中努力认识自己的内在经验,同样地,通过阅读和生活。艾米莉·狄金森说:"如果我从肉体上感觉到仿佛自己的脑袋被搬走了,我知道这就是诗。"A．E．豪斯曼说:"一首好诗能从它沿着人们的脊椎造成的战栗去判定。"这种刺痛身体的感觉,他们真真切切地遭遇过。

(原刊于《上海文化》2010 年第 2 期)

短篇小说与长篇小说

引 子

一九九三年的《读书》杂志刊发过王蒙的一篇文章，《长篇小说与短篇小说》，漫谈两种小说形式的不同：长篇小说（novel）和短篇小说（short-story）的差别不单在篇幅上，更在于本身不同的性质；长篇小说更依赖生活经验而短篇小说更考验写作技术；长篇如宏伟建筑而短篇如轻灵的歌；急切向前的生活和刊物都需要快速反应的短篇杰作而文学史似乎总在渴求严肃郑重的长篇经典，等等。即便在二十年后的今天看来，这篇从自身经验出发的文章所呈现出的在两种小说形式之间的诸多纠葛、矛盾乃至疑惑，依旧没有得到很好的解决。

几乎每隔一段时间，关于长篇小说和短篇小说的冲突，就会被一些作家当成话题摆上台面，有人拉开身段要捍卫长篇小说，因为据说这是一个快餐速食年代；有人则哭丧着脸哀叹短篇文体的不景气，因为据说要成为大腕就要长篇等身。说来说去，现实境遇的无端逼仄引发的只是抽象凿空的孱弱清谈。林中有两条道路，长篇抑或短篇，这究竟是一道势利的选择题，还是源于对自我生命的诚恳要求？这样的问题摆在每一个写小说的人面前。

将长篇小说和短篇小说的美学差异展现为类似英文里 novel 和 short-story 这样的体裁区分，并赋之以截然不同且能依样施行的特征，这是令人一目了然的，却也有将一个原本张力十足的复杂问题简单化约的嫌疑，从而消解了那种正是在矛盾中才不断滋生的创造力。比如，仅仅从词义上，英文里的 novel 虽然和法文里的 roman 互译，但意思并不完全重合，后者本身还有"传奇故事"的意思，这就和 story 已经暗通声息；另外，我们习惯称之为中篇小说的东西，曾在法国和意大利最为盛行，法文里叫 nouvelle，意大利文里叫 novelette，在词根上可以看到和 novel（长篇小说）的关系，但在汉语习惯里，中篇小说却时常是跟短篇小说归置在一起的。又比如，写作《汤姆·琼斯》的菲尔丁，并没有用英语里现成的 novel 或 romance 为自己的作品命名，而是代以一种新的称呼：prosai-comi-epic writing（散文的、喜剧的、史诗的写作）；而热爱小说的罗兰·巴特并不喜欢 roman，他试图要写出的长篇小说是 romanesque（小说式的断片）……

本文试图讨论中国当代同时致力于长、短篇写作的几位年轻小说家，他们的风格各异，但在他们的长篇小说与短篇小说之间，却似乎存在一种相似的断裂，这种断裂并非源自他们对这两种体裁差异的一无所知，而在于他们对这种差异过于简单的认识和追摹，以及随之而来的在某一时刻对自我的丢弃。

阿乙：写作带来的对生活的敌意

《下面，我该干些什么》是阿乙的第一部长篇，和《罪与罚》相仿，这部长篇的灵感来自一则同学杀人的简短社会新闻，但和《罪与罚》不同，它很长时间以来只是一个文学爱好者的练笔，并无可奈何地停留在大量资料收集和凌乱草稿中，之后，在向陀思妥耶夫斯基致敬的虚构道路上蒙受挫折的作者，转而改写短篇，写自己难以忘怀的警察经历和小镇生活，并获得了出人意料的成功。

在阿乙最好的一些短篇小说中，有一种极其严峻的诚实，这种诚实往往迫使作者变得生硬和斩截，无论是对待生活还是对待写作，然而，就是在这样的生硬斩截中，一些司空见惯的虚伪崩毁，一些对生活和写作同样有害的陈词滥调也奇迹般得以避免。比如《毕生之始》。它由从A至M的十三小节速写片断构成，讲述一个少年无聊的一天。"无聊"，大概是现代小说开掘出的一个专利母题，进可以触及人生乃至文艺最惨烈的真相，退亦可以作为窥视社会思潮和时代病症的窗口，但通常情况下，在很多现代小说家的笔下，体验、背负乃至抵抗无聊的主体，是成年人，当他们把无聊发挥到极致之际，又转而会凸显某种存在主义式的英勇行为——因为取消了普遍的意义，他们反而将自己从对其他事物的依赖中解放出来，生活或许因此能够像对待少年哈克贝里·芬那般再次焕发光彩。然而在阿乙这里，无聊的生活，其真相是一片不能划分结局或开端的混沌,所有的成年人和少年人都匍匐其中。

  我在煤炭公司的木靠椅上坐了很久,我让风从西服宽大的袖口和领口钻进去。后来我还在这艰难的环境里,蜷缩着睡了很久。我十三岁,或者十四岁,还要活六十七年或者六十六年。这是比较乐观的估计。(《毕生之始·M》)

"艰难"这个词在这里乍一看有点突兀,不太像少年人的口吻,但或许也因此更为本真,它不再背负任何精神意义,就是指向此时此刻不会变化的木靠椅和大风,是一个还不太娴熟于词汇运用的早熟少年对自我处境敏感且诚挚的表达,他尝试在这样的环境中睡着,以此度过无聊的时间。"人生是艰难的",抑或,"生活是无意义的",类似这样的话,出自一个成年人之口还是出自一个少年人之口,以及出自什么样的说话时机,给人的感觉会完全不同,《毕生之始》中有阿乙对人世最痛彻心扉的洞见,即"生活的无意义"并不单是那些优秀的生命行至某一中途的意外发现,而就是大多数生命从一开始便走上的道路。

"生活,绝大多数时候是无意义的。长篇小说模仿生活,而短篇小说是骨感的,不能东拉西扯,它是浓缩的艺术"。英国小说家威廉·特雷弗说道。在阿乙这里,"生活的无意义"这个主题犹如刀锋,把他的短篇小说斩削得骨感四溢,但随之而来的一个悖论在于,"生活的无意义"并不就此等同于"生活",当他希望像对待短篇小说那样,把对"生活的无意义"的揭示作为一部长篇小说的全部意义,势必只能造就出一种骨瘦如柴的、虚假透顶的长篇小说,或者说,一种因为充斥了某种"无意义"的意义而变得骨瘦如柴和虚假透顶的生活。

在《下面,我该干些什么》的前言里,他谈及重新拾起这部被废弃长篇时的生活状态,"我想从头来过,而生活中别的事情也按照它的轨道运行过来,挤作一团。在祖母下葬的同时,我按照父亲的要求,购买新房,准备结婚。而因为写作所带来的对生活的敌意,我与女友的关系其实已走到尽头……"

令我惊讶的,不是一个写作者对生活的敌意,而是这种敌意被如此自然顺畅地表达,仿佛是理所应当的,仿佛是一个写作者无需反思的宿命。而事实上,对"生活的无意义"的认识，和对生活本身的敌意，其实有可能是两件彼此矛盾的事，前者或许能令人更为清楚地生活，而后者却只能迫人设想一种虚假的生活。《下面，我该干些什么》写的就是一个对生活充满敌意的人，以及他设想出来的一种虚假生活。按照作者自己的说法，"小说的主人公在被无聊完全侵蚀后，再也找不到自振的方法，因此杀人，试图赢得被追捕所带来的充实"，"在杀那个漂亮、善良、充满才艺的女孩时，他考虑的也是技术，因为杀掉一个完美的人，会激怒整个社会，进而使追捕力度增大"，作者认为，他因此"创造了一个纯粹的恶棍"，而这种创造本身，已超越了善恶，是一种"艺术的姿态"。

这是一套近乎完美的逻辑，它甚至可以视作阿乙小说美学的自白书。杀人者和写作者，他们的动机都出于要摆脱生活的无聊，他们的技术都在于如何找到整个社会的痛点，他们的成就，都来自于一种前所未有的创造性。然而如何理解艺术中的"创造性"？仅仅是一种诸如设想第一次有人这么干的惊奇感吗？关于暴力和血污如何转化成震撼人心的艺术，哈罗德·布鲁姆曾经就科马克·麦卡锡的《血色子午线》说道，"它的暴力，没有一件是无缘故的或多余的",但对阿乙来讲,谈论必要性似乎成为一件荒诞的事,因为"没有理由"已成为最大的理由,逻辑的反转已代替了真实的生活,对生活的敌意也随之转化为对写作的刻意。倘若说这种刻意,在写作短篇小说时还有可能呈现为某种精巧,那么,在写作长篇小说时,势必造成一种捉襟见肘的尴尬,以及伪善,这或许是力求诚实的短篇小说家阿乙没能想到的结果。

张怡微:压路机与小提琴

迄今为止,二十几岁的张怡微已经出版过六本小说集(三本长篇三本中短篇)和一本散文集,并在沪港台三地的报刊上持续写评论和随笔,其创作力之丰盛和多面,令人赞叹。

《你所不知道的夜晚》(以下简称《夜晚》)是她最近的长篇,在这本书的末尾,附有一篇散文《大自鸣钟之味》和一个短篇《呵,爱》,我喜欢那里面有一种相当坚定又自如的语调,与其说是什么"清新哀伤",不如说,是动人的凛冽,用词行文有英气,却不扎人,因为里面还有孩子般柔弱的根茎，像一个人在清白的月色下沉着又轻快地走路，对于那些正在一点点逝去的事物和美，满怀留恋，却绝不耽溺。短篇小说《呵，爱》写一段没头没尾的高中往事，郑小洁带同学艾达回家玩，这是她第一次带男生回家，发生了一些事情，在当时未必能算得上是爱，也许只是少年人对性的好奇天真，连初恋都算不得上，但隔了很多年的辛苦路回望，却比任何可以言说的爱都更难以忘却。小说最后写长大后的郑小洁回忆和男友分手前的一段对话，他们一起去看她去世的父亲，回家以后她对他讲起小时候父亲央求母亲不要离婚，她当时和母亲站在一边，不理睬父亲。

我问："你觉得我爸可怜不？"

他说："我也很可怜啊！我不想也那么可怜呀！"

其实我觉得他一点也不可怜，他顺手拿走了我全部的第一次，最后还同我分了手。很难说我没有难过吧，可难过又有什么用呢？

我们最后一次做爱是在一年以后的夏天，两罐冰镇的啤酒下肚，地上全是化开的凉水。

"还有多久啊?"我小声问他。

"快了。"他喘息着回答。

那一瞬间我还是挺难过的。因为我想到了艾达……

我读到它们的时候,就想到作者在一篇写宫本辉的文章里面说过的话,"他把爱的狼狈与悲伤写的如冬寒一样具体,袭入感官的角角落落",她这样称赞自己喜爱的别的小说家,其实她自己就已经如此。这是非常了不起的风格。

相对于附录里的短篇,《夜晚》这个长篇小说,感觉就稍嫌平淡。而这种平淡因其短篇的精彩衬托,就更显得意外。在《呵,爱》中,也许因为第一人称的关系,叙述人和主人公很自然地合为一体,坚定明确地存在着,我们是从郑小洁的视角慢慢了解一切,一切叙述也都是生长自郑小洁的感官和心灵;但在《夜晚》中的第三人称叙述中,不可避免地,主人公和叙述人是分开的。其实小说叙事学发展到今天,大概各种各样的叙事方式都被小说家穷尽过了,所以也不存在孰优孰劣,只有一个是否适合自己的问题。作者在序言里也说,"我的写法,似要消耗太多人情世故,而我的年纪,恐怕又实难消化厚重的生活容量",我觉得她这句话说对了一半,《夜晚》选择的近似于古典半全知视角的第三人称叙事方式,的确是对作者是否具有人情世故方面洞见的考验;但另一方面,一部好的长篇小说,却不单单依赖于作者对生活容量单打独斗般的消化体悟,因为在一部好的长篇小说里我们期待看到的,并不单单是叙述者一个人的睿智,如果那样,小说如何和哲学抗衡,我们读长篇小说,是希望看到无数的和我们不同的人的真实生活,希望理解世界如何在这样不同的人的视野里以不同的方式相继展开,并以此更好地认识自己的生活。尤其是全知式的叙事视角,它企图要立于纸面的,就不单单是一个主人公的存在,而是一群人的存在。作者曾经撰文称赞英国小说家威廉·特鲁弗,能够"让那些人物尽自己的本分",但在《夜晚》中,那些人物都没有机会尽自己的本分。

《夜晚》中,有一些生动的细节,却淹没在叙述人过多的议论中,并使得人物自己活动的空间相对变得很小;它有一丝说故事人的腔调,但故事却大多支零破碎;似乎是成长小说,但刚刚见识到人世的惨烈就草草收尾;《夜晚》

整体的感觉，就好比主人公茉莉挂在墙上的那把琴，作者站在墙前，努力向对这把琴好奇的听众们叙述这把琴应该呈现的种种音色，叙述其可以表现的音乐的丰富曲折，却不曾把这把琴从墙上取下来，随意地拨弹一番，让这把琴自己发声；《夜晚》中不曾有一个人物像郑小洁一样，随随便便地在那里不管不顾地自说自话，却让听到的人无比动容。

维克多·雨果曾经高度推崇过司各特的小说。他说，在司各特以前的小说家一般只会运用两种彼此相反却同样单调的创作法，一种是书信体，一种是叙述体。进而，他谈及叙述体的缺陷，"叙述体小说家不会给自然而然的对话、真实生动的情节留出一定的地位；他必然代之以某种单调的文体上的起承转合，这种起承转合好像是一个定型的模子，在那里面，各种最为相异的事件都只有同样的外表，在它下面，最高尚的创造、最深刻的意图都消失了，如像坎坷不平的场地在压路机下被碾平了一样"。他因此称赞司各特给小说带来了新的可能，即兼具戏剧性和史诗性的、情节概述和场景描写相结合的新形式。

整个十九世纪小说的主流都没有彻底离开过雨果所阐

述的小说美学，到了二十世纪，尤其是加西亚·马尔克斯的《百年孤独》之后，一切似乎就又都改变了，叙述体卷土重来，但这并不意味着雨果的批评就失效了，因为在新一代擅长叙述体的小说家那里，其实并没有压路机的位置，替代它的，是轻盈、自由、富于幻想和怀疑精神的小提琴。

鲁敏：象征的危险

鲁敏是这几年颇受推崇的一位女作家。她的小说很好读，因为她是用苏北女孩过日子的态度在经营小说里的日常世界，处处仔细、实在、清爽。她曾说，如果反思"文革"，写上山下乡，写中国乡村，她并没有把握可以写得好，她们这一代人拥有的只是八十年代以来的日常生活，自己为什么不能先把它们写出来，写得好一点，写得多一点呢？作为小说家，这样的认识素朴而明智。我比较不以为然的，是那些纷纷把"描写日常生活"这顶帽子送给鲁敏的评论家们，那意思，好像是说，还有不描写日常生活的小说家。

小说家之间的区别，不在于是否描写日常生活，而在于如何面对和处理日常生活。我总觉得鲁敏在处理日常生活时，有点像一个化学分析师。在长篇小说《百恼汇》里，她曾企图把日常生活千百种烦恼提炼成标本，再放在一个大家庭的容器里，看看这些烦恼的混合与碰撞，会产生出什么样的反应。而在最新出版的短篇小说集《九种忧伤》里，她似乎是要反其道而行之，她要做的实验不再是化合，而是提纯。

"给一本短篇小说集起名是一件很难的事，"毛姆在《木麻黄树》的序言里说道，"想避重就轻，就不妨拿第一个短篇作为书名，但那样会欺骗买书的人，以为手里拿着一本长篇小说；一个好的书名应该关涉到书中的所有篇什，哪怕是隐约的关系。"一九六二年理查德·耶茨《十一种孤独》出版后，被誉作纽约的《都柏林人》，这两部杰出的短篇集，连同毛姆的《木麻黄树》，其实从书名的精心选取上就可略见其相近之处，即试图通过散点透视的方式来观察某类人群，进而以集腋成裘的方式令一种统摄性的视域呈现。如今，鲁敏写下《九种忧伤》，或许也有加入这个序列的愿望。

《九种忧伤》里有八个短篇，每篇描绘的都是一两个偏执型的"病人",比如《不食》中的秦邑,从对垃圾食品的厌恶直至对正常饮食男女的拒绝,最后以身饲虎;《谢伯茂之死》中,一个沉湎于给虚构友人写信的中年男人,遇到了一个执意要找到这个虚构收信人的临退休邮递员;《铁血信鸽》里沉迷于养生保健的主妇,和她那个在唯唯诺诺中期望像信鸽一样飞翔的丈夫;《字纸》写一个从小因为匮乏而敬畏字纸的乡下老汉,面对新时代出版物的丰富,从欣喜满足到无所适从;《在地图上》里那个跑火车的邮件押运员,迷恋于地图和对地图的虚构……关于这部短篇小说集所指为何,鲁敏自己曾经在接受访谈时也有过交代:"这个集子里八个人物,似乎都是某种意义上的'病人'。在我们的生活里,总有房子、钱、车子、工作等有形的物质困境,但更多的是看不见、说不清的精神困境。这正是都市化生活的衍生物,跟灰色空间有关,跟紊乱的节奏有关,跟一波波的公共事件有关,跟社交的假面方式有关,跟道德和伦理危机有关……压抑下人性诉求与申张,有时就会呈现出这种病态与暗疾。"

对于理解这些短篇合在一起所企图呈现的要义,这段作者的自我表达已足够清楚明白,甚至是过于清楚和明白了，我由此也得以验证一种阅读时迥异于我之前提到的那些短篇小说集的感觉，即《九种忧伤》中的这些小说是如此的相似，虽然人物各异故事各异，但它们所呈现出来的最终面目，竟像是经过同一道流水线工序修理整肃过的合格产品，它之所以合格，只是因为符合作者先验的设想。在《九种忧伤》中，作者的寓意，成为一种不断被展示、被析出的东西，它轻易就可以被辨认出来，而不是深植于小说内部不可分离。通过将故事置于刻意为之的极端化境遇之中，通过将人物的病态暗疾无限度地夸大，宛若化学提纯中常见的高温高压，一些事先期待的单纯物，在作者外力的催化下被析取出来，而这种单纯物，比如说"精神困境"，在作者心目中，随之就被视为当下人生的象征。

这种用小说来析取象征的方式，至少对短篇小说而言，是危险的，因为相较于长篇小说，短篇小说没有足够的时间和空间来遮掩、容纳、承受象征，短篇小说必然是突如其来的，因此象征也难免会非常显眼，以至于有理念先行的虚妄。而所谓"以小说之虚妄来抵抗生活之虚妄"，这句鲁敏被广泛引用的话，其实很容易变成一句自我逃避的托词，因为无论在小说中还是在生活中，对虚妄的认识程度，首先来自于对真实的认识，来自于对无法阐释无法析取的困难的认识。

黎紫书：当短跑选手立志去跑马拉松

二〇〇六年，久别文学评论界的程德培在《上海文学》杂志上露面，和张新颖畅谈当代文学诸种问题，其中提到长篇小说和短篇小说的现实关联："这么多年来有一个无形的规矩，作家成长阶梯是从短篇小说入手。把短篇当作创作的初级阶段。短篇写好了，写中篇，最后要著作等身了，写长篇。几乎每一个作家的创作道路都是那么过来的。……这是一个很大的毛病。一种无形的压力和潜规则，不管是什么样的作家，你最后要著作等身你就要写长篇，这就造成了一些本来不适合马拉松的运动员去跑马拉松了，百米跑拿了冠军就去练长跑了。"

二〇一〇年，马华女作家黎紫书的第一部长篇小说《告别的年代》在台湾出版，两年后内地简体本出版，在后记中，黎紫书给自己抛出一个问题，作为一名惯熟于短篇小说的写作者，何以立志要写一部长篇小说？"毕竟我心里明白，作为小说写手，以我浅薄的人生阅历和学养，以及我那缺乏自律与难以长期专注的个性，实在不适宜'长跑'……说来这像是我们这一代的小说写手潜意识里为自己设定好的一场马拉松。不啻因为写小说的日子长了累积的经验丰富了，身边便会有人提醒你该尝试写长篇，也是因为时候到了但凡严肃的写手总会对自己的写作产生疑虑，便会想到以'写长篇'来测验自己对文学的忠诚，也希望借此检定自己的能力，以确认自己是个成熟的创作者。"

内心的压力和外在的潜规则，无形的规矩乃至对文学的忠诚，对写作已有的自信以及进一步滋生的怀疑，都似乎在起着一种合力，将小说写作者往长篇小说的道路上驱赶。黎紫书的短篇写得并不坏，甚至可以说很有魅惑力，新近出版的《野菩萨》收录其多年来的十三部短篇，基本可视之为小说风格最集中的呈现。同名短篇《野菩萨》，以一个中年妇女阿蛮的意识流回忆为主线，带出隐伏在平淡生活下的无限辛酸和倔强，华人社会与马来政府曾经的对峙，其内部的无休止倾轧，混迹黑道的年轻人，湿粘无解的爱欲，更有阿蛮和自小双腿残疾且又早逝的胞妹之间恒久的情意,这一切,像是从回忆之海中随手捞出的藻类,在鲜腥芜杂中却有整个海洋的气息。小说集最后一篇《未完·待续》,以第二人称写小说和现实之间的纠葛,有长篇《告别的年代》残存的影子,其中有一段写"你"在父亲去世后,读其留下的某女作家七本小说时的感觉,竟像是作者对自我小说风格的准确认知:

> 女人的文字质感浓稠,叙述的调子缓慢而黏腻,描写的文字远比叙事的文字超出太多,仿佛你看的不是书,而是许多张油漆未干的静物画。那样的文字让人读着呼吸困难,它们串联起来,水草似的蔓蔓而丛丛,每一行字宛若章鱼的腕足伸张,缠上你,抓攫你的意志和心神。

对于短篇小说,这样的风格自成一家,像印象派的油画,然而倘若以类似的风格去堆砌出一部长篇,就好比用印象派的画法去绘制西斯廷教堂里横贯天顶的壁画,难免会让观者厌倦,让绘制的人也吃力万分。《告别的年代》中有无数生动的描写细节,却没有一根强有力的叙事主干,作者对长篇小说所谓厚度和广度的追摩求索,对所谓后设、元小说、多线、多重视点等诸多小说技巧的纷繁运用,造就的,却是一个类似俄罗斯套娃之类的玩具,打开一个缤纷绚丽的木娃,是另一个缤纷绚丽的木娃,直至最后,在一个个空心木娃的深处,藏着的,是一个实心的却小之又小的核。

在《告别的年代》之前,黎紫书写的全是短篇,当她吃力地完成这第一部长篇并获得诸多意外的荣誉之后,她却卷土重来再写短篇。《野菩萨》中收录的小说涵盖了写作长篇前后的两批作品,显然后来这批作品更为成熟、自由,那里面似乎有一个终于熬过一场马拉松的短跑选手,重回百米赛道时的心情。

结 语

契诃夫一直想写出一部长篇小说,他曾经在给友人的信中表示:"只有贵族才会写长篇小说。我们这班人(平民)写长篇小说已经不行了……为了建筑长篇小说就一定得熟悉使一大堆材料保持匀称和均衡的法则。长篇小说就是一座大宫殿，作者得让读者在这宫殿里自由自在，而不要像到了博物馆里那样又惊奇又烦闷。"我们作为后来者，当然知道长篇小说在贵族时代过去之后并没有消失，它一直在以新的样貌出现。然而契诃夫的这番话依旧珍贵，它体现了一个小说写作者的诚实，他认识到时空与自身的限制，并忠诚于这种限制。我们并没有看到署有契诃夫名字的长篇小说。而对黎紫书来说，完成一部长篇小说的愿望胜过了能否写出一部完美长篇的疑问，像一个短跑选手对马拉松终点充满偏执狂似的渴望，最终，这位职业短跑选手如愿以偿地站在了业余马拉松的跑道上，和一群同样业余的爱好者拥挤在一起。

当初，那个"像傻鸟一样站在文学之外"（《灰故事》再版序）的阿乙，不经意间开辟出一块文学荒地，但他并不满意于自己的园地，他觊觎加缪和陀思妥耶夫斯基的庄园。类似的文学野心或者说欲望，还出现在文中未及专门讨论的另一位小说家阿丁身上。在长篇处女作《无尾狗》中，阿丁展现了其统驭纷繁经验的叙事能量，以及感受和捕捉各种芜杂且易飘逝的人类声音的能力，但在随后出版的短篇小说集《寻欢者不知所终》里面，他像是换了一个人，开始迷恋于种种现代短篇小说标签上印有的技巧实验，于是，一个热爱青年塞林格、对生活的粗糙和丰满具备足够感受力的长篇小说写作者，在着手短篇小说的时候，旋即就企图摇身成为博尔赫斯式的投身于幻景的智者。

曾经，带着一种成熟的美学观，傅雷盛赞张爱玲的中篇小说《金锁记》，也因为这种美学观，他严厉批评她的长篇小说《连环套》。这几乎影响了后面数十年对张爱玲小说的判断，即中短篇优于长篇，但张爱玲自己并不买账，曾作文反驳，并以晚年的三部长篇做出实际回应。早早成名的张怡微熟谙张派小说，写作短篇时也有着相仿的凛冽，只是，当她着手写作长篇《你所不知道的夜晚》时，似乎却不能像张爱玲那般坚定地拿出自己一以贯之的小说美学，她像一个好学生应付大考那般，屈从于现有的长篇美学习惯。

当福楼拜向屠格涅夫讲述《布瓦尔和佩库歇》的创作计划时，这位年老的大师建议他从简、从短处理这个题材，因为这个故事只有在很短的叙述形势下，才能保持喜剧效果，长度会使其变得单调、令人厌倦乃至荒谬。但福楼拜并没有听从，他解释道："假如我以简洁、轻盈的方式去处理，那就会是一个多少具有些精神性的奇异故事，但没有意义，没有逼真性，而假如我赋予它许多细节，加以发挥，我就会给人造成一种感觉，看上去相信这个故事，就可以做成一件严肃、甚至可怕的东西。"昆德拉在《帷幕》中给我们讲述了福楼拜的这个故事，他同时提及的，是卡夫卡的《审判》，昆德拉说，卡夫卡在这里有和福楼拜一样的志向，他想要"深入到一个笑话的黑色深处"。唯有深入到未知的深处，才会有一些新的、真实的东西升起。与此相反，在鲁敏的《九种忧伤》中，那些精心设计的象征并没有继续生长，发挥，没继续向严肃的、逼真的乃至于可怕的深处迈进，作者仅仅满足于使象征停留在某个简单可辨的效果上，她满足于用短篇小说惯熟的方式来处理据说是分配给短篇小说的题材，全然没有想到那其实是"没有意义"的。

历史不停在重复，但艺术永远只保留新鲜的创造。

我们需要看到，很多关于小说的文论著作，从卢卡契、E. M. 福斯特到巴赫金乃至昆德拉，实质上都是来自对长篇小说的阅读和思考，但同时，诸如契诃夫、卡夫卡、博尔赫斯等短篇小说家，并不因为文体的差异就被排除在这些文论引发的美学认知以外。当亨利·詹姆斯在诸多长篇小说的序言里思考他那个时代的小说艺术之际，他同时还是一系列杰出的中短篇小说的作者。人们又该如何区分乔伊斯、卡尔维诺、波拉尼奥、科塔萨尔笔下那些缤纷肆意的长短篇？或许还是波拉尼奥的一句比喻相对准确，他说长篇小说和短篇小说是一对连体婴儿，就像生活与诗的关系。

"我相信任何短篇都可以改成长篇，任何长篇也都可以缩成短篇，或一首诗。"乔伊斯·卡洛尔·奥茨说。在长篇和短篇之间，没有单一的差异，有的只是多重的差异，这差异，最终，与外在的流行标签无关，与文学环境的压迫无关，只和写作者对小说乃至自我的诚实体认有关。小说是什么？这个问题在严肃的小说家那里，最终会转化成一个古老的追问，我是谁？而小说的版图，也永远只随着这样的小说家的存在而不断变动，和扩展。

（原刊于《上海文学》2013年第10期）

复述与引文

1

当代文学批评显然存在诸多问题,但其基础问题依旧是萨义德曾经在《开端》里指出的,所谓"来自四面八方的无规则性"。这种无规则性源于当代写作和传统的关系变化,当代作者不再认为只存在唯一的一个前后相承绵延不绝的传统连续体,也不能想象自己只在某一个已经存在的谱系里写作,相反,每个当代作者都致力创造自己的传统和谱系。一条宽广的大河在某个时刻决堤,并漫延成无数细小的分叉,每条分叉都在努力向前的过程中不断吸纳他者,并不断创造自己新的多样化的源头,这就是当代作者的写照。在这样的仿佛人人都独自奋战的背景下,当代文学批评必然是无所适从的。

恰是在这样的无所适从中,准确,需要成为文学批评最切身的道德律,它意味着首先"如其所是"地谈论作品,这是对作品做出有效判断的前提。那些胡乱挥舞传统名著驱赶当代作者的文学批评,必然是可笑的;但若是以时代和创新之名规避一切过去的标准,甚至就此假想一些不存在的美德,却也是孱弱的。

有两种"如其所是"的古老方式,一种是复述,一种是引文。

2

复述,意味着脱离原文重新讲述一次作品,而这种重新讲述,首先可以认为是以归纳和抽象的思维介入为基础的某种简化。否则,复述者就会陷入博尔赫斯笔下那个博闻强记的富内斯的命运,"他曾经两三次再现一整天的情况,从不含糊,但每次都需要一整天时间";抑或,是卡尔维诺描写过的帕洛马尔先生,"他决定开始着手描述自己一生中的每个时刻，只要不描述完这些时刻，他便不再去想死亡。恰恰在这个时刻他死亡了"。也就是说，复述倘若是有效的，就同时意味着遗漏，意味着有所选择。在这个意义上，可以从翻译的角度去理解复述。翻译，就是利用另一种语言复述原作；而复述，就是把你从原作中感知到的东西翻译给另外一些人看。

而一部作品，无论是在翻译中还是复述中，其损耗较少的东西，是情节，在亚里士多德《诗学》的意义上，也就是muthos，一场虚构的故事。于是，我们可以看到，复述被应用的最普遍的领域，是针对叙事作品的文学批评。

3

故事一旦开始，它就脱离于具体的单个的讲述者，拥有自己的由因果链构成的生命。"后来怎么样了？"这个恒久的来自人类好奇心的追问并不指向讲故事的人，而是指向故事本身。每个好故事都有自己的名字，王子与公主的故事，吸血鬼的故事，巫婆和女孩的故事，英雄历险和返乡的故事，偷情的故事等等，但讲故事的人通常是匿名的，或者说,作为一个讲故事的人,他的命运就是被他所讲述的故事所吞噬,并且他必须接受这种吞噬,他讲述的故事才有可能流传。进而,我们可以说,故事(以及归纳在故事名义下的神话、寓言、传奇、童话等)不是某一个人写的,也不是为某一个人写的,它吸纳周围的一切,不被具体的作者占有,但它有时会期待一个整理者的出现,就像肆意生长的花园期待园丁。故事不害怕复述,相反,它渴望被复述,甚至是唯有在不同的复述中它才能不断获得新的生机。《狄康卡近乡夜话》和《聊斋志异》的作者都明了这一点,而霍桑的第一本短篇小说集就直接题为《重述的故事》。对故事本体,对这一系列虚构事件本身的重视(而非如何写或如何虚构),构成了近现代小说连通古典传统的很重要的一环。写出《纳尼亚传奇》的C. S. 刘易斯,写过一篇《论故事》,指出在亚里士多德的"情节"说、薄伽丘和莱辛的寓言理论以及荣格、普罗普、诺斯洛普·弗莱等人的原型学说之间存在草蛇灰线的关联。这种对于故事的原型和变形的持久兴趣,在今天,可以在另一个文学批评词汇里继续看到,那就是"类型小说"。但大多数类型小说的问题在于,它们都满足于成为一次性的消费品,并无力经受起复述。

一部杰出的叙事作品,会形成布朗肖意义上的"文学空间",而空间的魅力即在于可以容纳不同的复述者在其中自由走动,在走动中呈现变化和幻影。因为空间可以承受很多次的复述,因此,每一次看似简化的复述倘若合在一起,却又将形成一个溢出原作的具有无限扩展可能的"解释空间"。文学批评中复述的作用,建立在对这两个空间同时产生的兴趣之上。

4

但在以情节为内核的叙事作品之外,依旧存在大量文学作品拒绝被复述。首先是绝大多数抒情诗。我们该如何复述奥登的一首十四行诗抑或海子和顾城的短诗呢?还有一些不以情节推进为要点而是乐意于漫延洇染的长篇小说,比如普鲁斯特的《追忆似水年华》、伍尔芙的《海浪》,要言简意赅地复述它们几乎就等于谋杀;以及一大批洋溢智性和某种语言自身特定乐趣的作品,比如我们该怎么复述才能让一个没读过《爱丽丝漫游奇境记》的人明白其中的美妙，抑或如何复述出博尔赫斯短篇小说里冷峻沉思的趣味？

我们如何向人复述用文字构成的光芒、眼泪、水和风的纹路以及山里面深浅变幻的颜色，马可·波罗如何向可汗复述他所经过的那些看不见的城市，以及，我们如何复述马克·波罗的梦……

在复述止步的地方，引文开始。

要区分两种引文，旁征博引式的修辞引文和最大程度考虑其典型性和启示性的采样引文。前者是引他人之力以成全自己，后者是为了呈现、理解和进入他人。作为文学批评方法之一的引文主要是指后者。

引文将读者引向书写者和语言本身，引向视觉、听觉以及脊髓和后脑共同构成的不可言传的感官愉悦。

5

在文学批评中，有好的复述和引文，也有糟糕的复述和引文。好的复述和引文之间可以比较，在比较中凸显自身；而糟糕的复述和引文只需要指出。

比如说在我们周围存在大量的当代文学批评，尤其是小说批评，都是一味以复述小说情节作为主干。论者将四五十万字的小说文本简化成四五千字的剧情梗概，再提炼出这个梗概的主题，然后再用一两千字评点这个梗概和主题，并将对这些文本的美学分析建立在对此梗概和主题的伦理或理论分析之上，这就构成了一篇有关某部当代长篇小说或某一批短篇小说的论文。这种近似于流水线的生产模式，极大程度地降低了文学批评的写作门槛，并快速培养出一大群意见满满的批评家，但同时也不可避免地增加了写作者和文学批评之间的敌意。

糟糕的引文使用，则似乎更多出现在书评领域。几处断章取义或漂亮惹眼的引文，加上一些印象感悟式的口水话，就拼贴成一篇常见的媒体千字文书评，在这样的书评中，重要的不是做出多少基于文学本身的比较、分析和判断，而是给人以印象，"我出现，故我在"。于是，以绍介图书的名义，引文成为一种好读书不求甚解的取巧方式，跟随这些引文去理解一本书，无异于盲人摸象。

6

在利用引文如其所是地接近作品的当代文学批评著作中,奥尔巴赫的《摹仿论》无疑是最重要的一部。稍逊一筹的会是戴维·洛奇的《小说的艺术》和韦恩·布斯的《小说修辞学》。戴维·洛奇和韦恩·布斯通过引文的文本分析提示给我们看一些具体的小说修辞技术,如开头、悬念、视点、隐含作者和隐含叙事者、不可靠叙述、反讽、展示和叙述等等,而奥尔巴赫进而会在修辞风格与具体的社会政治语境之间展开更深层的阐发。前者将诸多小说摊放在一个二维平面上比较和解剖,后者则为之增加了具体的空间和绵延的时间这两个新维度。此外,几乎所有卓绝的对于诗歌的文本分析,都必然是通过引文入手的。

在复述的一端,比较典型的例子是纳博科夫的《文学讲稿》。当然,《文学讲稿》中也存在大量引文,纳博科夫会在课堂上用俄语朗读作品片段,但那终究还是起一个辅助佐证的作用,不同于奥尔巴赫,纳博科夫进入所评论作品的途径主要是复述,在复述中找出作品蕴藏的多种主题以及主题的各个侧面,仿佛探险寻宝一般。最近的一个例子是法国学者阿兰·芬基尔克劳的《一颗智慧的心》，在对"精心选择的九故事"的感性复述中一点点走向对于人性的理性沉思，有如爬山，在耐心的亦步亦趋和徐缓的赏玩风景之后，你猛然发觉已被置于高处和深渊的边缘。此外，倘若我们稍微思及一点列奥·施特劳斯和他倡导的"如古典作者所是的那样去阅读古典作品"，就又会发现一个复述的海洋，在这里，阅读意味着重读，而写作意味着重新讲述那些伟大的作品。

7

我们还可以更为抽象地来看待复述与引文，将之视作两种相异的思维方式。

热爱复述者认为要讨论的问题是可知且已知的并是可以传达的，这是一种哲学家和教师的气质。热爱引文者则多少显得有点悲观，他们认为文本中永远存在一种"巨大的无知"，抑或如华莱士·史蒂文斯所说的，"诗歌只能显示给无知的人"，为了保护这种无知，以及读者重新认识的权利，他们选择先将原文本和盘托出，以努力在讲述之前和读者保持平等的位置，这是一种诗人和文学批评家的气质。

热爱复述者在文学空间中踏出一条清晰可辨的林中路，并引导读者也踏上这条路，然而复述者应该意识到这条路并不能代表整个空间，在这条路之外还存在大量的荒野，大量未走的路，如此他的复述就会更加的谨慎也更加力求充沛，如此他的复述将成为一种出自其个人的、有力的选择和决断，而非某种原文的依附。热爱引文者则更希望通过在这个空间中的某些取样，发觉和预感各种各样的路径之间的关系，以及它们是如何相互作用的，乃至和这个文学空间之外的其他空间的互文性是如何产生的，他不是引导读者进入某条预设和既定的路，而是引导读者进入某些关系之中，但同时，他也应该时刻意识到某种断章取义和以偏概全的危险。

复述者强调的是在文本里什么已经发生，或在字里行间的隐微处发生，什么可以讲述出来，给另外一些人听；但引文者可能更希望强调在这文本里面还有一些什么样的东西没有发生，还有一些什么样的东西连文本作者都没有意识到，甚至也没有被论者自己意识到，该怎样把此种未曾意识之物尽可能地呈现并交付给读者。

复述者致力的是最后洞见到的那个真,而引文者更在意无处不在的美。

复述是西西弗斯一次又一次推动石头上山,而引文则是普罗米修斯借助芦苇秆盗取火种。

8

复述者期待占有一个文本,而引文者则更愿意被一个文本所占有。那些述而不作的古典作者,是从一个复述者慢慢走向一个引文者;而当卡尔维诺说"让世界来写作",当卡夫卡说"在你与世界的斗争中,要站在世界一边",以及本雅明心念于"用引文写出一本书",他们这些现代作者是从一个泯灭个性的引文者出发,渐渐走向一个具有卓绝主体性的复述者。

9

某种二元论的类型学思维方式,一直被诟病,但一直顽强地以各种变体存在。这相反的两极，纯粹的对比，唯有当其作为一种思维路径、观察角度乃至叙事方式的时候，才有可能是具备启发性的。它尝试勾画和推演出两个几近于无中生有的对立极点，借此来理解存在于这两个极点之间的复杂混融的人类思想。它和真实之间的关系，类似于理论建模和日常世界之间的关系。

在实际存在的诸多杰出的批评文本当中，复述与引文并不可能处于一种非此即彼的关系，相反，它们同时存在，彼此弥补，作为某种共同需要的不同层面，这种共同需要，就是我们对于准确地接近、感受和理解他者的需要。在其最好的意义上，它们都可被视为一种创造。也唯有通过类似的创造行动，我们才有可能去接近、感受和理解那些过去的创造者。

（原刊《上海文化》2015年七月号）

小说的谎言

1. 策略与智识

长久以来,我们很多小说家都发现,可以采取一种聪明的策略来应付来自小说读者方方面面的批评。这个策略的基本模式是这样的:当小说家被指责说其小说情节离谱、人物虚假、对话生硬,总而言之也就是不够真实的时候,他就回应说,小说不同于现实,简单地用日常生活作为模板来判断小说的好坏是非常错误的行为,小说是一种虚构的艺术。但是,当他受到另一类更为较真的读者指责,说他缺乏想象力和虚构能力,只知道移植一些社会新闻和网络段子作为故事,他又会退回来说,小说毕竟是要反映现实生活的，而他之所以引入这些新闻和段子，恰恰就是要直面最本真的、被人们视若无睹的当下生活原貌。

除去游刃于虚构和现实两端之外，这个策略还有一个变种形式，即在美学和伦理这两个领域之间的瞬间切换：当小说家的作品受到美学层面的指责之际，他会将这种美学指责理解成某一小撮人组织的对他人身的攻击，以及某种通过骂评博人眼球的不良企图；而当小说家被批评说不够真诚，乃至伪善，他又会视之为一种以道德谴责替代美学批评的、可笑陈腐的外行话。

这种在各类辩论赛中屡见不鲜的、志在压倒对手的策略，被证明是相当实用的，很多的文学批评意见就这么被轻而易举地化解掉；同时，这种策略也是相当危险的，它使得我们周围诸多看似活跃的小说家，正令人吃惊地无限远离我们这个时代（尤其在年轻一代身上）实质上已经具备的一般智识和艺术生活水准。

举凡经过相对论、现象学乃至语言学转向洗礼过的当代人文学科的从业人员，都会从不同的渠道明白一个新的常识，即，面对实在世界，不存在某种绝对正确和客观唯一的观察，因为观察者本人的位置、时间乃至观察方式，势必都会参与并影响到观察结果的生成。甚至，早在纳尔逊·古德曼提出多种世界的构想和物理学界有关平行宇宙的讨论之前，所谓"不存在一个普遍适用的可供反映的世界真相"，这在自尼采以后的现代艺术家那里，也已经是不言自喻的事，毕加索看到的世界不同于莫奈，瓦莱里眼中的现实也不同于昆德拉，他们彼此不是一个纠正、颠覆和取代的关系，而是无尽的填补、吸纳和扩展。但事实上，我们许多小说家至今在谈到"现实"的时候，他们的观念依旧像十九世纪的唯物论者那般古旧天真，同时又欠缺一种洋溢在当年唯物论者身上的强劲乐观。对他们而言，现实就是外在于自身的、阴郁且难以改变的客观存在，他们可以像化学分析师提取样本一样提取一小块客观现实加以批判，无论这个样本是来自个人体验、耳目所见抑或媒体新闻，对他们而言似乎并无区别，就像长江和黄河里的水从分子结构表达式的角度并无区别一样。

这种面对现实的蛮横且陈旧的态度，也影响到他们对于历史的判断。在他们那里，历史要么依旧是某种本体论中的庞然大物，被一目了然的假象和谎言遮蔽，急切等待着有人（主要是小说家）来发掘它本质上的真面目；要么，就庸俗化成某种简单的黑白颠覆后的灰色叙事游戏。而自海登·怀特以来当代历史哲学领域涌现的种种反思、变化与探索，虽然早已译介到国内，但严格来讲，除了几个名词术语，似乎也与我们这些小说家并无太大关系。

于是，从上世纪八十年代到新世纪的第二个十年，中国人文领域在这三十多年来发生的一个有趣的变化在于，严肃智识分子和小说家竟然渐渐成为井水不犯河水的两种人。而正是这样一批对这个时代现有智识无比隔膜的小说家，却迫切地想通过小说，来为这个时代立言，想写出有关这个时代的史诗。

2. 把一切都归结到一起的惊人能力

翁贝托·埃科的《傅科摆》最新中译本出版之后，我看到有小说家在微博上义正词严地宣布这小说太糟糕因为她看不懂，并因此收获了一片共鸣。但讽刺的是，《傅科摆》在国外一直是作为面向公众的畅销小说存在的。在《傅科摆》中，充其量会造成阅读障碍的，不过是一些已经陈旧的计算机算法和科普范畴内的物理学常识，再者，中间一大段有关圣殿骑士的历史性回顾,相对冗长枯燥,除去这些其实可以跳读的部分,《傅科摆》堪称一本流畅生动的现代小说,而所谓神秘主义,对翁贝托·埃科来讲,不过是一个顺手选取的小说题材罢了。作家总会自然地选择最为熟悉的题材,只不过和很多写作者不同,埃科碰巧最为熟悉的题材似乎并非自身,也不是所谓的实感经验,而是一个更为广阔强劲、连绵不绝的精神世界。

"这个世界上的一切都相互关联。"《傅科摆》中的一个人物如是说道,而小说的主角,研究中世纪历史的卡索邦博士对此评价道,"这真是一个精彩的赫尔墨斯主义论题。"在另一处,作者借小说里的另一个人物之口又说道:"会引人好奇的东西是什么呢?那就是把一切都归结到一起的惊人能力。"事实上,倘若再联想起作者在《符号学与语言哲学》前言里所说的话,"如果不明白洛克在《人类理解论》最后一章所说的人类的全部认识范围都可化为物理学、伦理学和符号学,那么就无法理解洛克",我们似乎也可以说,如果不明白埃科在他的大多数小说中,都企图将物理学、伦理学和符号学,也即人类的全部认识范围,予以相互关联;如果不能看见埃科在小说中企图展现的"把一切都归结到一起的惊人能力",那么就无法理解埃科,甚至可以进一步夸张地说,那么就无法理解现代小说背负的使命。

或许正是这样一个广阔强劲的人类精神世界,令我们的小说家读者望而生畏。这个精神世界和人类历史息息相关,和我们自身的历史息息相关。在中国传统中,史学教养一直是智识的基础和核心,明清四大小说的作者无不具有严厉的历史洞见,但到了二十世纪,两次文化大断裂令史学教养若存若亡,但即便如此,在孙犁、汪曾祺一代小说家身上,我们依然可以对这样的教养有所感受。一九八六年以后,所谓的新历史主义小说兴起,如有些批评家所言,甚至从一九八七年前后持续到一九九〇年代前期的先锋小说运动,多数也可以归入广义的新历史主义运动中来。但今天重新审视这场文学运动,就会发现,由于这场文学运动有其非常具体实际的针对性和反叛性,它在倒掉革命历史主义规训这盆脏水的同时,基本上把"史学教养"这个原本已发育不良的孩子也堂而皇之地倒掉了,于是,在相伴而生的新写实小说风潮中,只剩下处于生存状态的孱弱个体和一地鸡毛的现实。与这场旨在遗弃历史的文学运动堪可横向比较的,是 A.S. 拜厄特所言的二十世纪西方历史小说复兴中对于历史的热情探索,它有两个指向,一是通过更透彻地理解国族历史来为当下的生存状态找到某种范例,二是恢复过去文化的生机和歌唱性,用一种历史的腹语术(重构一个有当时声音、词汇和习惯的历史人物,让他自己说话),把阅读历史的快乐与写作历史小说的快乐相关联。

到了新世纪,我们有越来越多的小说家,开始一口认定现实的魔幻程度甚于虚构,从而理所当然地放弃了小说之为一门艺术的职责,满足于挪用和拼贴一些看似奇诡的社会新闻和饭桌段子。这,某种程度上可以视为"新历史"和"新写实"小说运动结出的毒瘤,即,小说家在丢弃了那种将一切过往精神联系在一起的史学教养之后,在把历史仅仅当作某种游戏对象或逃遁符号之后,开始变得无力去面对纷繁变化的当下生活。现实之所以在这些小说家面前呈现出"魔幻"的姿态,一方面,是因为网络时代的资讯发达,让现实忽然有可能以某种更为立体多面更为真实凶猛的无遮蔽面目迅速出现在他们面前,就像一个只从图画书和教科书里了解猛兽的孩子忽然被扔进丛林,他会本能地觉得这亘古存在的丛林是一种他不可驾驭的新式魔幻;

另一方面，也正是因为他们对更为久远的属人的历史没有深切的认知，不了解"已有的事，后必再有；已行的事，后必再行。日光之下，并无新事"。

3. 运动文学与揣摩小说

现在时常能见到一种说法，认为上世纪八十年代是中国当代文学的黄金年代，然而，就是在八十年代中期，当代文学蓬勃的年代，老年孙犁就对当时的文学景观有过非常冷静和寂寞的观察，这些观察，三十年后重温，竟依旧有效：

> 当前的一些现象，例如：小说，就其题材、思想、技巧而言，在三十年代，可能被人看作"不入流"；理论，可能被人看作是"说梦话"；刊物会一本也卖不出去；出版社，当年就会破产。但在八十年代，作者却可以成名，刊物却可以照例得到国家补助，维持下去。所有这些，只能说是不正常的现象，不能说是遇到了好机会。(《无为集》)

一个作家，声誉之兴起，除去自身的努力，可能还有些外界的原因：识时务，拉关系，造声势等等。及其败落，则咎由自取，非客观或批评所能致。偶像已成，即无人敢于轻议，偶有批评，反更助长其势焰。即朋友所进忠言，也被认为是明枪暗箭。必等它自己腐败才罢。所谓自作孽不可活也。(《无为集》)

几十年来，我们常常听到，用"史诗"和"时代的画卷"这样的美词，来赞颂一些长篇小说……有些小说，当时虽然受到如此高昂的称颂，但未隔数年，不满十载，已声沉势消，失去读者。其原因是多方面的。或因政策过时，理论失据；或因时过境迁，真假颠倒；或因爱憎翻变，美恶重分。(《远道集》)

《远道集》中，还收有一篇题为"运动文学与揣摩小说"的短文，孙犁写道："近几十年来，在文学作品中，有一种类似'运动'的情况。……这种小说的生产，主要是为了'爆炸'，所以特别注意的是政治上的应时。而政治有时是讲究实用的，这种小说的出现，如果弄对了题，是很可以轰动一时的。……'四人帮'时代的小说模式，虽然已经改头换面，而其主题先行这一点，确实已经借尸还魂。"他在文章最后悲观地预言："运动小说，还是会运动下去的。"

同样在八十年代，另有一位文学评论家，也是文学刊物的主编，也发出过类似的警告。在给一位青年作家的信中，周介人说："然而，创造之谓创造，终究意味着是对一种困难的克服。……如果您正视全部困难而且知难而进，您是会感到创作的巨大阵痛的，您是要付出更多的心血的；然而，由于您的机智、由于您的灵巧，您遭使自己的创造力绕开了那些扎扎实实的大困难，而扑向那些比较容易吞噬的困难——一句话：您太善于避难就易了！请允许我直率地说一句：由于您善于避难就易，您获得了创作的丰产，然而从长远看，这对于磨炼您的艺术创造力，也许并不完全是好事。"

然而，三十年来，正是那些机智、灵巧的中国作家一个个获得了世俗层面的成功。

4. 叩一口钟，让它发出声音

在早年给唐湜的信中，汪曾祺说："我要形式，不是文字或故事的形式，或者说是与人的心理恰巧相合的形式。（伍尔芙、詹姆士，远一点的如契诃夫，我相信他们努力的是这个。）也许我读了些中国诗，特别是唐诗，特别是绝句，不知不觉中学了'得鱼忘筌，得意忘言'方法，我要事事自己表现，表现它里头的意义，它的全体。事的表现得我去想法让它表现，我先去叩叩它，叩一口钟，让它发出声音。我觉得这才是客观。"

叩一口钟，让它发出自己的声音；倾听一个人、一样事情，听他发出自己的声音；投身于一个完整的世界，捕捉各式各样不同频道的在空气中流荡冲撞的声音；随后，一个小说书写者，一个旨在以虚构为己任的作家，才有可能，也才有必要，间或发出独独属于叙事者的声音。这本是一种常识，一种被众多现代小说家苦口婆心一再道出的属于小说的真理。但遗憾的是，在当下的中国小说中，倾听者太少了，迫不及待要讲话的人太多了，我们听见处处都是讲故事者的声音，饶舌的板滞的自恋的自负的矫情的骄横的呓语的庄重的，但它们统统都是单调的，是一个个孤独的小说书写者个体向壁虚构时产生的、嗡嗡的回声。

契诃夫有一次对别人谈起对方的一个短篇小说："一切都好，写得艺术。不过，比方说，您的小说里这样写着：'……而她，这可怜的姑娘，为了她受到的考验很愿意向命运道谢。'可是应当让读者读完她为了考验而感激命运之后，自己说'这可怜的姑娘'才对……又例如您的小说里写着：'这种情景看上去是动人的……'这也应该让读者自己说：'这情景多么动人啊……'总之，您自管喜爱您的人物，可就是千万不要说出声来。"

我很想把契诃夫这段话读给很多写小说的人听，也许有人会说，这只是契诃夫强调客观的个人风格而已，但我觉得并非如此，事实上，类似的让人物自己说话的呼求，在几乎所有伟大小说家的言语中都能听到，比如雨果，那么具有浪漫主观气质的作家，当他赞美司各特的时候，他心目中反对的，就是那种作品中只剩下一个叙述者声音的小说家。

汪曾祺在那封信里还提到了伍尔芙，显然他很清楚，所谓现代意识流小说的努力，也不是企图让作者一己的意识弥天弥地，而是力图捕捉这个世界上诸多他者的意识，它们像海浪，一波接一波汹涌而来，小说家不是那个冲着海浪撒尿的醉汉，而是那个日复一日坐在海滩上收集浪花与泡沫的人。

既然说到伍尔芙，我似乎应该继续再谈谈乔伊斯。他打动我的，一直都不是《尤利西斯》和《芬尼根的守灵夜》，而是《死者》，是那种捕捉众声喧哗的出众能力，是让整个爱尔兰的雪都落在稿纸上的感受力。在《模式化小说与高级小说》一文中，拉斯特·希尔斯说："一个写作者如果能用詹姆斯·乔伊斯在《都柏林人》中所表现的那种得心应手的技巧来写作短篇小说后，他才能继而发表像《芬尼根的守灵夜》这一类的试验性作品。——而不是倒过来。文坛新手们问鼎试验主义以掩盖其技巧的阙如，这是屡见不鲜的。"

是的。一个小说家，首先要能够有力量让生活和人物自行袒露，有力量听到他人的声音，随后，他才有可能有资格选择说："但是，我偏不这么做。"

(原刊《上海文化》2014年七月号)

钱锺书和当代文学批评

钱锺书的一生志业，在文学。然此文学，并非当今从业者多自轻之文学，而是人类心灵基本要求之文学。举凡孔门四科（德行、政事、文学、言语），乃至西方自由七艺（语法，修辞，逻辑，算术，音乐，几何，天文），其中，四科之文学，七艺之修辞，究其内容与钱氏心念之文学并不全然吻合，却堪为其基础，唯有以此基础观之，文学方成为广大精微之文学，而钱氏，才可还原为精诚笃实之钱氏。

钱锺书晚年曾有言，"我的视野很窄，只局限于文学"（《钟叔河〈走向世界〉序》），又言，"我的原始兴趣所在是文学作品；具体作品引起了一些问题，导使我去探讨文艺理论和文艺史"（《作为美学家的自述》）。此处的"局限"，并非单纯的谦辞,应当视为对自身性情的认识,个人大可局限于文学,但文学本身却不当为任何时下教科书概念所拘囿,依旧可通向一广阔世界。他二十四岁时曾作《论不隔》一文,援引中西,探讨"不隔"这一理论是如何作为一种中西皆宜的好文学的标准,观其次年负笈英法,借"二西之书"返观中国文学,打通空间之隔;后又于世道艰难之际沉潜经史,借古典著作映照现代文心,打通时间之隔,仿佛是将自身作为"不隔"的一生实践。然文学之"不隔",仍要有文学之约束为伴。钱锺书一九八〇年代补订早年《谈艺录》,批评王国维《红楼梦评论》强以哲学、社会学之眼考察文学,"吾辈穷气尽力,欲使小说、诗歌、戏剧,与哲学、历史、社会学等为一家。参禅贵活,为学知止,要能舍筏登岸,毋如抱梁溺水也",盖为阅世之语。或许可以说,不隔与知止,是钱锺书对于当代治文学者最恒久有益的提醒。

然今日读者即便从文学的角度来研读钱锺书,亦常只将其放在古典文学批评的领域里观照,此正是其隔,因为类似艾略特论十七世纪玄学派诗人、布鲁姆论莎士比亚、博尔赫斯论但丁之类的文章,可绝不会被这类读者误认为是古典文学批评而弃之一隅的。很多人一方面"锱铢必较"地将中国文学细分为古代、近代、现代和当代(甚至连七〇后和八〇后都可以变成两种文学),另一方面,又"远人无目"般将西方文学当作一个模糊的整体。他们像一切视力不好的人,心里存着一个庞大逼人的远方,和困厄狭仄的现在,于是深陷莫须有的焦灼之中。与此同时,他们也像一切视力不好的人,急切地索求一副观看文学的眼镜,哪怕指鹿为马,何惧邯郸学步,遂将文学转换成一波波历史批评、社会学批评和文化理论批评的材料,这是其不知止。

而文学批评的要义之一,本就在于锻炼强健我们的内在视觉,和更为精准细腻、远近如一的感受力。文学批评没有任何理论和方法可言,或者说,文学批评唯一的理论就是观看和感受,唯一的方法,就是比较。古人云,"观千剑而识器",又云"触物圆览",今日文学批评家所热衷的问题意识、现象观察、时代焦虑,往往只是"读书太少"的缘故,一个人看到的越少,越不够周全,就越容易下判断,一个人越快下了判断,能进一步看到的东西也就越少。

李劼曾举出陈寅恪和哈罗德·布鲁姆的例子,来贬低钱锺书,认为钱氏"没有思想和自由,所以只好学问了",

此种轻薄之辞,时下销路甚广,在我看来,只能视之为论者在思想、自由和学问三个层面的三重无知。陈寅恪之史学不同于钱锺书之文学,其学术入口和落脚处皆不相类,安可粗暴比较?如果硬要说陈氏《论东晋王导之功业》一文之历史洞见,钱氏无法企及,那么钱锺书《论通感》和《诗可以怨》诸文中呈现出的文学感受力,陈氏又如何望之?此类不伦比较,多半出自文人,借推崇自己不通之学问,以满足同行相轻之私欲。至于哈罗德·布鲁姆,其犹太先知般的宣谕批评风格与钱锺书大相径庭,放在一起厚此薄彼,也堪笑场。如果硬要找寻对应人物,钱锺书与布鲁姆的死敌特里·伊格尔顿倒有相似之处。伊格尔顿《文学阅读指南》一书,针对布鲁姆而发,嬉笑怒骂,旁征博引,其文风和博学,与钱锺书庶几近之,"如果人对作品的语言没有一定的敏感度,那么他既提不出政治问题,也提不出理论问题",对伊格尔顿此言,钱锺书定会欣然许之。另一位可与钱氏相比较的当代西方文学批评大家,是今日中国文学读者也颇为熟悉的詹姆斯·伍德。他赞赏米兰·昆德拉《小说的艺术》等文论之精微,又进而惋惜,觉其毕竟是"小说家、散文家,非奋战第一线的批评家,有时我们希望他的手指能再多染些文本的油墨",遂在其《小说机杼》一书中,以札记形式,状若信手实则精心援引大量小说文本材料,条分缕析,剖判比较,读完后我们未必能获得某种对小说艺术的肯定性观点,但唯一可以肯定的是,若干言之凿凿的小说标准和美学结论也许可以因此获得松动瓦解,这种釜底抽薪之力,很难让人不联想到钱锺书。《文学阅读指南》和《小说机杼》限于篇幅,或可视作两部小型《谈艺录》,而钱锺书《谈艺录》《管锥编》,征引古今中外典籍近万种,涉及诗歌、散文、小说、戏剧诸领域的微细文心与复杂修辞,其"沾染文本油墨"可谓甚巨,不妨视作一部大型《文学机杼》或《文学阅读指南》。

今日治当代文学者,多视《管锥编》《谈艺录》为畏途,却以福柯、阿甘本、詹姆逊等西方理论家为捷径,依我之浅见,多半因为后者难读易解而前者易读难解之故。时人皆欲以己昏昏使人昭昭,何尝乐意以人昭昭见己昏昏?

钱锺书并非不通理论,而是通多种理论,因此他明白,"至少在文学里,新理论新作品的产生,不意味着旧理论旧作品的死亡和抛弃,有了杜甫,并不意味着屈原的过时……法国的新批评派并不能淘汰美国的新批评派,有了什克诺夫斯基,并不意味着亚里士多德的消灭……"和他相比,我们很多文学理论家倒像是暴发户和山大王。在钱锺书这里,文学批评领域并无所谓原创性的、革故鼎新般的发明,只有在掌握大量材料基础上慢慢生成的、对习焉不察之物的"相识"如何转变成体贴入微的"相知"。

钱锺书《管锥编》之外,有直接用西文写作的《管锥编》外编《感觉·观念·思想》,评论但丁、蒙田、莎士比亚等十位西方作家与作品,虽未刊行,但其书名甚为显豁,可以用来映照钱锺书对于文学的认识,即文学既是一种超越时间的、同时性的感官存在,又是一切复杂幽微观念和思想交汇变迁的历时性场域,文学一如人身,其感觉、观念和思想浑然一体,并通过杰出的修辞来表达。是钱锺书这类不隔且知止的文学从业者,才终于令文学批评不再沦为创作的附庸,和学问的阑尾,而真正成之为一项激动人心的志业,即从此时此地出发,去理解曾经有过的人类情感与创造。

(原刊于《上海文化》2016年九月号)

文学的职业与业余

——兼论创意写作

1

创意写作专业在各高校的兴起,让文学写作的职业性重新成为一个话题,而文学写作相较于其他职业的最为独特之处在于,它的职业性和业余性始终是在相互转化中的,就像一个莫比乌斯环,一个写作的人可以不断地走到它的背面去。

要认识这种转化,以及随之而来的优劣,就首先要认识到什么是文学的敌人。文学的敌人不是金钱或政治,不是从事别的行业的人,也不是所谓时代的压力,而是来自文学的内部,来自文学所具有的职业性和业余性这两端。

一个写作者，要对此有所警醒，并在自己身上克服这两个敌人。

在业余性这端的文学的敌人，是文学青年症。所谓的文学青年症，和文学完全不是一回事。切斯特顿曾经就此区分道，"艺术质是一种疾病，使艺术爱好者深受折磨。它产生自这样一些人：他们没有充分的表现力将自身中的艺术因素表达出来从而摆脱它……具有巨大健康活力的艺术家很容易摆脱自身的艺术因素，正如他们可以自如地呼吸，很容易就出汗一样。但是，对于缺乏活力的艺术家，摆脱自身的艺术因素就成了一种压力，带来了明显的痛苦，这种痛苦被称为艺术质。因此，非常伟大的艺术家能够成为普通人，成为像莎士比亚或勃朗宁那样的人。艺术质带来很多真正的不幸——虚荣、暴力、恐惧，但艺术质最大的不幸是它不能创造任何艺术。"

文学应该是让人健全和完整的，文学要拥抱整个外面的东西，把自己所有的成见打碎，去尝试理解他人，并通过理解他人来重新理解自身。但文学青年拥有各种各样的自以为是的成见，他们总觉得这个世界在和他们作对，他们在一种莫名的反抗当中寻找一种自我存在感，把自己的偏激狭隘当作勇敢，他们热爱读书，却毫无谱系，热爱表达，却对他人缺乏理解。他们也使得写作变成一件特别悲苦和致郁的事情，直到他们中的某些人博得大名，被各种文学奖项所认可，他们的抑郁症会因为名利双收而得以解除。他们或许也能成为职业作家。

而就在职业性的这一端，坐落着文学的第二个敌人。我们会看到很多所谓的作家和诗人，他们出过一些书，年轻的时候可能写过一两部好的作品，也长年从事写作，但这种写作的职业性在功成名就之后，慢慢转化为油滑、投机和自我重复。在当代中国文学现场最为典型的范例，大概就是莫言。这几年，我们看着这位当年锐意探索的先锋作家，如何迅速堕落成一个满足于各种应酬唱和的业余打油诗人，用他自己最新打油长诗里的句子来形容，正是，"一朵奇葩秀高枝，雨中伫立皆粉丝"。

文学的这两个敌人，文学青年症和油滑职业病，其共同特征，是自我封闭的平庸。

2

奥登曾经在《染匠之手》中特别残酷地写道,"在我们的时代,如果一个年轻人毫无各方面的天赋,他很可能会梦想去写作"。

这当然是一句很残酷的话,但也是一句诚实的话,而一个有志写作者要必须经受的,就是各种各样残酷的诚实。我想,奥登这句话可以从两个方面来认识。首先,写作在大众看起来似乎是一项没有门槛或者门槛极低的事业,不需要某种特别的职业才能,这种错误的认识导致很多没有写作能力的人投身于写作;其次,没有任何方面的天赋,可能恰恰可以成为写作的开端。这个时代有很多非常有才华的年轻人,他们什么都能做,从编剧到广告再到政府公关和银行投资,他们可以在每个行业都做得风生水起,除了成为一个好作家。一个杰出的写作者,往往恰恰是因为自己清晰地知道自己才能的局限,他清晰地知道自己没有别的天赋,除了对于写作的决心与耐心。

与文学的两个敌人所具备的"自我封闭的平庸"特征相反,那些决意成为一个好作家的年轻人,他们对于写作的决心与耐心，会呈现为一种打开自我的决心与耐心。

毛姆在《总结》一书中，曾对此有过很精彩的剖析：

> 写作的技巧并不比其他艺术的技巧更容易上手，然而因为大家都能够读写书信，就有种观念认为任何人写作都能好得够去写一本书。写作现在似乎是人类最喜爱的放松方式。全家人都喜欢写作，就像喜庆的日子喜欢去教堂一样。妇女愿意用写小说来消磨她们的孕期；乏味的贵族、被革职的官员、退休的公务员，都像飞奔到酒瓶那里一样飞奔向纸笔。在国外有种印象，即每个人都有写一本书的能力；不过如果这指的是一本好书的话，那这种印象就错了。的确，业余爱好者有时可能会创作出一部有优点的作品。他可能很幸运天生写得不错，他可能已经有了本身就非常有趣的经历，或者他可能拥有迷人或奇怪的个性，由他笨拙的笔触帮他记录在书页里。但要让他记得，那句话只是说每个人都能写一本书；它并没有说第二本。业余爱好者最好可以明智地不再去碰运气。他的下一本书绝对是毫无价值的。

业余人士和职业人士之间的一个重要区别就在于后者有进步的能力。一国的文学并非由几本优秀作品构成，而是由一大批作品构成的，而这批作品只能由职业作家创作出来。毕生之作，法语叫作 œuvre，乃是长期持续且坚定努力的结果。作者和其他人一样，通过不断的试验学习。他早期的作品是试验性质的；他尝试不同的题材和不同的方向，同时发展自己的性格。与此同时，他发展自我——这是他要给读者的东西，他要学习怎样最好地展示这一发现。然后随着完全拥有了各种能力，他创作出所能创作的最好的作品。……要做到这点，他必须把文学作为毕生的事业。他必须做一个职业作家。

这种进步的能力，打开自我和发展自我的能力，是一个业余写作者有可能向着职业作家迈进的必要条件。但仅此又还不够。

卡佛有一本小说，叫《当我们谈论爱情时我们在谈论什么》，它原来的名字叫《新手》。他想说的是，一个人面对爱情的时候，每一次都是崭新的，正如一个人面对写作时，每一次也都是崭新的。一个好的写作者，不管写过多少作品，当他再次面对空白稿纸时，依旧会感到艰难，像一个新手一般。这里面我们看到另一种在职业性和业余性之间的奇妙转化：一个职业写作者不断地主动打开自己，重新走向业余性的过程，恰恰就是其内在职业性的体现。

3

每一位企图通过进入创意写作学院而成为作家的年轻人，都应该先把弗兰纳里·奥康纳的那篇针对创意写作的演讲《小说的本质和目的》（钱佳楠译）找来读一读，那里面的每一句话都是对的，其中有一段话最为振聋发聩：

> 没有任何现场的技巧留给写作的人，所有的找寻和运用都是徒劳。如果你去一所提供写作课的高校念书，那些课程不应该教你如何去写，而是应当教你知晓文辞的可能和局限，并且教会你尊重这些可能和局限。一件所有作家都必须终身面对的事情——无论他

写了多久，写得有多好——是他永远都在学习如何写作。一旦作家"学会写作"，一旦他知道他将会摸索出一条他早就熟悉的路径，或者更糟糕，他学会制造鬼话连篇的美文，那他的生涯也就此终结。

奥康纳希望旨在传授真理的大学能够把更多不在乎写作本身而只在乎通过写作谋求名利的所谓作家扼杀在摇篮里，但显然如今的大学有点不乐意如此，但令人欣喜的是，如今，有众多商业公司正在帮助完成这样的扼杀。新世纪以来，许许多多看似颇有天赋的写作者，纷纷投身于影视编剧和广告文案领域，他们希望在通过写字赚钱之后再回头重新写他们梦想中的小说或诗歌。不出意料的是，像坠入忘川一样，他们中间没有一个人可以回来。

再看看那些电商大数据统计出来的文学图书畅销排行榜，看着那些极其愚蠢的书始终赫然前列，喂养大众始终嗷嗷待哺的可怜心智。一个即便没有天赋的年轻人，也应当有自尊地意识到单单成为一个作家是多么无趣的事，然而有趣的事情依然存在，那就是，如何成为一个作家中的作家。

这意味着你写下的文字在主动挑选和创造属于它的读

者，同时，还堪为其他写作者暗自追摹和相互传阅的典范。这也意味着你要遵循一条最本质也是最经得起时间检验的写作原则，即抛开一切得失和名利心，认真写好每一个句子，平等对待每一个语素，让每一个句子都坚实有力，充满弹性和韧性，从一个句子生长出另外一句，从一个段落生长出另外一段，让每一个句子每一段落既是结束也是开始。

这也意味着要准确地知道自己使用的每一个词在此刻代表什么，反复检验它，聆听它和其他词在组合中发出的声响，在每写完数百字乃至数千字之后用卡佛的句型反复拷问自己，当我谈论这些事物的时候我在谈论些什么？

进而，成为一个作家中的作家，就意味着一直面对晚年塞林格曾经提出的"临终三问"：你写时确实全神贯注了吗？你是写到呕心沥血了吗？以及，你写下的，是你作为一个读者最想读的东西吗？

要毫不留情地做减法。做减法不是为了藏拙，不是为了遮掩缺陷，而是为了更彻底地暴露缺陷，像脆弱的鸟窝暴露在冬日光秃秃的枝梢，等待着从这被严厉认清的缺陷中缓缓生长出一个独特而未知的自我，像是挺过寒冬的雏鸟随着春天的新绿振翅而起。

文学的职业与业余

每个作家中的作家,既被其他作家所热爱,同时也一定有自己持续或断续热爱的作家。因此,作家中的作家,就意味着,作家中的作家中的作家中的作家……这是一个向着两头都无限延展并藉此将时空重新加以整合的递归序列,一个以复活为己任的文学共和国。成为作家中的作家,就意味着要去发现、投身那个属于自己的序列,或者是创造出一个新序列,如卡夫卡创造他的先驱(博尔赫斯语)。

因此,写作就意味着不懈的阅读,阅读就意味着无尽的自我教育,而这种自我教育为了不至于走向偏执和迷狂,实则又需要写作这项实践行为的冷静检验。

因此,在阅读经典作家之外,仍需要阅读同时代的作家;而在留心现代思想资源的同时,还要辨识这些现代思想资源背后的古典脉络。但无论阅读什么,都不是为了模仿,而是为了认出自己的位置。模仿远远超出自己能力的经典作家,是一种自我毁灭;模仿流行一时的在世作家,则是自甘堕落。写作《都柏林人》前后的乔伊斯,在书信中没完没了地大肆臧否其他作家,这臧否的前提是深入阅读,其结果是前所未有的独创性。

4

于是,创意写作学院能教什么的问题可以迅速转化为,作为一个喜欢文学的写作者,我们自己能从学院中学到什么。所有的教育,最终都是自我教育,是自己主动投身其中才能有所收获的自由教育。

按照列奥·施特劳斯的说法,自由教育,就是倾听最伟大的心智,向他们学习,令自己的心智也因此变得健全。这种倾听,有两条路径,一个是经典文学著作,一个是有关经典文学著作的理论阐释和文学批评,这两条路径是相通的,我们会看到几乎所有的伟大文学家同时都是一个伟大的文学阐释者,反过来,很多杰出的理论家本身就是很好的文学家。施特劳斯说,"自由教育就是摆脱平庸而获得自由",而"平庸"在古希腊人的语言里的意思,就是"对美的事物缺乏经验"。《文心雕龙》里说,"操千曲而晓声,观千剑而识器",大量和有系统地阅读过往时代最好的文学作品和理论作品,倾听这些作品中各种杰出心智的互相交谈,从中获得有关美的事物的经验,并感受文明的整体性和对话性,这是一个文学写作者学习的唯一途径。

在这个意义上，我们会发现，一个好的创意写作学院，未必是一个教会我们写作的地方，但一定是一个教会我们阅读、批评与理论的地方，并藉此减轻和消除业余写作者对于批评与理论的偏见。批评与理论，一方面帮助我们从文学外部走到文学的内部，更好地理解那些杰出的文本是如何编织如何生成的，另一方面，也帮助我们更透彻地认识我们置身其中的生活世界，因为，正如爱因斯坦所明确指出的，"理论决定了我们能看到什么"。

并不存在铁板一块的现实，诸如"超现实""心理现实""魔幻现实""新现实"这样层出不穷的名词，只是在不断提醒我们，现实正如诗性一样，只是一种不断变化的观念。一个文学写作者唯有借助种种批评与理论，对于集体化的现实和宣传化的诗性报以审思，他才能看到被或现实或诗性的观念蚕茧所包裹的那个恒定而平庸的日常，而他要做的还不是反映这个平庸的日常，他要做的，是挽留和创造，是进入那个被现实观念包裹的平庸日常，从中挽留出一些珍贵的人和事物，创造出一种值得一过的生活，而新一代人的生活，将奠基在这种创造中。这曾是但丁和莎士比亚所做的事，是狄更斯和巴尔扎克所做的事，也是博尔赫斯、马尔克斯乃至所有杰出作家共同在做的事。忘记是谁说的了，不是文学模仿生活，是生活模仿文学。

最终，当我们谈论文学的职业与业余之间的或恶性或良性的转化时，我们实际上是在谈论作品与生活的相互转化。

（原刊于《文艺争鸣》2020 年第 3 期）

前进的动力

——在《南方人物周刊》"2019青年力量致敬盛典"现场的演讲

首先再次谢谢《南方人物周刊》。我站在这里觉得特别惭愧,因为本来以为我只是众多演讲嘉宾中的一个,后来到现场看到节目单发现只有我一个人演讲。

这次盛典的主题是"前进",主办方希望我能围绕这两个字做一个十到十五分钟的主题发言。这让我非常焦虑。可能熟悉我的人会知道,我这个人,基本上是"前进"这个词的反面。我有一个用了十几年的网名,叫作 waits,来自美国歌手 Tom Waits,我用这个名字,除了喜欢 Tom Waits 的歌,还因为,我喜欢 waits 这个词语的意象,就是等待。之前因为突发状况,主办方编辑说抱歉等了好几个小时,我觉得没有什么,我觉得这样的等待其实是很愉快的事情，因为有件很好的事情没有开始，我觉得那个状态特别愉快。我是一个习惯等待的人，换句话说，可能也就是不思进取的人。然而，既然我还活着，在生命这场偶然的征程中，我和每个活着的人一样，就不可避免地在前进，从一个小孩子前进成青年，从青年再慢慢前进，迈入中年和老年。每个人都在生命中一点点地前进，绝大多数人，慢慢前进成为自己年轻时讨厌的样子，还有很少一部分人，慢慢成为自己喜欢的样子。我觉得自己比较幸运的地方在于，我会觉得如今四十多岁的自己，会比二十多岁时，要更加有意思一点，似乎也好看一点。

所以，我虽然没有能力就"前进"这两个字，为诸位做出一番激动人心的阐释，但也许，我可以谈谈在这种不可避免的生命的前进过程中，对我自己而言，维系这种前进的几种基本动力。

我很喜欢的一位哲学家，维特根斯坦，在他五十二岁时，说过一段很让人动容的话，他说他就像一个骑自行车的人，为了不倒下，只好不停地踩着踏板向前。要知道，那时候，他已经是一位名满天下的非常杰出的哲学家了，也早已不是青年，然而他依然在不停地向前，并且，他竟然说，自己的这种前进，只是为了不倒下。每个骑过自行车的人，都能理解这样的状态。不好意思，因为我不会开车，没有开车前进的体验，所以我没有办法拿雪佛兰做例子，我只能说一下骑自行车的事情。

我前两天在教我女儿骑自行车，又重新温习了一下这样的状态，从最初的摇摇晃晃，随时会倒下，到渐渐掌握平衡，这大概只需要一个小时就能学会，但不从自行车上摔倒的前提是，你要不停地去踩那个踏板，让车轮一直保持前进的状态，一直前进下去。但这样的前进呢，并不是要前进到什么特定的地方去，不是比赛，不是为了超过别人，而只是为了不让自己倒下。为了在临终的时刻，有力量像维特根斯坦一样，告诉周围的人说，我度过了美好的一生。这是我要说的前进的第一种基本动力，也就是为了在各种时代的喧嚣混乱中奋力保持住个体生命的健全，与人性的完整。

我是一个文学评论写作者。一个评论写作者，在他写作和阅读生涯的绝大多数时间里，陪伴和围绕他的，不单是那些活着的作家，更多的，注定是那些已经死去很久的作家，是几千年来无数杰出的写作者。他们同时存在，以书籍的形式，以灵魂的形式，在他的书架上注视着他，而他，也同样注视着他们。我想，每一个严肃的评论写作者，在想到"前进"这个词的时候，心里浮现出来的形象，可能都会多少接近于本雅明所描绘过的那个"新天使"的形象：他张开翅膀，面朝着过去，摇摇晃晃，被进步的风暴吹向他所背对着的未来。他的确在向着未来前进，但吸引他目光和全副精神的，他的面孔所朝向的，不是未来，而是过去，人类的过去，或者说，也就是人类用全部的过去所聚集而成的文明。

我或许是因为写了几篇批评我们这个时代名作家的文章，才拿到了这个奖，但我自己知道，我评论写作的大部分重心，或者说，吸引和焕发我写作热情的，是那些过去时代的诗与人。我之前写过两本关于中国古典诗和现代诗的小书，《既见君子》和《取瑟而歌》，写过一本主要谈论西方现代作家的文论集，《爱欲与哀矜》，这几本书里所写到的那些诗人和作家，基本都早已不在人世。手头还有两个书稿没有写完，一本是关于《孟子》，一本关于《诗经》。写这些文章的过程，就是一次次去尝试接近那些伟大的心灵，是一次次主动而积极的自由教育。

这不是什么复古，更不是什么弘扬传统文化。而就是一个现代写作者必然遭遇到的宿命，就像本雅明所看到的，因为过去已经成为越堆越高的废墟，为了不被这废墟淹没，你必须前进，但你前进不是为了摆脱和逃离过去，而是为了从一个更好的视角，从新天使的角度，去回望和整理过去，让这废墟重新复活成完整的、生机勃勃的世界。这是我要说的，有关前进的第二种动力。

好了，关于前进的动力，我已经说了两种，第一种是作为一个生命个体，第二种，是作为一个评论写作者。我想再说最后一点，就是作为一个写诗的人。

说到写诗，今天很高兴主办方请到多多老师为我颁奖，这是我最大的荣幸。我之前跟多多老师没有过什么个人交流，今天下午在楼下抽烟时候遇上，才第一次聊天，他告诉我，他二〇〇五年去同济大学做演讲的事情，我说我当时就在台下坐着，那已经是十四年前的事情了，我没有想到有一天我可以和多多老师同台，所以谢谢多多老师。

我们每个人在生命中，都不可避免地会遭遇到各种失去，人的失去，物的失去，以及感情的失去，还有美善和纯真的失去。诗歌的作用是疗愈，是安慰这种失去，但又不仅仅如此，诗歌更是一种挽留和复活。一个写诗的人，就是一个携带着各种失去努力前进的人，而他之所以前进，是因为他的生命不仅仅属于他个人，也属于在他生命旅程中的那些中途失散者，他之所以前进，是为了可以一次次地回头来寻找他们，也包括寻找曾经的自己，并把这一切都挽留在文字里。

好几年前，我写过一首诗，里面有这么几句，或许能表达我对前进的动力的理解，我给大家读一下：

> 他们白天漫游，再如暮色从四面
> 聚合，用一些古老问题打发夜晚。
>
> 比如这一次，他们竟然谈到了
> 动力的来源。究竟是什么
>
> 让一个人可以生活下去，
> 有勇气醒来，起身，走长的路。
>
> 很多人诉诸于好奇，讲述种种

朝向未知世界的热情。

但他对此知之甚少。他不是因为
日光底下的新事，才生出感谢和赞美。

他欲求的只是挽留。那些像干树枝一样
不断在身后折落之物，它们闪着微光，

是衰变期的星辰，正因他的执拗，
才没有毁灭，才随他充满动荡不息的宇宙。

图书在版编目（CIP）数据

批评的准备及其他 / 张定浩著. -- 上海：上海文艺出版社，2022
ISBN 978-7-5321-8052-3

Ⅰ.①批… Ⅱ.①张… Ⅲ.①中国文学－当代文学－文学评论 Ⅳ.①I206.7
中国版本图书馆CIP数据核字(2021)第193344号

本书为上海文化发展基金会2021年度文化艺术资助项目

发 行 人：毕　胜
责任编辑：李伟长　金　辰
封面设计：周伟伟
内文制作：艺　美

书　　名：	批评的准备及其他
作　　者：	张定浩
出　　版：	上海世纪出版集团　上海文艺出版社
地　　址：	上海市闵行区号景路159弄A座2楼 201101
发　　行：	上海文艺出版社发行中心
	上海市闵行区号景路159弄A座2楼206室 201101 www.ewen.co
印　　刷：	苏州市越洋印刷有限公司
开　　本：	787×1092 1/32
印　　张：	12.125
插　　页：	4
字　　数：	182,000
印　　次：	2022年7月第1版 2022年7月第1次印刷
I S B N：	978-7-5321-8052-3/I.6375
定　　价：	68.00元
告 读 者：	如发现本书有质量问题请与印刷厂质量科联系　T:0512-68180628